窈窕文丛

一只胳膊的拳击

庞羽 著

译林出版社

窈窕文丛：爱情一息尚存

贾梦玮

“窈窕文丛”，顾名思义，作者都是女性，是女作家，而且这次基本都是八〇后九〇后的青年女作家。关于女作家，关于女性书写，有“女权主义”的说辞，也有女性文学为文学提供了细腻与抒情风格的说法。这两点都有它的理由，但也都可以不管。或者说，“窈窕文丛”的年轻女作家们所提供的，远远不止这些。

我相信，女性所体验的世界一定不同于男性所体验的世界，这是由男女不同的身心所决定的。因此，女性作者一定会为文学共同体提供新的东西。“窈窕文丛”不仅是女性文学，而且要为文学提供新质。就拿经典的女性文学形象来说，目前我所知道的大多为男性作家所创造；但我更愿意信任女作家们所塑造的女性形象。因为，那不是“他者”，而是她们“自己”。“窈窕文丛”为文学世界提供的女性文学形象，如纪米萍、夏肖丹、丁霞、刘晋芳、商小燕、娜娜、云惠、阮依琴、唐小糖、芸溪、静川、梅林、汪薇……还有好多个“我”与“她”，那些鲜活的女性形象，只有她们才能创造，“她们”身心的千疮百孔，只有她们才能感同身受。阅读“窈窕文丛”，我一次又一次被震撼，我对于“她”的阅读体验，不是同情、怜惜、悲悯等词汇所能概括的。常常，我觉得我就是“她”，就是“她们”，我居然也可以感同身受。这是文学的魅力，也是文学的命运。

让我这个男性读者觉得遗憾和汗颜的是，“窈窕文丛”中所塑造的男性形象，或萎缩，或无能，或逃避，或不忠，或模糊不清、不负责任，或外强中干、金玉其外败絮其中，伊甸园至少有一半有坍塌的危险。女人都那样了，男人就没有责任？还有幸福可言？男人都这样了，女人的幸福又从哪儿来？男人的命运和女人的命运如此紧密地联系在一起。异性环境颓败了，无论男女，他们和她们情将何堪？免不了的，每个人的心上都会有一道或一道道伤口。我们都是伤心之人。文学，某种程度上就是疗伤的艺术。

但是，“窈窕文丛”中所有的故事也都在告诉我：爱情至少一息尚存。“窈窕文丛”的每部作品中，有一万条否定爱情的理由，可是爱情还是在那儿，无法否认。倘若本体意义上的爱情已经死亡，“窈窕文丛”中的那些女性，也就不可能有那样的深创与剧痛。爱情似乎是痛苦之源，但也只有爱才能创造奇迹。

广义上的“爱”和“情”是世界的本源。“窈窕文丛”中的作品，也有不以两性关系为描写中心的，而是更多关注底层人物粗粝、绝望的人生，像冰冷的石头和灰扑扑的尘土一样的命运。

“任何人在写作时想到自己的性别都是不幸的。”弗吉尼亚·伍尔夫的话颇堪玩味。她还说：“心灵要有男女的通力协作才能完成艺术的创造，必须使一些相互对立的因素结成美满的婚姻，整个心房必须大敞四开，才能感觉到作家是在美满地交流他的经验。”弗吉尼亚·伍尔夫被“女权主义”时而认作同道时而认作敌人。我只知道，男人和女人有着更宽广意义上的共同命运。

美貌曰“窈”，美心曰“窕”；美状曰“窈”，善心曰“窕”。“窈窕”形容的是女子仪表心灵兼美的样子，丛书以此命名，编者和出版人的美好愿望可以想见。“窈窕淑女，君子好逑”。说好的“君子”呢？“窈窕文丛”既是给女人的，也是给那些男人的。

给“爱”机会，让“爱”创造。

目录

佛罗伦萨的狗

要怎样才能去佛罗伦萨？

当我躺在椅子上时，我感觉到血管里有一条鱼在游动，时而游进心房，时而游进我毫无表情的面部。

陆医生扶好眼镜看着我。他的眼睛离我很遥远。

“没事，放松。和我谈谈你的问题吧。”

办公室的墙壁很白，白得让人窒息。这个月来，我第一次感觉到了肚子饿。就这么，毫无羞耻地饿着。

记忆里最慌乱的饿是在六岁，奶奶去世的那年。老家四面环水，坟地在小岛上。那是一九九九年的冬天，洪水才过去一年。我们乘着小船到了奶奶的坟墓。船没有经过的地方浮着一层薄冰，冰面上反射着苍白的日光，有一刻我感觉到了永生。

仪式从上午一直持续到晚上。没有人顾及我，他们只忙着自己的悲伤与麻木。饥饿感轰隆隆碾过我的身体。六岁的我还是知道供饭是不能吃的，但是我满脑子都是食物。

哥哥出现的时候，我坐在新坟边。地上是无边的荒草，地下是无尽的白骨。可是我很饿。哥哥蹲下来，看着我，我抬头望了他一眼，又有气无力地垂下眼皮，肚子发出了不甘心的哀鸣。后来他给了我一根沾满泥土的花生藤，上面长着几颗花生。我瞬间把花生米吃光。再抬头时，只有哥哥远去的背影。

黑色夹克上有白色衬衣的领子。牛仔裤。腰间缠着孝带。

寒风吹过，哥哥头发飞扬，孝带也在不安分地鼓胀着。

那形象存在我记忆里好多年。那时我还不懂死亡，不懂离别，可是刹那间我好像懂得了在人世间流浪的某种风。后来我用整个青春期思考那到底是什么，可是岁月依然沉默不语。

“医生，那到底是什么？”

我把目光扔给了陆医生，他眨巴着眼睛，闪躲过去了。

“这个答案其实没有问题那么简单。从医学上说，恐怕是某种荷尔蒙分泌。”陆医生还想继续说下去，我却闭上眼睛，张开嘴巴。

哥哥是我姑妈的儿子，当时还在上初中。他家住在隔壁的镇子上，有一个大院，院子里有一株硕大的雪松。哥哥不喜欢读书，就爱在雪松下面耍剑。亲戚们都认为他无可救药了。可是我不这么认为，每次去他家，我都扮演他的对手，耍剑，然后挑个合适的时间倒下。

姑妈有事，哥哥在我家住过一段时间。我只记得那时候电视里在放陈小春的《鹿鼎记》，哥哥也不练剑了，就坐在电视机面前看。我看见韦小宝的影子在他黑色的眼珠里逐渐鲜活。那是一种奇异的感觉。那天晚上，我背着妈妈在他的粥里多放了一块咸鱼。

韦小宝的故事快要结束时，哥哥要走了。

那天，妈妈不在，我刚放学回来，哥哥坐在凳子上看着《鹿鼎记》最后一集。我把作业本摊在书桌上，准备写作业。突然，电视的声音小了，哥哥的声音悠悠地传了过来：“小西，我走了，你会想我吗？”

我不知道怎么回答。这时哥哥已经走到我身边了。他用双手捧起我的脸颊，朦胧间我闻到了他手上咸鱼的气味。于是我想起了妈妈腌咸鱼的场面，杀鱼、抹盐、风干，哪个步骤都不能少。腌咸鱼的时候，盐分要不多不少，煮咸鱼的时候，放点花椒就会别有一番滋味。我最喜欢看咸鱼被煮得滋滋冒油的样子了。可是我不喜欢哥哥现在这样，双手在我的脸颊上来回蹭着。

哥哥的脸越来越大，准确地说，他的脸越来越近。我惶恐不安地不知道接下去怎么办。当他的鼻子快要接近我的鼻子时，他“扑哧”一声笑了起来。那种感觉很奇怪，就像天气预报说明天天晴，可是又下起了冰雹一样。面前的哥哥眼睛里全是熠熠发光的冰雹。我僵在那里一动不动。

他的笑声至今还在我的耳畔回响。说实话，从那以后，我仿佛就对笑声过敏了，这种笑不是微笑，不是哈哈大笑，就是一股气从胸腔带出来的那种笑。到现在我都怕。

“你有怕的东西吗？”我转过头问陆医生。

陆医生仿佛知道我要问这个问题一样，不假思索地说：“每个人都有软肋，都有惧怕的东西。比如说我怕蛇，你怕蟑螂，这不是什么见不得人的事，它平常得如同我们的头发。”

对于这个答案，其实我不怎么满意。我的目光又粘在了白色墙壁上。

后来我家搬走了，搬到离老家很远的地方。回老家过年的时候，我还是会碰到哥哥，他个头蹿得越来越高，鼻子也变得笔挺，唇边长出了黑色的绒毛。可是见到他，我还是会想起他的笑声。浴室里的水汽升腾的时候，阳光落在我手指尖的时候，黑夜漫长我睡不着觉的时候，我总是想起那笑声。

我们搬到了一个小城市。我的乡村口音让我无限自卑，我努力改变自己，可是总是觉得自己不被接受。后来我们的语文老师休产假了，代课的是我们的教务主任，姓林。他的头发有点卷，总是站在天台上吸烟，所以手指间有点黄。

现在想起来，小学里的语文课十分轻松。林老师让我们挨个朗读文章，每个人负责一段，按照座位顺序读。到了我的时候，我支吾着开不了口，林老师静静地注视着我。当我读出第一句话的时候，有同学笑了。第一句话里有一个“佛罗伦萨”，很拗口，于是我更加磕磕巴巴的了。林老师没有打断我，就是等着我。

一段话好长。

我坐下来了。后面一个同学又站起来。后面的同学坐下来了。她后面的又站起来。我一直红着脸。下课了。

课间同学们嬉戏打闹的声音盖过我内心里的啜泣声。不，我没有哭。林老师不知何时出现在我的身边，他的声音很好听：“陈维西同学，放学后去一下我的办公室，五楼五〇八室。”

“如果我没有去，也许就不会来找你了。”我像是自言自语。

陆医生拿着一支笔不知道在写什么。我很想够着脖子望一眼，但是身子已经深陷在沙发椅里面了。我垂下头。这时窗外刮过一阵风，风声传到我的耳朵里，我心里有根紧绷的弦松动了。懒懒的，发不出声音。

“无论遇到什么，都要避免‘如果’。既然已经发生，就坦荡荡地接受。无论是什么。”陆医生把十指交错在一起，饶有兴致地看着我。风过去了，心里一片乐声喧鸣。

林老师不在五〇八室，同办公室的老师对我说，去天台看看。

他果然在天台，夕阳给了他金色的轮廓。他背对着我，手指缝里轻轻夹着一支烟，冒着丝丝的气。天台底下孩子们吵着闹着，家长们在校门口翘首以待。我怯懦地不敢靠近。

他很快就发现我在身后了。

他走来的时候，我想起了哥哥的笑声。忽近忽远，忽大忽小。

“陈维西同学，跟我来。”林老师的声音打断了那个笑声，我随他走到了他的办公室。

“这是普通话教程，每天读一篇，要早上读。后面还有磁带，有录音机的话要多听。”林老师手里是一本书，还挺厚的。我接过去，很沉。接过去的时候，我脑子里满是“佛罗伦萨”，这个名词似乎对我有致命的吸引力。

那天，我连“谢谢”都没有说。我的脑海里都是哥哥的笑声，逐渐放大，让我听不清林老师后来说了什么。当我快要走出办公室时，我回头了，夕阳不知什么时候也到了办公室，金色的面庞，那是我最难以忘怀的记忆。

后来，我每天都会朗读，在这个城市的一间出租屋里。出租屋的隔音效果很差，每次我提高音量，隔壁那对母女就会敲打墙壁：“声音小点！”我的声音就变得喑哑，可是林老师金色的面庞浮现的时候，我又不自觉地提高音量。

很快语文老师又回来了。我的口音正在一点点地进步，同学们不再对我另眼相待了。当时我是班里的班费小队长，班主任把我叫过去，让我负责买一张给林老师的贺卡，感谢这段时间的照顾。

我顿了一下。这时陆医生抬起了头，还是一贯的平静的面容。这时的墙壁也白得很平静，就像没有涟漪的湖面。

病房里一片缄默。我紧紧抿着嘴唇，陆医生开着的电脑也不再发出那种低沉的轰鸣了。世界仿佛停止了。

良久，陆医生笑了一下："继续说吧。"

我深吸了一口气。接下去说什么呢？

我在学校旁的小店里看中了一款贺卡，彩色卡纸上垂挂着各色铃铛，标价是十元。可是班里各种活动的支出已经很大，我手里班费的余钱只有八块五。对于一个还住在廉租房的孩子来说，一块五已经是巨额了。

后来送贺卡给林老师的人并不是我。听说林老师很开心。可是我没有看到。

你想不想知道一块五是怎么得来的啊？其实是我偷的。也不算偷，只是从爸爸钱包里拿出了一些钱而已。一块五可以买八个包子五块烧饼三根肉串。

现在我还是不感到羞耻。真的。那时爸爸还因为丢失五块钱难过了一个星期。可是我不感到羞耻。

后来我每天放学都会从天台底下的路走，也许我比较早熟，能够被他看上一眼，是那时的我最大的愿望。

林老师后来再也没有教过我们。可我越来越想去佛罗伦萨。

我听见陆医生发出一声轻轻的叹息，于是不说话，愣愣地看着他。

病房里，是无限的苍白与寂静，病房外，是满世界荒芜的风。我注视着陆医生，陆医生没有抬头，在纸上写着什么。

有那么一瞬间我是想喊住他的。不知道为什么，我想停止世界的一切，停止太阳升起，停止风儿刮过，停止陆医生飞快的笔触。我只要停止一秒钟。

我也叹了口气。没等陆医生抬头，我继续说。

那年的廉租房涨价了。我爸爸妈妈不知道怎么办。那种破房子谁稀罕啊！隔音效果那么差，每回隔壁那对母女都拿白眼看我。

廉租房旁边当然都是廉租房，人员也参差不齐。在某次放学后，我遇到一个满脸胡子的叔叔。

他在小巷子第四栋一楼蹲着吸烟。我记得很清楚。我刚放学，从那儿经过。他吹了声口哨，我转过头望着他。

他把烟头扔了，走过来挽住我的胳膊："你知道白老师住在哪里吗？"

我摇头。

我几乎是被他拎了起来。就这样迷迷糊糊地跟他上楼了。

“你陪我找找白老师吧。”

到那时我还是懵懵懂懂的，没有感觉到一丝危险的气息。这个叔叔的臂膀很有力，抓着我的胳膊，很疼，就像铁索牢牢扣住我一样。

从一楼到顶楼，我被他拎来拎去。他一边走一边说，啊不知道是不是在五楼，怎么啦好像白老师不住在这里。最后他说，我去洗个手。

就在他洗手的时候，他都没有放开我。那时的我脑海里一片空白，只有哗啦啦的水声。

到了三楼的拐角处，他的手终于放开了我。他走到我面前，用不知道怎样的眼神望着我。那种眼神到了我成熟点的时候才明白。但那时，我并不害怕，感觉自己就好像真的来到了佛罗伦萨，来到了属于这个名词的地方。

他的手放在我胸上的时候，我还是不害怕。虽然我才四年级，胸部已经微微隆起了，就像两个突兀的小山丘。而他，正走在这两个山丘上，自然得一点都不过分。

他的手。温度刚好。

我不记得过程持续了多久，好像很短暂。楼上有锁门的声音，随即脚步声近了。他似乎有点慌张。那时我才感到一丝害怕。脚步声越来越近的时候，害怕也越来越浓郁，那种感觉就如同滴在宣纸上的墨水，越来越巨大又越来越暗沉。

我飞快地下了楼，没有回头，一口气跑回了家。

“陆医生，这件事我对谁都没有说过。好像没有发生一样。”我把头埋在沙发椅的棉花里面，语气平稳。对，就像没有发生一样。

“医学上，应该被称为‘童年创伤’了。很多人都遭受过这种伤害。但是只要通过治疗，很多人都能摆脱阴影……”

我没有继续听陆医生的话。只是脑海里出现了林老师的形象。金色的轮廓，温柔的眼睛。突然，脑海里出现的哥哥的笑声打破了我的一切幻想。我猛地睁开眼睛——陆医生看着我，似乎在等我说下去。

后来那个叔叔被抓住了。被抓住的时候，现场还有个和我一样大的女孩。没有人告诉我她是谁，可是我一直迫切地想知道。一直到离开廉租房，我都没有打听得到。

快期末的时候，我去找了林老师。那是周五的傍晚，同学们都欢天喜地地回家了，而林老师的办公室没有其他人。

我出现在门口的时候，林老师的表情有点疑惑，当然这只是瞬间的，随即，脸上的线条便松懈下来。夕光围绕着我，无限温柔。

我没有说话，林老师把手中的钢笔塞入钢笔帽。不锈钢钢笔闪烁着夕阳的暖光。“陈维西同学，你的普通话练得怎么样了？”夕阳坠落在了他闪亮的眼睛里。远远望去，他的眼睛里有着“佛罗伦萨”的诱人光泽。

我没有说话，只是走到了林老师的身边。桌子上是批阅的试卷，红笔的是他的，字迹娟秀得如同一个女子。我看见那一个字：各。后来我学了点书法才知道是行楷的写法。这个字只有一个笔画，浑然天成。

我久久地看着不说话，林老师说了什么我记不清了。我的右手不停地在裤管上重复着“各”的写法，终于做到了一笔完成。当我再次抬头的时候。林老师看着我，手悬在半空。就在一瞬间，我用画着“各”字的右手抓住了他的手。

我没有仔细看林老师的反应，就把他的手搭在了我微微隆起的胸脯上。

他的手，温度有点凉。

林老师抽走了他的手。后来，我再也没有去办公室找过他。后来，没有一个人知道这件事，嗯，就像没有发生过一样。但是我永远记住了他金色的轮廓，在那温柔的光芒里。

我又陷入了沉默里。陆医生看着我用手指在空气里画“各”字，一遍又一遍。

“人啊，相见产生的是缘分，相知产生的就是龌龊了。”陆医生难得说出了我听得进去的话，我停止了手里的动作，愣愣地看着他。

陆医生手里也有一支钢笔，但是只有日光灯反射在上面冰冷的光芒。一切似乎又静了下来，哥哥的笑声又一次畅响耳畔。为了免于陷入这种恼人的声音里，我又开始我的话题。

两年后，我升入了外国语初中。这个学校在市里并不是顶尖的，但还说得过去。我歪打正着地进入了实验班，排在倒数第三。实验班里的人个个都以上省国中为目标，可是任他们多么勤奋多么有追求，我都不想学习。

我不记得大叔是怎么来到我们学校的了。反正他就是来了。那是一个实验班学生难得的体育课，我躲在树荫旁边，有点头晕。实验班的学生个个都躲在树荫下面，讨论课后的题目。我没有跟他们在一起，一个人站在树荫旁的阳光下，光芒强烈，老师去了传达室，我的眼前有几个人在晃。等我醒过来的时候，大叔的拇指紧紧捏住我的人中。

旁边其实还有好多人的，都是一些熟悉又陌生的同学。嘴里喘出的白气遇到热空气就消失得无影无踪。我的眼角却不小心渗出了泪水，滚烫的。后来大叔问过我，为什么流泪。我说，因为太阳。

体育老师也来了，他和大叔搀扶着我去了医务室。后来大叔就走了。后来班主任一个月只给我们两节体育课了。

我记起来了，大叔是在篮球场上打篮球的。没想到大叔四十几岁了还在打篮球，至今我都觉得不可思议。

我和大叔的缘分没有结束。学校准备举办运动会，恰逢建校三十周年，于是借用了育才中学的操场。运动会上，每个班都需要一个领队，就是俗称的"礼仪小姐"。班主任不知怎么想的，推举了我。

我的时间一下子有了空余，每天不用上晚读课，在篮球场旁的空地上进行礼仪训练。抬头，挺胸，手握标牌。我的目光总是时不时地落在篮球场上，很奇怪的，我一眼就看见了大叔。他皮肤黝黑，眼睛明亮。我分明看见了林老师的轮廓。

那天我逃了课。

也许是乏了，我坐在椅子上伸了个懒腰。陆医生的影子投射在地上，就像一个暗灰色的怪物。不知怎的，出现了一只飞蛾，围绕在灯管周围，发出刺啦刺啦的声音。我和陆医生的目光一起聚焦到它的身上。

“我开窗，把它放出去。”陆医生起身，我丝毫未动。

飞蛾离开的时候，我的故事又开始了。

大叔一般是下午两点来，我早就暗中打探到了。那节课本来是催人欲睡的语文课，我一句话都没有和人讲，兀自跑到了篮球场上。

到了小卖部，我看见他已经在篮球场挥汗如雨了。我买了一瓶冰镇矿泉水。然后默默坐在了篮球场里面的椅子上。

一场结束了，大叔气喘吁吁地朝我旁边的杂物堆走来。我迎了上去，把矿泉水送到他手里。他一愣，然后轻松地接过去：“怎么，用一瓶矿泉水报答我？”我说不上话来。

后来我经常逃课。班主任问我为什么不来上课，我说是领队训练的需要。不知道他有没有去核实，反正他也不是每个人都上心的。

谣言四起。周围的同学都对我指指点点。可是我在大叔明亮的眼睛里看见了属于我的光芒，而和他在一起，我不再那么频繁地想起“佛罗伦萨”了。

关于大叔做什么工作，我不知道。我只知道他家挺有钱的，他老婆是公司老板。他的老婆长得还蛮清秀的，在那次她打我之前，我是这么觉得的。

我不想说她打过我，我对她的印象不错，她有两个孩子，在公司大大小小的事都是她一个人干，那年她准备把远在安徽的爸爸妈妈接到别墅里来，但她的父亲病重死掉了。那时我还是不懂死亡，也不懂对于大叔萌发的是什么感情，只知道她很伤心。她一个人开车绕城市绕了五圈，而那时大叔在和我看电影。

那时我才初中啊。

这次的停顿我是无意的。好遥远，“初中”这个词让我感觉好遥远。大叔的形象也好遥远。我像是一个人走向远方，而回忆与周围的景色一起，迅疾而无情地掠过我身边。

陆医生没有说话。我知道我错了很多，我知道什么不应该，我知道你们会怪我会指责我会说这说那，但是我要的不是沉默。于是我也回之以沉默。

可是这没有僵持多久，陆医生用一个普普通通的微笑与我和解了。陆医生虽然有四十岁了，可是发际线还没有减退，嘴角坚毅而有力。恍惚间我看见了林老师金色的轮廓。可是一眨眼，我又滑到了我的故事里。

那时我天真地等待大叔。他说，我是他遇见的世间最美好的女孩。他说，等他几年，我们会有结果的。为了这个念头，我坚持了好多年。

我的十六岁生日，大叔带我去了市里的米其林餐厅。我骗爸爸妈妈说老师补课。这么多年我都不知道他们明不明白我在撒谎。大叔点了鹅肝和牛排。鹅肝很腻，红酒太辣。那是我唯一的印象。

那天大叔没有送我回家。米其林餐厅旁边有一家装饰得很好的宾馆。喝了红酒的我晕晕乎乎的，大叔送我去了那儿。那个房间很白，墙壁是白的，就像这个医院、这个屋子一样，床单是白的，窗帘是白的，就连灯光也都是白的。看见这种白色我就清醒了过来。

大叔说他去洗澡。水声盖过了我出门的声音。

是的，我走了。这城市灯红酒绿。我站在车水马龙里，好想去佛罗伦萨。

我没有带钱，走得匆忙，我的书包还在宾馆里。一辆辆车在马路上奔驰，我却有一种冲动，想跑到车子中间，任命运把我抛向何方。在我这么做之前，一对母女从我身边走过，女儿搀着妈妈的手，天真地指着天上的孔明灯。

可以这么说，是那忽明忽暗、在无人能及的高空散发温暖的孔明灯救了我。孔明灯越来越小，却越来越亮，我在我刚满十六岁那天，终于开心地笑了起来。

说着说着，我也笑了起来。陆医生嘴角还有残存的笑容。电脑嗡嗡地响着。窗外的夕阳透过窗帘照射进来，整个屋子慢慢变红。

就像那天的孔明灯。我的嘴角泛起淡淡的微笑。

那晚我没有回家。大叔也没有找我。我在马路上走了很久，最后找到了一家肯德基。我在那儿坐了一夜。我没能睡得着。我想了很多，想哥哥，想林老师，想大叔，想佛罗伦萨。大叔其实有一个女儿的，很可爱，见到我就叫我姐姐。可是那晚，我特别想流泪。

直到早晨离开的时候，我的泪水都没有流下来。

后来我的爸爸妈妈就对我抓得很紧。中考要来了。我夜不归宿。她来了。

她开着崭新的奥迪，一身高级服装，口红是新款的香奈尔。她径直来到我们的教室，走廊里满是高跟鞋得得得的声音。我的第六感告诉我，那是冲我来的。

她一把抓住我的头发，我被扯到了教室外面。同学们纷纷站起来看好戏。没想到这么小巧的女子有那么大的力气，我的头发被扯掉好多，身上也有了瘀青。

校方很想封锁消息，可是记者来了。我当时心一横，随他们怎么写吧。可是校长跟我谈话了，老头子啰啰唆唆，我觉得好烦。也许是我的态度激怒了他，他劝我退学。

妈妈去求校长。看见哀求的她，没心没肺的我突然感觉到了心疼。不过那只是一瞬间的感觉。老头子虽然倔，但还是答应只记过。

说实话，我有点失望。也许全世界与我作对时，我才有那种悲壮的英雄般的感觉。我宁愿被枪毙，也不愿坐牢。这种想法没有人知道，但在我深夜回首往事的时候，会折磨得我整宿整宿睡不着。

嘴里的声音停止，我望着天花板。我已无数次这样仰望天花板了。陆医生咳嗽了一声，我的目光转向了他。

"这么说，你可能还有一点自虐倾向。"他说。

陆医生抬起了头，这下，我和他的目光厮磨了一阵。虽然有点火花碰撞的意味，但我还是觉得无趣。也许继续讲下去我才能振奋起来。

我的爸爸妈妈逼着我和大叔断了联系，然后逼着我学习。

我考上了一所寄宿学校，不能算"考上"，因为只达到了交钱的分数。可是我爸妈还是很高兴。

当然，我没有痛改前非。我和舍友关系不好，她们总是在学校里散播我的谣言。开始时我想奋力反击，后来才发现我没什么朋友。我想到了大叔。

我每个月有生活费，然而我一天只吃一顿。我用剩下的钱偷偷买了一部手机。舍管每天派值日生查房，我每天都把手机揣在一大堆脏衣服里。那段日子，我靠和大叔偷发短信才过下来的。

大叔从来都没有问过我那晚为什么要走。这也许就是我喜欢他的原因。我也没有问过他老婆的事。就这样，心照不宣。

那天我的手机被查到了，值日生是个男生。我不喜欢早操，总是躲在宿舍走廊尽头的厕所里。正巧那天我在厕所里发现作业没带，回头去宿舍了。打开门，才看见那个男生在翻我的脏衣服。

我第一个反应是大喝一声。可是已经晚了，他手里拿着我的手机。

"我，我听到了响声。"男生愣愣的，看来有点蒙。我这才想起来我忘了关手机声音。我上前一把抢走了手机："不许说。"

那个男生果然没有说。后来他找过我几次。

记得最清楚的就是那天体锻课。一周一次的体锻课，我总是待在树荫下思考人生。他找到了我，贸贸然就跟我说："我和几个人要组乐队，你当主唱好不好？"我问他怎么知道我会唱歌的，他说他打听到的。

忘了说了，我在初中的时候，确实偶尔会在晚会上吼几嗓子的。

我拒绝了。那个乐队到我毕业的时候都没有组建得起来。当时我拒绝的时候就想到这一天了。

"真是可惜。如果青春的时候，你善于表达一点，也不会像现在这样苦闷。"陆医生坦诚地看着我，就像当时那个男生一样。我受不了，转过头去。

我的故事要接近尾声了。可是我依然绘声绘色。

到了高二快结束的时候，大叔发了短信，说他举家要移民加拿大了。不知道是不是他老婆的意思，我不想问。这么多年，我抢了大叔这么多年，我都不清楚对于她，我是怎样一种感觉。

我翻了墙。在此之前我用口香糖黏住了摄像头。

大叔看起来更老了，肚子也凸了出来，看来很久没有打篮球了。虽然我们在短信里相谈甚欢，但是面对面的时候，我也不知道说什么。我们就在肯德基坐了一个下午，夕阳照射进来的时候，我又看见了那个金色的轮廓。那瞬间，我好想再一次遇见他们，遇见哥哥，遇见林老师，遇见大叔。重新来过的话，会不会还是这样的结局。

那是我最后一次见到大叔。虽然临别时，他答应明年回来参加我的升学宴。

那是我生命里最安静的一年。高三一年，我明白了远有比青春更加残酷的事情。身边的每个人都在吭哧吭哧地学习，没有人跟我说话。只是那个男生偶尔还会来找我。我们是朋友吗？我问自己，这也是我的升学宴后，我对他说的最后一句话。

我考上了二本。爸妈很高兴，大张旗鼓地准备升学宴。被邀请的人有很多，亲戚里有哥哥，老师里有林老师。大叔只是发来了短信，祝我今后一切顺利。影响我一生的人终于在这一天有了交集，可是整个升学宴，我都觉得自己离佛罗伦萨好远，好远好远。

那天，我爸妈喝了很多酒，我也喝了很多饮料。哥哥对着我笑，林老师对着我笑，我也只好对着自己笑。我不知道对他们说些什么，结束之后，众人离开，爸妈收拾着残局，我拿起一瓶剩下的酒，一饮而尽。

哥哥的笑声，林老师的金色轮廓，大叔的短信内容。晕晕乎乎的我下了楼。眼前站着一个穿着白 T 恤的男生，就是找我组乐队的那个人："结束了，来唱首歌好吗？"

到底我有没有唱歌，我不记得了。只记得那是一间隔音很差的屋子，男生和他的哥们儿眼睛里满是梦想的闪光。

后来，我砸了吉他。

碎片纷飞，就像我的青春，轰鸣着消失殆尽。

"我们是朋友吗？"那是我对他说的最后一句话，也是我想对这个他妈的世界说的话。

我的故事结束了。我望着陆医生。

陆医生似乎意犹未尽，顿了一下说："放心，我会治好你的——"他没有说完，我已经站在他身边，吻了他的脸颊。

"夕阳真好啊。"我离开时，陆医生依然错愕地看着我。

世界温暖得如同一杯白开水。过几天，过几天就去佛罗伦萨。突然，我想起了还小的时候，看见一只夕阳下的狗，对着一棵树，扬起了金色的腿。

操 场

我站在这里。星空下的操场，暴雨下的操场，一望无际的操场哟，我们都是你的牛羊。

王二小还在书里放牛时，我就常站在这里。只不过，身边老有两个闲人：钮约平头三寸，肥阿哥口水六尺。我唱儿歌，他们附和；他们掏鸟窝，我放风。而这个操场，是我们的海，是我们无垠的地母盖亚。风高时，它旋转，雪深时，它静悄悄。静悄悄。

肥阿哥不是中学里的人，他家卖糟卤。可他每天早起，绕过黄家烧饼、陈记酱油摊、阿甲剃头店，跑到中学来找我们。当然，他不会错过胡太太的肉摊。顺一顺、抹一抹，胡太太总能给他点猪下水、腰子肉，外带一道黄牙缝。肥阿哥倒也不嫌弃，回敬两颗歪虎牙，口水流下来，又吸回去。

说到胡太太，和我们也有莫大的渊源。说实话，她应该叫曹老太，她是曹老头的婆娘。可她偏不让，说解放了解放了，自己姓自己的，还说西方人好，西方人妙，一个“太太”，多么高贵，多么礼貌。街上人都说，是曹老头的一屋子怪书害了她。曹老头是谁？中学里谁人不知，两撇胡子一副眼镜，酒糟鼻子幺桶眼睛。他学历说出来，能把学娃娃吓出一摊屎。

我们可不怕。曹老头在实验室三进行气体净化，在高一二班讲细胞的有丝分裂，在标本室看天体书，边看边摸公鸡，看完一本拔一根毛。为此校方还大怒，公鸡标本变成了“木乃伊”，一定要把那个熊孩子抓起来。没抓着。我们也没说。

操场也从来不说。它空旷，周边全是草，北边有块小土丘，从那儿走出去，就是更空旷的港口。很多人在那里离开，在那里归来，在那里飘飘荡荡，毫无归所。我们经常听大人说，这港口以前可繁华了。那时候水路交通发达，小镇可是军事要地，大家都来抢。后来陆路发展，港口冷清了，小镇也冷清了。

一个操场，足以让我们做很多事。比如躲猫猫、过家家，比如更高级的——探索发现。一个下午，我能捡二十七根棒冰棍，钮约能找到三十四粒子弹头，肥阿哥能编十八条喇叭花手链。到了晚上，操场上满是流萤，漂亮极了。我想，这些都是操场的宝藏。

寻宝的人不只有我们，还有曹老头。狸猫标本光了，他也闲来无事，带着他的园艺铲在操场边东挖挖，西碰碰，好生快乐。我们也快乐。有次他挖出了个蚁洞，我们愣是看蚂蚁搬家看了三小时。童年就是挥霍的。

在柴犬标本半裸时，曹老头挖出了个大东西。究竟怎么大，我形容不出来。只看见他把那东西刨出来，在手中掂量掂量，我们呆了几秒，顿时七魂飞出去六魄。我要大叫，钮约捂住我的嘴，肥阿哥还在流口水，于是钮约拖着我，我拽着肥阿哥仓皇逃窜。肥阿哥一个跟头摔倒，曹老头出现在他身后。

对于这个东西，我们都是共犯。至少，曹老头没法拔它的毛。我们站得笔挺。肥阿哥的口水悬在空中。柴犬披着半身的毛。标本室里满是前世的味道。曹老头举起那东西，就像阿基米德撬起了地球。

在地球上，总有些是必然发生的，比如死亡。总有些是偶然发生的，比如战争，比如曹老头挖出了人头骨。这个头骨很精致，洗尽铅华，它白皙有质感，整体大方，细节完美，除了太阳穴有个洞。曹老头招呼我们过来。钮约不敢摸，说妈妈不准他这样。我碰了又缩手。肥阿哥却把短短的小拇指伸进洞里，又回来，伸进去，又回来，乐此不疲。钮约倒退几步，颤抖着问，要不要报警。曹老头慢悠悠地说，看牙齿磨损程度，起码五十年了。过了追责期限了。钮约不懂，退到了柴犬身上。肥阿哥又抠抠头骨，慢悠悠地说，他早死了。

也罢。孩童的记忆是无情的纸，翻了一页，又是一出鲜活的戏。曹老头依旧做气体净化实验，讲细胞的有丝分裂，拔光柴犬剩下的毛。而头骨自有妙用。我们脸挨着脸挤在窗后，在那些大孩子的惊呼声中，曹老头捧出头骨。这里是额骨。这里是枕骨。这里是颧骨。这里是下颌骨。学生嘀咕，那是什么洞。曹老头放下头骨，整整身子，说，同学们，这就是物理的奥妙。现在，我来讲讲力的作用。

我们了解的真相多，世上奇事也多。这天肥阿哥去顺猪下水时，胡太太不见了。偏偏那天肥阿哥想吃干锅肥肠。看着他口水飞流直下，我们头顶头地去找胡太太。遍寻不着，没法儿，我们就去吃下午茶。钮约俩肉串仨鱼丸，我一碗鸭血粉丝，肥阿哥却对着满炉满柜的红肉发了痴。我说，肥牛卷怎么样。钮约说，请你两根火腿肠，不能多了。肥阿哥不干，拿起一碟肉丸，一股脑倒进油锅。香喷喷，麻溜溜，冒出三尺油烟，他笑得欢实笑得朦胧。

拍拍肚皮，胡太太回来了。她前些天烫的卷儿，平了一些，昨日刚换的耐步鞋，粘上点点失落。与以往的热火朝天不同，片肉、剔骨、称两，她的动作斯斯文文，仿佛三拳镇关西，变成了二八金翠莲。我们疑其有诈，拉住肥阿哥，断不敢接近。菜市口的妇女闲嘴，说得苦命金翠莲，又变成了夺命潘金莲。原来镇子上有谣言，安徽那儿来人了，男孩一万二一个，女的八千。胡太太卷了个布袋子，三躲四躲地跑到港口，连个童子屁都没闻到。在石墩子上萎了半天，回来变成了人间四月天。我们虽小，倒也耳闻胡太太没子女，就盼着有个小人儿，给她捶个腿倒个水，不高兴了顶顶嘴。天不遂人，胡太太就是个克子命。妇女们叨得神乎其神。钮约捂紧自己，蹭蹭脚要走。肥阿哥一个欠身，熊扑过去。胡太太见到他，嘴咧到了眼尖上。肥阿哥扒着案板，一瓣屁股对着我，一瓣对着钮约。我们扯扯他的衣角，胡太太说，今天想吃啥，随便拿。我们噤声。肥阿哥扳着手指头，爆炒腰花行，莲子猪心汤也行。

肥阿哥福气好，算算这个月，他吃了三顿糖醋排骨。一顿是家食，两顿是胡太太烧的。胡太太手艺好，排骨、葱段、姜末放进锅里，煮熟，撇去浮沫，加入花椒大料，煮烂，糖、醋、酱油、料酒等调成汁，和排骨一起翻炒，倒入前面的排骨汤，大火急停，小火烹煮，最后收汁。油色喜人，五味飞扬。一小碟，肥阿哥能干三碗饭。不过他也心好，把吃剩的骨头揣在兜里，和我们一起喂中学里的流浪狗。狗吃得毛发颤抖时，操场边出现了一个熟悉的笑脸。

没错，是曹老头。肥阿哥两顿排骨可不是白吃的，起码我们知道了，操场上的野草，曹老头都尝过，就是不爱排骨腰子红烧肉；交上来的作业，曹老头从不看答案，只管学生的潜力；标本室里的那些东西，都是曹老头做的，以至于动物们都怕他。这些不算啥，我们还知道，曹老头挂过破鞋睡过猪栏，猪栏就在胡家。平反后，他不愿回城，胡太太送他腊肠，曹老头想想，每天听砧猪肉也不是那么恐怖。胡太太喝着咖啡，讲给肥阿哥听的。她还跷着手指搅拌咖啡，脸色飞红，发丝微动，你们的曹老师啊，年轻时，老帅老帅了。

打住。我们想象着曹老头年轻时的样子，他却带着东西过来了。流浪狗一看是他，就跑远了。我们也有点发怵。果然，比上次好不了多少，一根白花花的大腿骨。我倒吸一口冷气，钮约靠着我，有点抖。肥阿哥上前一步，抹去上面的泥巴，仔仔细细觅了一遍，还给曹老头："没有洞。"

不过，从那以后，我们开始了曹老头带头的拼图游戏。肥阿哥可积极了，每天带着小铲子小盒子过来，有时还忘了拿猪下水。钮约就三推四推，说妈妈让他去学前班，妈妈让他打酱油，不过时间长了，他也憋不住，畏头畏脑地跑来，说，你们有没有多带的铲子。而我，可是个幸运儿，第一次挖，就挖到了手指骨。

一来二去，我们成了曹老头的心腹。我们拔光了柴犬的毛，尝过了操场上最好吃的野草，高一二班的生物作业，都有我们歪歪扭扭的红钩钩。没人时，我们挖得热火，三三两两的学生跑过来时，我捡棒冰棍，钮约找子弹头，肥阿哥编喇叭花手链。没有人觉得奇怪。这个世界怪事多了去了。

胡太太来找我们时，我们已经集齐了一只左手。她还没摘下围裙，头发零零散散地卷着，耐步鞋一敲一敲，想必蚂蚁死了不少。肥阿哥想打招呼，又放下手。天有不测风云，那个人间四月天，倏地成了烈日与暴雨齐下。

也没什么重要的事，就是胡家的猪栏里，少了一头膘肥体壮能生娃的青年母猪。

生娃这件事，恐怕我还要等上二十年。不过，胡太太等了五十几年，只等到无数只宽鼻阔嘴、摇头摆脑、活蹦乱跳的猪崽子。胡太太欢喜一阵子，给它们喂食、给它们洗澡、给它们清理屎尿，然后妙手一挥，那些小家碧玉大家闺秀，就变成了无数排骨、肥膘、猪腰子。在肉案上，胡太太有时咂着泪花说，这是小七，可调皮了，而且劲道。

作为曹老头的心腹，我们抓猪去了。曹老头说，吊上车轱辘菜，没准就跑回来了。胡太太托着胸，肩上的头发卷扬了一阵：哎呀，这儿有小标兵呢。不怕不怕。说完，她摸摸肥阿哥的头，目光悠长面色柔和。我突然想起某天，胡太太哼着小曲拍猪肉，哼着哼着，对买肉的人说，我家的生了，八只呢。

抓猪，这两个字像是橡皮子弹，稀罕。肥阿哥跟着胡太太走，钮约和我走，曹老头愣在路中央，好半天吐了句话，还没做过猪标本呢。

猪是在操场后面的港口找到的。胡太太摸摸它的蹄子，摸摸它的肚皮，说，瘦了瘦了，起码两个腰子。我们不在意，叽叽呱呱地问，为什么跑到这儿来。我说，它要游泳，凉快。钮约说，它要跑就跑远点，别让人看见。肥阿哥说，它要自由，它要看看世界。我问肥阿哥，自由是什么？他咂叽咂叽嘴巴，自由就是，两碗爆炒腰花一碗猪心汤，三碗糖醋排骨不让停。

胡太太赶着猪回去了。曹老头还在挖泥。看来，是一场丰收。左手的旁边，多了半只右手，还有零零散散不知哪里的小骨头。我捡起两根手指骨，好奇地问，怎么颜色不一样，重量还差这么多。钮约说，你傻呀，那只被虫子啃了呗。曹老头摇头说，不不不，那个本来就不是一个人的。风吹过，我们险些站不住。

丰收的不仅有骨头，还有七七八八的烂布条。钮约找到了黄布条，我找到了灰布条，肥阿哥找到了一个肩章。我们凑过去，肩章上模模糊糊地写着，什么师什么第十三军队。肥阿哥把它摔在地上，什么嘛，看不清。曹老头把它捡起来，拍拍灰，把它放进胸前口袋。我们不解。曹老头摸摸肥阿哥的头，说，小伙子，多少天不剪头啦？明儿带你去阿甲剃头店。

阿甲剃头店在东街，离中学不远。说到剪头，肥阿哥剪头，直接用剃胡刀，哧溜一声完事。我的小辫子，都是被二叔啊三婶啊一剪刀完事。钮约倒是领先潮流，来这儿剪过两次。在路上，我们推搡他，问有啥感受，他说，滑溜溜，香喷喷，剃头刀一放，冷风往脖子里一窜，就成了。

隔着老远，我们就听到阿甲爽朗的笑声。我也听说过，阿甲是镇上一宝，我不知缘由，心想，许是他八十多岁了，还能跳两圈吧。剃头店前面有个脸盆架，架子上插着几朵木兰花。木兰花很香，喜光耐阴，怕水忌碱，移栽时，中小苗需宿土，大苗带土球，适量浇水，翌年可花繁叶茂。这是曹老头讲的。一阵花香袭来，我觉得胡太太说得对，曹老头年轻的时候，肯定老帅老帅了。

阿甲原名陈焕甲，据说他见过十任镇长，还被市长接待过。不过咱们的曹老头也牛，不然他们怎么是好朋友呢。在我们的注视中，两个老头握了手。阿甲也有趣，摘了一朵木兰放在我小辫子上，还说，小姑娘，到了我手上，冲天辫直刘海麻花辫扫帚马尾，随便挑。我用食指绕一绕辫子，羞赧地问，能不能烫个大波浪？阿甲哈哈大笑，指着店里的女郎海报说，弄成小甜甜都行，就怕你家妈妈不准。钮约摸着头，估量着剪几寸，而肥阿哥指着自己的小寸头问，能不能帮我弄个中分？阿甲又笑，肥阿哥的口水又落在地上。

理发店陈旧，但干净。我们一人一个凳子，等着阿甲。我头顶上的熊猫电视，不知疲倦地放着《还珠格格》，紫薇要替皇上挡刀了。我一直以为她会死。不过没死，后来也没瞎。没意思。钮约打了三个哈欠，曹老头开腔了，从小镇的过去讲到中学的现在。阿甲边给肥阿哥剃头，边和他一起回忆。阿甲说，那时小曹估计还没出生，战乱四起，炮火那个轰炸哟，死得都没人形。阿甲一个人逃到镇子上来，镇子里倒也安静，人们洗衣做饭，安安静静地生活。也就是某一天，鬼子来了，镇子上选了个领导，和鬼子们谈和。后来港口边造了两座碉堡，人们洗衣做饭，继续安安静静地生活。

我们仨越听越带劲，问鬼子们杀了多少人，是不是喜欢喝小孩子的血。阿甲笑了两声，对我们说，外面的情况他不了解，反正在镇子上，你们的爷爷奶奶，可吃过鬼子不少糖。我们说他骗人。阿甲拍拍肥阿哥的光脑袋，摇摇头：我还给鬼子们理过头呢。不得了了，我们跑下凳子，围着阿甲问这问那。阿甲说，鬼子的头也是圆的，头发也是黑色的，剪刀一剪，簌簌地落，像霰雪，像煤渣。他们也礼貌，进门，不说话，把发型照片一摆，结束了，留下一沓钱，体体面面地走。肥阿哥听得真切，钮约越听越摇头，不可能，骗人。我可管不了这些，拉着阿甲的衣角，然后呢？然后呢？

阿甲停下手，坐在曹老头身边：老了，故事也不能带进坟墓，和你们小娃娃说说吧。鬼子礼貌，但也冷血。对于良民，他们礼貌，对于那些战士，一刀一个头颅。镇子西边出过一个烈士，偷了鬼子两把枪。鬼子发现了，当即一阵扫射。烈士的老母亲哭啊哭啊，鬼子允许她把尸体带回家哭丧。镇民都说她家完了，不跟她家好。后来也没事。只不过后来，一个个军队过来，打了好几次仗，这个老母亲也死了。镇民说鬼子记仇，更多人说，是命。

钮约吓着了，直哆嗦。曹老头稳住他说，别急别急，你们的阿甲爷爷，也给好人理过头呢。

原来，阿甲还给黄衣服的少尉理过头，少尉是国字脸，不苟言笑，说这儿削个边，就不能那儿缺了角。那次，阿甲可小心了，差点把碎发渣渣都捧在手心里。少尉咳嗽一声，阿甲就心颤一次。所幸到了最后，少尉多给了他小费，说，都不容易。少尉有两个孩子，一男一女，阿甲见过。不过到现在，都没能再见一面。

阿甲还是爱给灰色战袍的人理发。他尤其记得，有个灰衣服战士不太爱说话，笑起来有两颗虎牙，亮晶晶的。阿甲问他，哪个军队的。十师，一二三四五六七八九的那个十。阿甲被逗乐了，问他老家在哪里，家里几口人。山东的，有两个哥哥，一个妹妹，妹妹今年嫁人。小战士对着镜子笑，圆圆的头油亮亮。和少尉一样，他们再也没见过，不同的是，阿甲去确认过，某次战役中，小战士牺牲了。

阿甲不说话了。我们也沉默了好久。肥阿哥打破沉默：阿甲爷爷，他们在哪里打仗的？阿甲说，就在港口，鬼子的碉堡。肥阿哥又问，他们死了，埋在哪里？曹老头接过话头，能怎么办，就地埋了。鬼子黄衣服灰衣服，大家伙一起，在港口旁的草地上，变成了万人坟。后来填平了，就是个空阔安静的操场。我们又沉默。倏地，我们都意识到了什么。

我们没有停止拼图游戏，但话变少了。肥阿哥还去顺猪下水，胡太太告诉他，上次丢的母猪，又给她生了三只，肉乎乎圆滚滚，做烤乳猪最合适了。肥阿哥流着口水，让胡太太给他留一个蹄子。胡太太笑说，以后肥阿哥多去看看她，管够。

在夏天快要结束时，我和钮约成功变成了黑人，肥阿哥还傻白傻白的，胡太太恢复了往日的麻索劲，而曹老头，成功地做出了猪标本。那是胡太太的一只病猪，胡太太不想贱卖，说文明人不能不厚道。不过，曹老头不能拔它的毛，还是小毛猪呢，光溜溜的。要是没病，我们情愿吃掉。而我最想说的是，我们的宏图伟业，快要完成了。

那是早秋的一天，肥阿哥吃了一碗溜肥肠，嘴边的油还没擦干净。钮约穿着他妈妈刚洗的蓝衬衫，板寸矮了几分。我把收集的棒冰棍一一排开，合着肥阿哥给我的、已经干枯的喇叭花手链，一起放进了杂物箱。本是寻常天，却由不得闲人意。肥阿哥来敲我家门，嘴里叽里咕噜，好容易我才明白，曹老头找我们。

这个曹鸿森，做了一辈子木拙拙的教书匠，难得眉清目爽，意气风发。我走在肥阿哥后面，钮约走在我后面。要是再多几个人，就可以玩老鹰捉小鸡了。我们是白羽鸡，曹老头是老鹰，不，是老老鹰。

标本室里的空气，清清凉，有点手术室的味道。那只病猪在柜子里昂首挺胸，我想，没有被吃掉，也是它的福气。肥阿哥手里哗啦啦响，塑料袋的一只耳朵悬在空中。他今天又去顺猪下水了。我也只能眨巴眨巴眼睛，无可奈何地看他胖着。

标本室正中央，铺着一层白布，上面褶皱横生，沟壑纵横。钮约一手抓着我，一手抓着肥阿哥，他的手心沁出了汗。我把剩下的左手揣兜里，叉着双腿站着，有点兴奋，有点紧张。曹老头不慌不忙，踱了几步，手搭在白布上。肥阿哥却等不住了，三步两步，把白布掀开了。

没错，是一具完整的人骨，有腿有手，有肋排有盆骨，太阳穴还有一个洞。肥阿哥惊呼起来，钮约捏紧我的手，而我感到平静，就像战争后的废墟，风吹过，带不走一株野草。

曹老头和我们仨每个人握了手。他说，孺子可教，仁者爱人。我们在人骨边转了三圈，曹老头高谈着，人可以鉴别骨头年龄，可以提取骨头里的DNA，可以根据牙齿磨损程度判断尸龄。肥阿哥一听，呆在那里，摸摸脚趾骨，摸摸大腿骨，我们不知他要干什么，也呆着看他。良久，他说，它是鬼子呢，汉奸呢，黄衣服呢，还是灰衣服呢？

这句话把大家都难住了。钮约摸着头，曹老头扶着眼镜，我抖擞抖擞身体，没有人说话。一会儿后，曹老头把手臂骨抬起，自顾自地说，或许，都是的。肥阿哥抢走他手里的手臂骨：那这个，我们怎么鉴定呢？哪个是哪个的？

窗外传来蝉鸣，声势浩大。想必它们也没几天了。标本室整洁安静，我感觉到病猪标本在生长，在长膘，很快就要冲出柜子，飞到丛林中了。

在我注意力涣散之际，肥阿哥已经抱着几根骨头，走出标本室了。我们跟着他。肥阿哥走到旁边小院里，吹了声口哨，那只摇头摆尾的流浪狗来了。起初它不敢接近，曹老头后退几步，它前进几步，等曹老头退到了三丈远，它呜咽一声，窝在了肥阿哥脚下。肥阿哥扔出一根脚趾骨，流浪狗嗅嗅，没怎么搭理。没等我们问，肥阿哥手一挥，得了，好人的。然后他又扔出一根手臂骨，流浪狗扭头，向后退了一步，肥阿哥又扔出肋骨，流浪狗居然大叫起来。肥阿哥一看不得了，用脚狠踹地上的骨头，嘴里大骂，大坏人！鬼子！汉奸！我也加入进去，踩得不亦乐乎。而钮约，退到了后面，像是要逃了去。

曹老头制止了我们，把骨头带回标本室，一一摆放整齐。又是一具白花花的人骨。我们完全没有了刚才的拘谨，围在骨头边，一口一个，这个是胸骨吗？这根属于躯干吗？肱骨是什么部位呀？曹老头也不嫌烦。

我们问累了，站在窗前晒太阳。满操场的金色啊，一浪一浪，推来涌去。一点五亿公里外的太阳啊，你看见了吗？我们的前辈，在这里劳作，在这里哭泣，在这里相聚，在这里死去。他们死去，或化为白骨，或碾作灰烬，无论他曾经是谁，都逃不过这样的命运。金色屋子里，曹老头眯着眼，钮约在颤抖，我面无表情，或许在宇宙的某个角落，有一个双子星系，而那个我，是在微笑。

又是一阵哗啦哗啦响。没等我们反应过来，肥阿哥掏出一颗猪心，放在了它的胸骨上。我们问他干什么，他说，给它一颗心，它会复活的。我想把猪心拨下去，肥阿哥大叫着不让，我伸出手，他又拽住我。曹老头转过身，慢悠悠地说，它活过来，会是谁呢？

那件事是这样结尾的：肥阿哥端起头骨和我打闹，钮约的手却不小心撞了上去。时间停止，钮约愣住，我感觉他的板寸炸成了满头爆米花。迟疑三秒，他大叫着夺门而出。于是镇子多了一个传说。一九九九年的某一天，一个身穿蓝色衬衫的板寸男孩，发了疯似的在街上呐喊：死人复活啦！死人复活啦！脚步蹒跚，身姿凌乱，那双眼睛，似乎看透了生死。

钮约的爆发，直接导致了事情的败露。世界上有些东西，一旦找到了线头，整个儿都会拆散，比如毛衣，比如爆竹，比如我们这个秘密小组。校方找曹老头谈话，又找我们谈话。钮约那㞞样，居然全招了。后来，人骨被收走了，公鸡标本、狸猫标本、柴犬标本、猪标本全都没了，标本室做了学生活动室。后来的后来，阿甲死了，曹老头退休了，胡太太也不卖肉了，带着他老帅老帅的老公，去欧洲玩了。她对那些闲嘴妇女说，人活着如果没有文明、没有意义，和那些小猪崽有什么区别。而我们呢，钮约去城里读书了，我也考取了县一中，肥阿哥书念不下去，卖起了糟卤。后来镇子人少了，他出去开挖掘机了。我时常在想，如果没有曹老头，没有肥阿哥没有钮约，没有故事里出现的人物，我的童年会是怎样？而如果没有战争没有死亡，这个小镇会是怎样？我们的地球会怎样？宇宙呢？

人要好好活着，就不能想太多。也是在一个爽朗的午后，我回到了小镇。空气清新，阳光和暖，遍地温柔。我又回到了操场。一切还是那样，就是旧了点。风吹来，我想象着，要多少年，才能累积成这片土地。风依旧吹来，整个操场静悄悄。静悄悄。

福禄寿

元嫂把地上的书全扔了。为什么扔？华玉卿问她。元嫂不说话，当着他的面，把两本杂志扔进垃圾桶，转身去厨房切菜。华玉卿还在问她。元嫂把菜刀啪的一声插进砧板上。华玉卿缩起脖子。元嫂操起手边的抹布："抬手。"华玉卿乖乖地抬手，"转身。"华玉卿乖乖地转身。元嫂捯饬了他的上半身，又把他的鞋子擦得锃亮。"好了，找老张打牌去吧。"华玉卿铁青着脸，咕噜咕噜转着手下的轮子，朝大门滑去。到了大门口，他的手又犹疑着。"利索点。"元嫂瞟他一眼。这个南陵大的二级教授，还是乖乖听话了。临走，他还补了句："中午鱼汤面，加两个蛋啊，两个。"

老张手臭，但华玉卿乐意。小区里的其他老头，不是吐痰就是抠鼻子，老张不。老张会文雅地抽出一张面纸，侧过脸，不让大家瞧见。一来二去，华玉卿对老张的好感度倍增，尤其是老张打牌前要洗手，哗啦啦的水声，华玉卿一抖，像通了电。

瘫痪后，华玉卿很少出门了。二十八岁，跃升教授；三十四岁，"郭沫若杯"国家人文社科类金奖；四十岁，南陵大终身荣誉教授。赫赫战绩，也让他厌倦了沙场。某天他坐在卧室里，看他历年得到的奖杯，看到深处，大叫元嫂。元嫂围着围裙，骂骂咧咧地过来，问他做什么鬼。华玉卿眼泪簌簌，他不想这样死去，他要出去。

元嫂原名田恩元，家住马家沟，配偶马东强，育有两儿一女。大儿深圳打工，二子赋闲在家，小女随她进城。小女名马兰，方脸鹅眼，阔耳牛鼻，四肢还算周正。马兰最喜冲人，一句话不对劲，两句话就哑口。元嫂也不管她，由她去，指不准哪个傻小子好这口呢！

从马家沟到沛城，元嫂打的是满满的主意。比如通江路十八号小单间，元嫂可是踩点又踩点，还价又还价，终于有了临时的家；比如爱玛小电驴，元嫂狠狠心买的，上街买菜，出门有事，不能没有坐骑啊；比如大儿，挣点钱找媳妇；比如二子，烂泥扶不上墙，玩儿去；比如马兰，找个城里小伙，日子过得总比她妈好。就这样，元嫂打入高等教育内部，成为华家的一员。

华玉卿本也抗拒元嫂，嫌她粗嫌她不雅。后来发现，元嫂粗中有细，只是嘴巴擦了油，那些脏字滑出来了而已。这都不是主要原因。华玉卿虽事业有成，但腿脚不便，配偶没了，儿子在美国，再高的价钱，也没多少人愿意伺候屎尿。而且，华玉卿爱吃鱼，各种鱼。元嫂的鱼汤面可是一绝，又不怕吃苦。

怕吃苦的是小贼女。马兰网名叫“小天女”，元嫂也实在，直接唤作小贼女。马兰头圆，心思尖，元嫂没少操心。从小，马兰没啥本事，作怪倒不少，比如插朵红头花呀，比如在袄子上绣朵鸳鸯彩呀，元嫂不和她计较。马兰到了沛城，心也高了许多。元嫂让她去餐馆端盘子，马兰一句话没噎死经理：你这抹布面能吃吗？人家的抹布只不过放在面锅旁罢了。元嫂头疼，就先让她悬着，晾晾。

华玉卿喜欢让元嫂瞅他的荣誉证书。把红皮壳卸掉，露出有点发脆的卡纸，用衣夹夹好，配合着春风微露，华玉卿陶醉在五月的阳光里。元嫂在那儿拖地，华玉卿就自言自语，这是二〇〇九年的历史学奖，这是十年前的荣誉奖，以及当年，他如何在南陵这个地方，翻阅史书，实地勘探，夜以继日，不到黄河心不死，最后得出结论，南陵的主人是周朝的靖南王，铁证凿凿，也让华玉卿一举成名，得到“郭沫若杯”金奖……啰啰唆唆的，元嫂也不和他较劲，把沙发坑凳子缝都抹得干干净净。华玉卿有时淌眼泪，问她为什么不回答他。元嫂点点头，说，好好好，明天要交水电费，等会儿你去备点钱。形而上和形而下，波澜不惊，相安无事。

闲了，马东强也会来华家。马东强是南陵大的保安，长话短说，就是华玉卿给他找的。这年头，当保安也不容易，幸得马东强当过兵，懂些格斗术。每天坐在警卫亭里，小风吹着，暖阳拂面，道是春意了了，却也胜过人间无数。于是每隔一段时间，马东强就会带点酒菜，带点红双喜，过来看看华玉卿，想和他谈谈《三国演义》。不是说马东强念恩，而是华玉卿客气。几条红双喜，能换来镀金纪念币。华玉卿看得上那些小东西吗？为人恳切，当如螳螂捕蝉；为人刁钻，当如黄雀在后。

这天，马东强来溜圈，遇见了南陵大的学生们。马东强有些窘迫，站在那儿，像是藏不住两手两脚似的。华玉卿没怎么注意他，嘴巴说个不停。学生们点头，做笔记，时不时问些马东强听不懂的问题。马东强放下手里的东西，不管不顾地坐下来。元嫂从厨房里冲出来，赏了他一个爆栗子。众人有些痴愣，元嫂大义凛然地说：“杀鱼去。”马东强像捡了个宝，屁颠屁颠地刮鱼鳞去了。客厅里的他们还在说话，大致意思是，过两天要接华教授去参加学术会议。华玉卿嗯了两声。马东强拍拍鱼鳞，胳膊肘捅元嫂，用两只凸出的眼球，挤出一个丑陋的媚眼。

没错，马东强垂涎华府很久了。二十层，采光好，真皮沙发，红木家具，加上柔软舒适的席梦思大床，真真一个太虚幻境。自是见了一眼华府，马东强便整日寻思着如何鸠占鹊巢。这不，鹊要走了。马东强心底连吐了三个“好”。好哇，能幻境中走一场，也不枉红双喜，白玉酒，两个土人城里走。

没过两天，元嫂拾掇好华玉卿的包裹，帮他穿裤子套衬衫，再烧一壶热水给他兜着。华玉卿歪着头不说话。元嫂又去煎蛋。医生说，老人要吃清淡点。可煎蛋就是这么简单，加点油，磕个蛋，撒一把盐，华玉卿吃得嘴角流黄。日子就这么过的，谁知道人死了变成什么？华玉卿佝着身子，摩挲他的袜子，袜边捂在里面了。元嫂也不心疼，手里多撒了几克盐。抽油烟机关掉，煎蛋喷香。是溏心的，华玉卿啜了几口。元嫂洗锅去了。你要什么礼物？元嫂没听得清。你要什么礼物？华玉卿又问了一遍。元嫂咣当当地稳住手里的锅，认真想了一遍。有桂皮吗？有胡椒粉吗？沛城都不正宗。杀他奶奶的。

从通江路十八号小单间到春江花园八栋二十层套房，马兰是蹦着来的，元嫂习以为常，而马东强掖着自己的小心思，紧跟在后面。马兰梳了个羊角辫，五官看起来柔和了许多。马东强挎了个布袋子，元嫂说他淘宝来了。反正华玉卿家东西多，少一枚扣子多一口痰，也没什么了不起。元嫂说，你可别偷太多。马东强说，我都把你给他了，拿点小恩小惠算什么！

是夜，元嫂睡得安稳，马东强却翻来覆去的。席梦思固然好，但总觉得自己少了脊梁骨。马兰也睁着眼，看着流线型的吊顶，繁复精美的橱窗，以及那一摞摞或白或黑的书籍。那个叫《巴洛克之美》，那个叫《星空给我们带来了什么》，简直像一扇扇凿花雕镂的丹砂红木门，轻轻一推，就是若轻云之蔽月、若流风之回雪的风雅、盛大的新世界。

元嫂在梦中追蝶，马东强爬起来了。客厅转一圈，阳台遛个弯，马东强来到了书房。马东强只在南陵大图书馆看见过这么多书，一扎扎，一捆捆，像春天里可劲儿飞的柳片，也像过了数人之手，卷了边开了叉的废纸牌。

华玉卿的书房大得很，像个铜雀台似的。除了书堆，就是那一个个锃亮的奖杯了。有水晶的，有金闪闪的，全都发着异光，像大乔的耳环，也像小乔的唾沫星子。马东强耐不住了，这边碰碰，那边敲敲，清清脆脆，空心的。上面都刻着什么什么奖，什么什么荣誉，马东强用指腹摩擦着刻字，凹凸不平，心旌荡漾。这两天，它们是他的。用它们喝小酒，抱着它们睡觉，大有用处。马东强沉醉在五月的夜晚里。书橱角落，有什么微微放光。马东强靠近，那是“郭沫若杯”金奖的奖杯。马东强的眼睛也在放光，像偷书的蒋干。

马家人在华府度过了难忘的两天。五月微热，马兰穿着长袖吹空调，翻翻桌上的图画书，看看四十二寸 LED 液晶电视，顺便干掉了冰箱里的牛奶。马东强不同了，坐在书房里，悠然架起眼镜，捧着《三国演义》摇头晃脑。元嫂还是那样，在厨房里倒腾倒腾，然后把一盆菜往桌上一摔：“吃饭了。”

华玉卿回家时，元嫂把一切都恢复了原样。华玉卿放下行李，咕噜咕噜转着手下的轮子，把一幅画塞到元嫂手里。上面是油菜花田，一团团金，一簇簇金，奔涌着，叫嚣着，在天地间相拥，在画纸上永恒。元嫂谢过华玉卿，随手一放，放走了这团春意。华玉卿说，这可是民间手艺人画的，用彩结构都极好的。元嫂努努嘴，用围裙擦去手上的油。她爹娘在油菜花田里滚了一辈子，也就窝出了个砖泥小茅屋。

掂量掂量时辰，元嫂又跑到华玉卿卧室里去。华玉卿在打瞌睡，脑袋一啄一啄的，跟乡下的捣衣杵没两样。元嫂拗，想叫醒他，但没主意。于是她拿了抹布到卧室，手腕悬着抹布，四处扫扫，发出窸窸窣窣的声音。华玉卿一个惊神，拔着头四处张望，看见元嫂，才舒服稳当地泄了气。元嫂走过去，帮他揉脚。华玉卿倒不好意思了，轻声问她怎么了。元嫂也不抬头，含糊地说，老张儿子那件事怎么样了？华玉卿一拍脑袋，啊呀，马上去和他说，马上。

老张的儿子也姓张，当然的事。元嫂的女儿姓马，也不奇怪。这马和张，也没什么对冲，马张儿张马儿，不算拗口。元嫂打这主意不是一时半会儿了。那天她从楼道里看见了张洪磊，个头不高，老实；体态偏胖，脾气好；架着一副细边儿眼镜，读书人，齐活！元嫂甚是满意。马兰会怎么想呢？元嫂不管。生男生女都一样，只要孙子有文化。

老天爱弄人。元嫂从小电驴上摔下来了。没啥大事，就是胳膊肿了腿瘸了。撞她的也是小电驴，驴屁股上的老女人骂她，怎么不长眼睛。元嫂揉揉腿，在马路上哀号。人越来越多，老女人脸也挂不住，扔下五百块钱，寻着一条人群缝钻了出去。五百块钱洋洋洒洒，元嫂够着扒拉着，不知这时应该抽噎，还是破涕为笑。

华玉卿让元嫂歇两天，元嫂哪会答应？一天一百八十元，少一天就是几个猪肘子。要是有个什么徐娘尖着嗓子，扭着步子伺候他半天，元嫂就该下岗了。元嫂不是想这些的人，但她懂。马东强当年给了她两下子，她爹娘只好把她嫁出去了。索性元嫂也想得开，嫁谁不是嫁啊，生谁不是生啊，日子过得好就行。她希望马兰也明白这个道理。

春江花园有电梯，元嫂不必在台阶上摸索了。但通江路十八号没有，那还是九十年代的建筑，老旧，过时，还沾着将死未死的气味。每天，元嫂拖着拐腿，一磨一蹭地上小电驴，小电驴不知哪儿摔坏了，一路吱呀吱呀叫到春江花园，到了，委屈地呜咽一声，等待主人的体温。元嫂也不会让它等多久，简单打扫下，把华玉卿喂饱，一百八十元也到手了。热屁股上座，小电驴叫得欢实。霓虹灯亮得也欢实。一道道红绿光照在元嫂脸上，她想起马东强昨天打牌赢了八十块，可以给马兰添件新 T 恤了。天光暗了，小电驴逶迤着。

过了两天，元嫂才注意到，除了打牌，马东强有了新宠。量他也不敢翻出什么花名头，元嫂没理会。可元嫂做的茶叶蛋，马东强嚼了两下就吞下去了。元嫂很少做茶叶蛋的，配料太多。于是元嫂悬了一晚没睡，眯着眼不说话。果然，马东强半夜起来了，从杂物柜里掏出了一个亮晶晶的东西，呸一口，又用衣袖擦。马东强打开台灯，照在自己身上，然后对着镜子，举起那个东西。那是华玉卿深藏在柜子里、不舍得见光的“郭沫若杯”金奖奖杯。

元嫂猜得没错，马东强是住华府时偷拿的。元嫂问为什么，马东强说，好看。元嫂说，好看的东西多的是，你怎么不去抢商场？马东强笑了，抓起元嫂的食指，放在奖杯底座：你摸摸。元嫂用指腹摩擦着刻字，凹凸不平，心旌荡漾。“郭沫若杯”金奖？元嫂边摸边说着。四周万籁俱寂，月亮也隐去了。元嫂听见了自己的心跳。

风吹来，晾衣绳上精彩非常。华玉卿仰着头，元嫂在厨房里切葱刮姜。今天买的野生鲫鱼。卖鱼的老头子多找了她一块钱。想着想着，元嫂的食指多了一道口子。算了，人血也是血，鱼血也是血，元嫂把鲫鱼扔进锅里。

这次的鲫鱼，烧得很完整，头翘尾翘地躺在碗里，像一道上弦月。华玉卿用筷子插插鱼身，夹起一块鱼肉。元嫂洗锅去了，哗啦哗啦的水声，轻快明亮。突然，元嫂听见了异响，回头，华玉卿捂着喉咙，惊恐地看着她。

华玉卿在五官科待了很长时间。白炽灯亮得耀眼，照出了华玉卿脸上的沟沟壑壑。秒针飞快，元嫂站着不知所措。华玉卿嘴巴张久了，眼角开始流泪。镊子撞击着牙齿，声音冰冷。医生说，再张大嘴，华玉卿就张大嘴。医生说，咽唾沫，华玉卿就咽唾沫。元嫂望着他，老去，真是一件不堪的事。

鱼刺出来没多久，学校里来人了。还是上次的几个学生，手里捧着鲜花，嘴角扬着收敛的笑容。华玉卿示意他们坐下，闲谈几句，放他们走了。医生说不碍事了。华玉卿吐了一口接一口的浓痰，钩着嗓子对元嫂说，这儿闷人，去外面吹吹风。五月初的暖风，爆米花炉子似的。元嫂刚要舒口气，华玉卿淌眼泪了。元嫂还没问，华玉卿自行招了。他儿子华效之，从小成绩优异，聪明过人，要一百分就一百分，要得奖就得奖，深得他的真传。他和他妻子都宠得很，怕摔怕磕碰。华效之争气，考上美国耶鲁，一路都是开了挂的人生。同时也犟，毕业了就不回国。他妻子身体弱，没能享福。他呢，瘫痪了。现在的一家人，只不过是偶尔来个越洋电话，每月银行卡上多一笔钱而已。说到动情处，华玉卿抹眼泪。真羡慕你们。华玉卿仰头，抽着鼻子，一家人在一起，多好。元嫂不知说啥，就把食指的伤口给他看：这鱼真够厉害的。华玉卿突然笑了，喉咙里发出窟窟的声音。元嫂也跟着笑。华玉卿指指自己不能动弹的双腿，再指指元嫂的瘸腿，两人对视一秒，爆发出大笑。

小贼女马兰还没梳好头，就被元嫂带到华府了。张家人还没来，华玉卿和马兰随便聊聊，让她随便看看。马兰看着流线型的吊顶，繁复精美的橱窗，以及那一摞摞或白或黑的书籍，那一扇扇凿花雕镂的丹砂红木门，那个若轻云之蔽月、若流风之回雪的风雅、盛大的新世界。马兰复习了一遍，窜到了卫生间。梳子带了，皮筋也有。马兰对着镜中的自己，曾经的方脸鹅眼、阔耳牛鼻，柔和了许多，也妩媚了几分。羊角辫完成，皮筋弹到手背，马兰甩手，发出银铃般的咯咯笑声。

老张和儿子来了，大家客气地寒暄几句，元嫂和老张借口离开华府。剩下这个学识渊博的老头，一边挑起说媒的大梁，一边抖擞着毕生的包袱。华玉卿先向张洪磊介绍了马兰，姑娘热情善良、青眼蛾眉、为人大大方方，绝非朱弦美酒之所属，也莫若素女冰霜之流。总之，马兰是一个实实在在、会过日子的姑娘，在这个时代，值得拥有。张洪磊被说得一愣一愣的，只顾点头。下面是介绍张洪磊了。华玉卿刚要开口，马兰却发话了：男生身高不足一米七，不是二等残废吗？你这么胖，不想想减肥？你眼睛多少度？摘下眼镜，看得清我手指几根吗？一句句话像镰刀，像利斧，割开了张洪磊脸上尴尬的笑。华玉卿也笑笑，一时还找不到词。这个小贼女啊，还在那儿抖着腿，等待敌人下一步攻击。

半晌，华玉卿避开了这个话题，开始和张洪磊聊他的父亲。老张的面纸，老张的侧脸，尤其是老张打牌前要洗手，都显示他不同于其他人。张洪磊渐渐也开朗了，谈他父亲睡觉前要看书，每天要练书法，家里的花花草草也有声有色。两人刚到兴头，马兰又突击了：那个老张，抠鼻屎要挑个没人的地方，懂不懂啊？打牌，牌技那么差，对得起对家吗？不要丢人现眼了。看书、练书法、弄花草，都是因为无聊没事干。张洪磊的脸色越来越难看，不停地咽口水。华玉卿觉得势头不对，起身，说他记得老张马上要去舞剑房，洪磊要不要送送？张洪磊白了一眼马兰，告辞了。

华府的门哗嗒关上。华玉卿望着这扇枣红色的大门，深深地叹了口气。良久，他咕噜咕噜滑动手下的轮子，转过去，却看到了方脸鹅眼、阔耳牛鼻、扎着羊角辫却脱得精光的马兰。

华玉卿呆住了。虽说马兰姿色欠缺，但凹凸有致的曲线、纤美柔和的皮肤、圆滑挺翘的乳房，无一不在告诉他，他有多年看不到女人胴体了。华玉卿脸涨涨的，眼珠似乎要掉出来了。马兰扭着身子走过来，胸部如起伏的水波。华玉卿扭过头不看她。马兰却用食指勾住他的下巴，让他转头。他红着脸大喊：你干什么！马兰一把坐在他无知觉的膝盖上，解他的皮带，脱他的裤子。华玉卿按住她的手，你到底要干什么！马兰笑了，你叫我小天女吧，然后放开华玉卿，推着轮椅在华府转了一圈，还有几张纸晾在半空，马兰让他一一读出来。卧室里、客厅里、书房里都是书。《巴洛克之美》讲的是欧洲中世纪巴洛克艺术，《星空给我们带来了什么》讲的是黑洞星体对地球的影响。走到书房，华玉卿解释什么时候得了什么奖，看到书橱角落，他愣住了。这时，马兰用胳膊环住华玉卿的脖子，口里的热气喷到他的耳朵里：我美吗？华玉卿屏住呼吸：你告诉我，你到底要干什么？

马兰笑了，发出银铃般的咯咯笑声。她把轮椅转了三百六十度，华玉卿看到了一个仓促的女人胴体，随即又滑过去。马兰贴住了华玉卿，乳房压在他的肩膀上：华教授，请你大声地说一遍，我是这个房子的女主人！这些都是我的！

马兰扭好了衬衣的最后一个扣子，华玉卿铁青着脸，背对她：过分了。马兰甩甩头发，哪有什么过分？发生过什么？华玉卿握紧拳头拍打轮椅扶手：我会告诉你妈的！马兰对着四十二寸

LED 液晶电视机梳羊角辫，屏幕上的她，粉面桃花的：你说呗。

华玉卿谁都没告诉。就像马兰说的，发生过什么？这一切都可以没发生过。鱼还是鱼，面还是面，华玉卿告诉元嫂，他再也不吃了。元嫂不明就里，给他煎蛋，他都说，蛋心没熟，而且齁死了。元嫂问他想吃什么，他说想吃一条腿烧四条腿，元嫂就烧金针菇炒猪肉；他说想吃纯种低热量，元嫂就买生菜给他凉拌，他都喜欢吃，但每天要求不同。领悟了华玉卿心生不满，元嫂处处留意。

屋子里待得闷了，华玉卿转着轮子出去晃荡。元嫂帮他捯饬，袜子袜边捂在里面了，元嫂佝着身子顺好。华玉卿也不和她打招呼，关了门就走。啪嗒一响，元嫂坐在了沙发上，了无牵挂。

华玉卿很快回来了，带着一股丧气。老张不理他了，撺掇着其他人也远离他。元嫂不知该悲伤还是高兴，端来一盆热水，帮华玉卿脱下袜子，浸没他的双脚，一块老皮摇曳在水里，缥缥缈缈的，像远山的老翁。元嫂搓着脚，想起了女萝草、菟丝花，还有满田的油菜籽。菜籽油可香了，炸出来的鱼排、鱼圆，跟珍珠白玉、黄金万两似的。元嫂有点想念那样的味道。正当她发愣时，华玉卿丢了一句，小天女怎样了？元嫂一惊，心里估摸出了六分。

元嫂一睁眼，看见马兰对着镜子做鬼妖，元嫂一声呵断她，问她干什么。马兰说，要你管。元嫂气急，掀起被子揪她耳朵，问她哪里得罪华教授了。马兰委屈得差点哭出声，说华玉卿怎么了她。元嫂往下细问，马兰抽着脖子说，她几句话惹得华玉卿不高兴。元嫂知道她没说真话，看她梨花带雨、春日凝妆的样子，就放了手。天塌了，也是自家的闺女。

马东强昨日回来得晚。元嫂一嗅，知道他半夜去喝酒了。于是掌撸了他一下，他猛地惊醒，嚷嚷着做什么。元嫂问他，什么时候把奖杯送回去，日子长了可不好。马东强手朝天空挥挥，不急，翻个身继续睡。元嫂扒开他的耳朵，大吼着，这可是偷盗罪！马东强被震得天旋地转，钟鼓喧鸣，骂她臭婆娘，欠打了是不。元嫂又给了他一巴掌，马东强怒了，扑上去和她扭打起来。元嫂抹脸，哭丧着说，我怎么得罪你了马东强！马东强又给她一巴掌，伺候其他男人吃喝屎尿，肯定啥都看到了，臭婊子！元嫂不甘心，抓住马东强的手腕就是一口，当年还不是因为你！不然我稀得你们马家！

小电驴不叫了，一路春光明媚，赶上麦子丰收了。元嫂的心情愉快了些，世间，没有不能补的洞。到了春江花园，元嫂麻利地下车，走路，上电梯。腿好些了，不认真看，没人相信她瘸过。日子总会好的。揣着这样的信念，元嫂打开二〇〇三号门。沙发上的华玉卿，正铁着脸看几页 A4 纸。元嫂也乖，踮着脚尖去打扫阳台了。她余光瞥到，华玉卿带着纸张、手机进书房了。元嫂放下拖把，贴着书房门偷听。

华玉卿二话不说，砰地爆发了：你们这些学生啊，天天晓得来看我看我，拔个鱼刺还来，不知道的以为你们仁孝，而我这个当局者啊，昏了头！随即一长串的啰唆，元嫂也了解了大概：那些时常来探望他的学生，彻底推翻了华玉卿考察南陵主人的结论，还把新的研究成果刊发出来了。华玉卿在书房里胡乱拍打，书啊奖牌啊哐当哐当倒地，他大嚷着，这辈子，他们都别想进他家一步。元嫂凑近了些。华玉卿哗地把门打开，看见了弯腰弓背的元嫂。

“你被解雇了。”

元嫂问有没有办法补救，华玉卿拉低嘴角，不可能。元嫂掰着手，不知道往哪儿放，华教授，求您了。华玉卿别过头，不可能。三碗不过岗，元嫂也明白。华玉卿接着说，你们都是骗子，学生来骗众人敌对他，保姆来骗钱，区区一个姑娘，觊觎他整个的财产。你什么都有了，元嫂说。华玉卿不停歇，讲起学生如何装可怜。你什么都有了，元嫂说。华玉卿又讲起了马兰，低贱的天性不能改变。你什么都有了，元嫂说。华玉卿音调变高说，能自由出入他家的，就只有他和元嫂了，到时候，警察来调查一下，“郭沫若杯”奖杯在哪，就一清二楚了。能不能不这样？元嫂要哭出来了，你什么都有了。哼，华玉卿轻蔑地说，借东西要还，偷东西要坐牢，三岁小儿都明白。接着一大段，讲的是他的过去，如何在南陵这个地方，翻阅史书，实地勘探，夜以继日，不到黄河心不死，最后得出结论，南陵的主人是周朝的靖南王。你什么都有了——伴随一声长腔，元嫂哭出来了。

等华玉卿反应过来，元嫂已用胶带纸缠满了他全身。他被彻彻底底固定住了，五指也被牢牢地锁在扶手上，分毫不能动。元嫂瞅瞅他的腿，冷笑道，这儿不用了。华玉卿惊恐地睁大眼，太阳穴青筋暴露，嘴上的胶带被气流吹得鼓起来。你还有什么要说的？元嫂问，撕开他嘴上的胶带，没等他喊出声，元嫂又贴了一张。华玉卿脸憋红了，像要骂娘。你放心，元嫂拍拍他的肩膀，老张不会来，你的学生不会来，你的儿子也不会来，你就好好地坐在这里，等着喝鱼汤吧。

华玉卿低沉地呜咽。元嫂也不管他，在屋子里四处翻着。保姆用的柜子里，有华玉卿送给她的油画，一片油菜花，金黄得喜人。元嫂想撕掉，想想，还是塞进袋子里。她爹娘在油菜花田里滚了一辈子，好歹窝出了个砖泥小茅屋。元嫂把晾衣绳上的证书全都摔到华玉卿脸上。华玉卿疲惫了，不挣扎了，定神看着她翻腾，打包包裹，开门离去。外面的世界只剩一条缝时，元嫂把头伸进来，愤愤的，“你这可怜虫。”她说。华玉卿没有反应，只是看着元嫂发黄的瞳孔，那里，周朝的靖南王，爬出了南陵，推着一把轮椅，一瘸一拐地向他走来。

左脚应该先离开

那辆车停在家门口时，青枝有些意外。

就像一个多年未见的老朋友，虽然按了门铃，打开门时，只觉得现在的世界呼啸而去，过去的人生扑面而来。

车子里的不是她哪个老朋友，而是一具年轻人的尸体。而她，再也听不到这具尸体说的任何一句话，哪怕是一句简单的“妈”。

一

卉生这名字是他父亲起的，具体来历青枝也不清楚。他出生那年，镇子里开展埋河运动，许多主流河道都要被埋葬。工程才开展一半，镇长就被调走了。河水没有填埋干净，依旧暗流涌动。

镇上的人都叫卉生父亲“彭子”。彭子是某个冬夜来到这里的，他的卡车坏在半路上了，到青枝家借宿。至于后来怎么了，彭子和青枝怎么搭上的，镇子上的人都一无所知。罗嫂试图从青枝嘴巴里掏出些什么，可是这个男人的故事就像一团雾，刚出口就散了。

彭子就这样模模糊糊地在镇子上待了八年。他给卉生也只留下了七年的记忆。

在仅存的记忆里，卉生最清晰的是，站在河水边上的那个下午。在某个静极了的冬夜，青枝听卉生提过几句。

“卉生，下来，没事。”彭子在河边说。那时卉生还有点迷糊，夏日的暖风吹得他昏昏欲睡。彭子再次伸出手。可是周公的影子还在卉生面前晃来晃去。等一个瞌睡过去，卉生稍微清醒点的时候，他才发现彭子的脚陷入了烂泥里面。

在青枝的记忆里，确实有那么一天，回到家，彭子在刷自己的鞋。卉生和她讲过这个故事后，就迷迷糊糊地睡着了。青枝没有睡，心里一直盘算着，彭子当时刷的是左脚的鞋还是右脚的。这个问题她没能想得通。

直到彭子离开的第九年，青枝还在想这个问题。青枝经常在纠结中接到罗嫂的电话。还是那样，催着青枝快找对象。青枝也不是没有心动过，但是卉生都不准，这不行那不行，好像还想找彭子一样的。青枝索性心一横，决定等到卉生大学毕业那天再考虑。

“小青啊，你这样也不是办法，生活负担重，一个人想说说话都找不到人。这样，我联系到了码头的鱼尾东，明儿个来街上一起吃吃饭。”

直接回绝太不好意思了，犹豫中，青枝听到罗嫂自顾自咳嗽起来。就这么心弦一动的当口，青枝同意了。

二

罗嫂做了好多年媒婆了。在她的媒婆生涯里，最让她骄傲的是，她撮合了镇长儿子和儿媳。她撮合的人，都活得顺顺当当的，看上去毫无纰漏。

罗嫂最痛心的就是青枝了。她和青枝妈妈是故交，青枝她妈临死前说把小女儿托付给她了。罗嫂答应给青枝找一个好婆家。彭子出现后，每每清明献祭时，罗嫂都打水路走，还让船夫转个圈到祖坟，就是不愿意路过青枝妈妈的墓。

“亡羊补牢，犹未为晚。”罗嫂依旧记得语文书本上的这一句。某一年新年，她去买了些墨水，本想写副春联，手一偏就写成了这句话。当年，找罗嫂说媒的人踏破了她家的门槛，都夸这副春联不仅字写得好，寓意也极符合大众的心声。

光靠说媒是不会这么了解大众的，还要有知识的力量。罗嫂就爱买书，而且还是一公斤一公斤地买。这不，罗嫂又去街上搬了一公斤的《心灵鸡汤》，坐在陈大胖子的茶馆细细品味。在二十三页第六行，她看到一句，“家是你永远的港湾”。就冲这个，九块五，值了！

需要“港湾”的人可不少。陈大胖子就顶着个大肚子，迈着小碎步走到罗嫂身边，没等她反应过来，他就从口袋里掏出一张皱巴巴的照片：“我侄子，侄子。”

罗嫂当然知道，陈大胖子的侄子是鱼尾东。鱼尾东捕鱼厉害，片鱼的功夫更是了得。只是运气不好，老婆死得早，留下个黄不拉几的女儿天天在船上抹鼻涕吃。艄公的儿子会打浪，渔夫的女儿不当家啊。

“行，我去联系他。”罗嫂拨通鱼尾东的电话，寥寥几句，鱼尾东就答应和青枝见面了。罗嫂告诉他，马上她就联系青枝，早点把事情定下来。

还是和预料中的一样，青枝依然客客气气，不置可否。罗嫂没办法，就和她讲大道理。陈大胖子送的龙井不知真的假的，有点呛喉咙。罗嫂大声地咳嗽，不知哪一瞬间差点把茶水回呕出来，电话那边的青枝居然答应了。但青枝还是支支吾吾地问："彭子回来了怎么办？"在挂机之前，罗嫂只是酷酷地说了一句："家是你永远的港湾。"

三

鱼尾东有点激动。距离上一次激动也有三年了。早上收鱼的时候，鱼尾东特别特别想来一支烟。渔网满目晶莹地被捞上来，不算太重。鲜活的河鱼在鱼板上蹦蹦跳跳，今天的黑鱼少了点。至于为什么激动，鱼尾东认为阳光好，好得人想睡觉。

鱼尾东的真名，镇上似乎没有几个人记得了。只知他捕鱼，爱吃鱼尾，家住东头。鱼尾东平生最大的心愿就是有个儿子。随着年岁增长，他也想开了，不是亲生的，只要是个儿子，生活就是有盼头的。

可惜杀了这么多鱼，取了这么多鱼卵，报应不爽啊。鱼尾东常常坐在船上，抽着陈大胖子给的玉溪牌香烟，没来由地想着。

其实鱼尾东解决生活烦闷的方法不只是抽烟，还有去浴室搓澡。搓澡工是王导，就像鱼尾东一样，他也逐渐丧失了自己的真名。说起来，王导也不是盖的，年轻时励志当导演，后来拿着母亲的棺材钱说什么去搞电影，气得老母亲差点心脏病发作。现在安定下来了，就爱在澡堂里"导"上那么几出，倒也讨得鱼尾东这样的人欢心。

鱼尾东搓澡有个习惯，就是擦子一擦到脊椎骨，他就要轻点，一旦下手重了，鱼尾东就会像触电一样颤抖起来。这个毛病还是挺吓人的。其实这与他片鱼有关。每条鱼被肢解得干干净净时，都会剩下一条完整的脊梁骨。这似乎就是生命留下的唯一证明。而躺在木板上就跟砧板上的鱼一样，鱼尾东说不清楚这感觉，他的脊梁骨比谁都敏感。

不敏感就是王导最大的优点。鱼尾东说轻点他就轻点，也不觉得奇怪。所以，无论是否在木板上，鱼尾东都爱和王导聊天。鱼尾东知道王导年轻时东闯西撞，王导知道鱼尾东大半辈子都在船上度过；鱼尾东知道王导一事无成分文无获，王导知道鱼尾东碌碌半生求子不得。就在搓澡的过程里，他们搓去尊严，然后穿上尊严的新衣服。

不知怎的，恐怕是那一阵激动，鱼尾东捻熄烟头，拾起几件毛衣裤，找王导去了。今天身上倒是不脏，王导和他谈了谈婆娘的事情。热水把鱼尾东从头浇到尾，他感觉充满了青春活力。

王导的婆娘是个悍子。“悍子”是当地对于厉害妇女的别称。不只是王导，镇子上的人也怕极了她。鱼尾东和她不熟，但是每次卖完鱼回船的路上，他就觉得自己想上那个女人。那女人就是个生儿子的料，给王导生了两个儿子。

鱼尾东眯着眼睛想那悍子年轻时挺翘的乳房时，王导一个用力，戳到了他的脊梁骨。鱼尾东杀鸡般叫了一声，而穿衣室里，他的破手机叫得更响了。

鸟会生蛋，鱼会冒气，老鼠的儿子会打洞。挂断罗嫂的电话，鱼尾东舔着嘴巴憨憨地笑，下身有点胀。

四

罗嫂出门的时候，特地在菩萨面前拜拜。本想给青枝介绍个医生老师啥的，可是《心灵鸡汤》上说，万事开头难，只要写文章破了题，下面就好写了。

菩萨保佑。

穿堂风一过，旁边发财柳上挂的铜钱穗子摇了摇。罗嫂把几根穗子打了个结，关上窗户，像平常一样地走了。

走不走是个问题。青枝剥着瓜子，足足把自己的前半生捋了一遍。说来也怪，以前她和彭子的事儿都模模糊糊想不起来了，只记得做姑娘时候的事情。那会儿前巷有个小伙儿叫才基，她们老是叫他鸡仔。才基喜欢跳橡皮筋，别看他是爷们儿，跳起来可是“蹦蹦飞”。和巷子头尾大小姑娘们玩了那么长时间，只有鸡仔轻快的飞腿儿让她印象最深。后来鸡仔去城里打工了。也是最近一段时间听闻，鸡仔死了。怎么死的，据说是自杀。青枝听到的时候，晚饭就扒了几口。难过了一会儿，那晚还是睡得很香甜。

正午的阳光照进门来，青枝把瓜子壳儿拨拨，再把头发拨拨。卉生去同学家写作业了。天气转暖，街上的春卷下油锅了，香味传了大老远。青枝想好买几只回来给卉生加加餐。

今天，鱼尾东心情好，把两条鱼尾扔给了街口的猫。街口的猫啥都吃，即使是糟糠，把它饿上几天，倒也吃得挺香。每隔几个星期，街口就会多一些小猫，相应地，也会少那么几只大猫。瘸子六逮猫吃，这是个公开的秘密。鱼尾东经过他家时，经常看见他剔着牙在门口晒太阳。吃猫还咂嘴咂得挺香！

走到巷子口，鱼尾东会唾口唾沫。这货，即使长了猫尾巴也放不出猫屁来。

不过今天，瘸子六家门户紧闭，门上的对联也掉了一块下来。鱼尾东走过去的时候，觉得今天阳光不错，但心里有点空空的。但随即，鱼尾东闻到了瘸子六打嗝的腌臜气。一阵鱼腥味从他心里翻腾起来，尔后他又想，反正最后尘归尘，土归土，大粪归大粪。他和瘸子六下辈子也是挨杀的东西，不如现在多开脱一点。

想到这里，鱼尾东正了正自己难得穿的衣服。

镇子上不同角落的三个人，就在二〇〇〇年的某个下午聚集在了陈大胖子的茶馆。那天，太阳还在剧烈燃烧，而大地上，卉生还在琢磨数学题，陈大胖子依然忙进忙出，一副腆着笑的模样。王导还在澡堂里刮着人们的皮囊，心底惦记着明天休息一下，去钓钓鱼。殊不知，他婆娘已经把鱼竿折断了。瘸子六刚刚在他老婆娘家吃了顿刚宰的猪仔，不过那个猪仔是病了很久快死的，没人告诉他。一切和往常一样，除了才基的坟上多了一枝绿油油的柳条。

罗嫂坐在青枝的身边，鱼尾东抠着自己的手坐在对面。罗嫂忙着介绍彼此，青枝的注意力却一直涣散。她一直闻到一股鱼腥味，把这个阳光明媚的下午搅和得乌烟瘴气。鱼尾东确定他已经用肥皂擦了四遍手了，他觉得今天还不错。总之这场相亲，罗嫂觉得很满意。

从陈大胖子的茶馆出来，三个人都舒了一口气。二〇〇〇年，新世纪的一天，平安度过了。

五

鱼尾东没想到自己对于一个娘们儿如此惦念。想想身边的渔婆们，也没有啥好说的，除了几个有儿子的，但风吹日晒的，年纪相仿的都成了老朽。不过他不知道当年出了什么问题，也向罗嫂要过青枝的电话。打给青枝时，她要么不接，要么正忙。愚笨如鱼尾东，也知道自己没戏了。可是，想啊，难道不能想想吗？

瘸子六坐着轿车从城里回来的时候，鱼尾东不敢相信自己的眼睛。听说他发了。瘸子六还能有车，真是猫屁眼长到鼻子上了。瘸子六的车停在门口，镇上的小孩子们纷纷拿着爆竹对着它虎视眈眈。瘸子六的娘们儿时不时出来吼上几声，想吓走他们。倒是瘸子六从副驾驶位置上下来时，街口所有的猫都一哄而散。

鱼尾东心情不好的时候，依然喜欢去澡堂里找王导。王导偷偷对他说，他擦不动了，想做点其他事情。鱼尾东说，好哇，咱们一起。

说来，鱼尾东总觉得惭愧。瘸子六倒是爽快地答应了，年底就带他们走。第二天，王导就和澡堂老板说了。那个悍子婆娘居然又打了他一顿，说他废物，多干几天也是钱。鱼尾东更加觉得王导跟他一起走是对的。听说，外头的婆娘睫毛是翘的，头发是卷的，腮帮子和嘴巴一样红。鱼尾东觉得生活有了盼头，不过仍然想要去找青枝。

是王导把鱼尾东拉走的。本来都快到青枝家门口了。王导对他说，等咱们有出息了，青枝青树都会找咱们。鱼尾东觉得在理，跺跺脚走了。

其实后来王导很后悔，当年他匆匆把鱼尾东从青枝家门口拉走，一分不缓一刻不留的。否则鱼尾东就能见青枝最后一面了。后悔来后悔去，他也只能恨恨地说：“命！”

鱼尾东的死和王导没有关系。他们进城后，瘸子六对他们说，每天能搬多少砖就能拿多少钱。鱼尾东觉得还不错，王导总觉得自己的腰使不上力，每天到了民工房，都捂着腰大骂瘸子六，鱼尾东就说，你去拍电影呀，你去擦背呀，看你能赚几个钱。王导不说话了。

这样的日子也没有什么不好，城里的阳光还热乎些呢。好景没有持续多久，二〇〇三年，令人闻风丧胆的“非典”到了。瘸子六把他们一帮人聚集在一起，每人发了一个红包，恹恹地说，胆子大的可以继续跟他干，家有老小不肯干的，各回各家，各找各妈。

鱼尾东一咬牙，选择继续跟着瘸子六。王导受不了了，准备卷铺盖走人，而二〇〇三年开春的时候他的婆娘就搬到城里来了，给人做手工活计。悍子坚决不肯和王导回镇子，丢不起这人。王导偷偷跟鱼尾东嘟囔，都丢了几十年的人了，这个算啥？

还是悍子厉害，买了几条中华，给王导找了份环卫工的工作。后来悍子还找到了瘸子六。最后王导可以和悍子一起住在民工房里，在鱼尾东对过。

这些都是在鱼尾东死前半年发生的。这半年来，他有时候有活儿，有时候就傻着眼干瞪天。不过到了晚上，鱼尾东就偷偷躲在被窝里，听悍子和王导的动静。悍子有时候就待在窗户边绣花，她出去的时候，王导会偷偷从大衣里掏出小二咪一口。鱼尾东尝过，很辣。

鱼尾东生命走向尽头，源于那个晚上。那时城里已经开始封禁了，一律不准大家到人口聚集之地。瘸子六却有些醉醺醺地跑到民工房门口：“鱼尾东，咱们走。”那天王导和悍子出去打零工了。鱼尾东不明不白地就坐上了瘸子六的轿车。

瘸子六在轿车上吐了很久，一路上断断续续地说，他不是瘸子，更不是瘸子六，他姓刘，叫刘伟忠。司机没有见过他这样，不停地说：“刘总，刘总。”瘸子六却给了他一巴掌：“我是瘸子六！”然后哇的一声，心肝肺都要吐出来了。

这场鱼尾东生命里最后旅行的目的地，是一家地下夜总会。鱼尾东从来没有见过这样的景象，闷闷地坐在角落里不说话。瘸子六带着些微的清醒，坐到吧台上说，来杯鸡尾酒，再来杯黑色马提尼，给角落里的那哥们儿。

在黑色马提尼端到鱼尾东面前时，骚动就已经开始了。喧闹声从地上传来，鱼尾东看见瘸子六夹着钱包往逃生门跑，跑得像只耗子，那么多猫爪子猫尾巴白白地被他变成了屎。周围的人群跟上了瘸子六，像猴儿的也有，像骡子的也有。这时地上传来一声尖锐的警笛，像一记闷棍，敲在鱼尾东脊梁骨上。他唰地起身，把马提尼洒了一桌。夜总会的人很多，个个你推我搡，鱼尾东没看清道路，又被后面的人一推，太阳穴往方桌的一角撞了上去。

所以说，死在二〇〇三年的人不只是因为“非典”，还有命运。对此，王导也常常自责，有时候，他就会对着白墙说些莫名其妙的话。没人听。悍子也不管他了。

不过，镇子上的人都说瘸子六还是有点良心的，毕竟人和那些猫儿狗儿不同。鱼尾东的女儿靠着一笔抚恤金，上完了高中。其实在她上初中之前，瘸子六就去坐监狱了。至于后来怎么样了，就和镇子上那些来来往往的人一样，不知所终。

六

罗嫂一直后悔那个下午没有多说几句。可惜这辈子，有些东西她没有悟到。二〇〇〇年大半年，她都在菩萨像前求保佑。但日子，总是过得事与愿违。

孙子上幼儿园的时候，罗嫂就去了镇长家。结果镇长儿子正和儿媳在大战，院子里满是摔碎的锅盆瓦罐。镇长一看见她，就挥挥手，让她回去。

回头的路上，罗嫂去买了块青菜饼。孙子小宝喜欢吃。可路上罗嫂觉得肚子饿，吃掉了一大半。回到家，小宝正在和爸妈闹脾气，看见罗嫂手里吃了过半的青菜饼，哭得更凶了。

鱼尾东死去的二〇〇三年，正是小宝幼儿园毕业的那年。罗嫂知道了他的死讯，心底不知泛起了什么滋味，结果在下台阶时脚一扭，整个人都爬不起来了。

刚开始还好，罗嫂还在儿媳的搀扶下看了小宝的毕业典礼。结束的时候，小宝不肯回家，和几个小把戏调皮，一头撞在罗嫂的腿上。罗嫂眼前一黑。

睁开眼睛的时候，罗嫂躺在床上。她想动动左腿，想动动右腿，最后能做的只有稍微抬抬手臂。罗嫂吃力地扭动头，才发现房间里空无一人。她喊，也没人应。桌子上有杯水，罗嫂咽了咽口水，动弹不得。

突然，她听见外面有动静。开门的是隔壁家的，推门而入的却是青枝。

罗嫂看着她，食指动了动。青枝领悟了，把桌上的水递给罗嫂。罗嫂啜饮了几口，嘴唇微微颤动："对不起啊。"青枝眨巴着眼睛不理解。罗嫂目光茫然地说："我跟你妈说话呢。"青枝眼睛里有些惊恐，后来也温和了下来："罗嫂，我打点水给你洗脸。"

青枝正要起身，罗嫂的手却迅速抓住了她。她就像走入了另外一个世界，语气无力地漂浮在水面上："红霞啊。"青枝站着一动不动："罗嫂，我妈……"

"这把老脸怎么能来见你呢？"罗嫂轻轻叹了口气，"可是，没有这张老脸，你还记得我吗？"罗嫂垂下眼皮，"红霞啊，对不住啊。"

青枝离开的时候，已经把罗嫂拉着坐在了床上，电视机也打开了，可罗嫂眼睛却不在上面，似乎失了神。

罗嫂卧床了半年后，脾气变得越来越古怪。她儿媳老在早茶店门口跟人家絮絮叨叨，说什么半夜里起来偏要吃巧克力，吃不到就大哭大闹，吵得小宝也休息不好。每天屎尿饭菜都要人服侍，一不注意就拉在了床上。

这时卉生正在城里上寄宿学校，青枝时不时就去罗嫂那儿帮忙。罗嫂儿媳嫌她，就带着丈夫儿子到了西头去住，所以罗嫂那儿老是没人，臭气熏天。罗嫂时常就半坐半躺地窝在床上，电视机常年开着，可没人知道她看不看。

“青枝来啦。”罗嫂这句话清爽明白，让青枝有点意外。

青枝帮罗嫂翻身，换掉了她身下的褥子，还帮她拍拍身子，舒服些。罗嫂就像一个婴儿一样任她摆布。做完了之后，罗嫂呆呆地看着她，青枝不好意思，帮她调台。

突然，罗嫂来了句：“鱼尾东呢？”青枝心里一惊，随即说道：“上城里去了。”罗嫂扫了一眼她，眼神锐利：“别骗我。他死了。”

青枝不说话，继续帮她调台。

“彭子呢？”说完，罗嫂吐了一口痰在痰盂里。

青枝所料不及，手指一不小心跳过了一个台。该来的总会来的，何况都过去这么多年了。青枝坐在了床边，开始了一段故事。

彭子是个好男人，任劳任怨，老实敦厚。青枝现在依然这么认为，她从没有纠结过彭子为什么要走，却一直在想那天他刷的是哪只鞋子。这也没啥的，每个人都有偏执之处，只是对象不同。其实那天他要去跑长途，青枝也隐隐约约感觉到有点异样，但还是早早给他收拾好了行李衣物。后来她就再也没见过彭子。镇子上的人，包括她，都不知道彭子去了哪里。后来青枝遇到过几个外乡人，他们似乎认识彭子，说他回老家了，在老家也有他的老婆儿子。青枝也没有发怒，就感觉秋叶落地，长夜降临，该来的总会来的。

罗嫂听完，咽了咽口水。青枝把水杯递给她，她却摇头：

“行了，你回去吧。”

后来罗嫂成了小镇医疗史上的传奇。瘫痪的第三年，就在某个深夜，罗嫂居然出现在了超市里。超市里的人正要打烊，她步履稳健地走上前：“三块巧克力，要牛奶味的。”罗嫂儿媳妇背着人说，狗要吃屎，人也拦不住哇。后来罗嫂听到了，给孙子小宝一顿胖揍，说狗的孙子也要吃屎，狗的一家就该吃屎。

七

关于二〇〇〇年的那次相亲，青枝已经忘得差不多了。那是她第一次相亲，也是她最后一次相亲。人到了中年就是这样，距离出生不远不近，没有了对世界的新鲜感；距离死亡不远不近，没有了再去开始的勇气。青枝说不出这些道理，但心底里明白。

这些年来，青枝把所有的寄托都放在了卉生身上。鱼尾东也经常来找她，卉生看见他就把房门锁死。镇子上重新开始填河运动时，青枝倒和鱼尾东说了几句话。镇长宣布开始的时候，所有人都激动了起来，陈大胖子和镇长攀谈起来；瘸子六饶有兴趣地观看工人们挖土；王导和他婆娘一句不合，正在大吵；鱼尾东扭扭捏捏地、带着一身鱼腥味走过来，青枝抹不过面子，就和他谈了谈最近的菜价。鱼尾东说，想吃啥鱼，他都会送过来。然后青枝再也不去买鱼了，反正卉生爱吃肉。

青枝以前是政府的临时工，后来镇子上的人都到外面去了，她就转正了。这样，青枝成了镇子上的香饽饽，还是个没主的香饽饽。罗嫂来她这儿百般劝说，她也不肯。至于见鱼尾东，恐怕只是日子太无聊了而已，一个卖鱼的，还不如彭子呢。

这样的日子一直在延续，直到卉生争气，考到了个二本。镇子上的人都夸他聪明，青枝也觉得开心。接到录取通知书的那天，青枝和他说了很多很多话，从卉生娃娃那时说起。卉生支支吾吾地想睡觉，青枝拍拍他的背，卉生很快就睡着了。青枝看着窗外的星辰，感觉就像漂浮在大海上。

到了第二学期，青枝才知道，卉生一个学期挂了四门课。不知哪来的劲儿，青枝揪住他的耳朵让他跪下，就跪在他外婆的遗像面前。卉生不肯，青枝气急败坏地掌掴了他。卉生握紧拳头，砰砰砰地走出家门。那天青枝没有睡觉，一直等他回来。而卉生回来，已经是三天之后的事情了。

那次去大学报到，是青枝陪着他去的。一路上，卉生都闷着头不说话，青枝头靠在车窗边，想想这么些年，差点淌眼泪滴子。到站的时候，卉生从车上下来，直直地走出去，青枝拿着大包小包的行李喊着他，卉生不理她，青枝索性把行李都扔在地上。卉生依旧不回头。

青枝和他的辅导员谈了很长时间。辅导员说，这孩子太闷，听同学说，他还暗恋一个女生，可是这女生有男朋友了。这次长聊之后，青枝还是想和卉生好好谈一谈。卉生不理她。直到青枝准备回去的时候，她又一次央求卉生，卉生冷着脸，只是说了一句："我爸呢？"

青枝在回程的汽车上气得发抖。最后她突然想起了卉生和彭子在河边的那个故事，觉得很不真切，就和彭子这个人一样，太远了。也许生命中的每一个故事都是预示，每一个结果也是难以说破的箴言。

回到镇子上，青枝端坐在家门口不知道干什么。不想去探望罗嫂，也不想去街上。陈大胖子的茶馆已经开了第二家了，她怕一见到就会想起鱼尾东。对于鱼尾东的死，青枝甚至不想让自己想到。但越是不愿意，越是想。所以青枝家里多了一尊泥塑金身的菩萨像。

阳光很好。青枝眯着眼睛，却觉得人生真是穷极无聊。

八

几乎整个镇子上的人都来了。陈大胖子站在门口瞧了瞧，王导和悍子送了点礼金，镇长也在不停地安慰她。可是青枝似乎很麻木。

是自杀。青枝知道。卉生表白失败后，从教学楼顶一跃而下。发生的前几天，青枝心里一直慌慌的，就和彭子失踪前一个样。料到了，青枝自言自语。

镇子上的好心人和青枝的一些亲戚，都在折元宝。青枝拢拢神，也加入了他们的队伍。这些人约好了似的不再提往事，个个谈起了镇上有头有脸的人的八卦，说镇长的儿子儿媳要离婚了，文化所所长又找了个小三儿，老婆气得带着孩子回娘家了。青枝时不时地也插一句。这些人默默地对看一眼，然后继续聊。

法师和尚也来了。铜锣木鱼也准备就绪。青枝呆呆地看着他们忙进忙出，似乎一切与她无关。

入夜，镇子上的人纷纷回去了，剩下几个人在守夜。明天就去火化了。青枝和剩下的几个人开始斗地主。当地主次数最多的就是青枝了，偏偏她当地主的时候，一摸清，花色清清楚楚，数字条条顺顺，那大王小王简直就是她家的。做农民斗地主的时候，青枝的搭子就是罗嫂。别看她七老八十了，压牌摊打，看牌形抢牌权，样样来手。当其余几个人打哈欠意兴阑珊的时候，罗嫂从口袋里抓出一大把德芙：“我请了。再来！”那些人嘴里嚼着巧克力，眼巴巴地看着自己的腰包瘪下去。

十二点即将到来。卉生火化的日子要到了。三十二轮的地主斗过去，巧克力也没了，人们也乏了，而青枝坐在尸体不远处，数钱数得一头的劲。三百二十三块六毛，不对不对，再数一遍。有一张百元大钞要收好，硬币放在包里等着零用。这个十块钱缺了一角，明天去小吃店破开来。桌子上的台钟敲响了第一下，突然，青枝想起来，那天彭子刷的是左脚！台钟敲响了第二下，也就是那么一瞬间，青枝意识到，有什么东西，永远地离开了她的生命。

我是梦露

梦露何时出生？一九二六年六月一日。梦露芳华几许？终年三十六岁。梦露有多美？鲜活，纯真，春水一样，带着唇边一点痣。梦露。梦露。王梦露叫着自己的小名，心里头，却是那个胸大肤白、风情万种的玛丽莲。

也难怪，王梦露这女子，大脑门小眼睛，厚嘴唇薄脸皮，没屁股没胸脯，成天待在家里，不出去吓人，也是造福。在老家，聋父哑母听不见她说话，也听不见其他人说话。在学校，男生呸她一句，她急红了脖子，也骂不出娘。对，这就是关键。她是个大舌头——锄禾日当午，地雷埋下土。你娃挖地雷，炸成二百五。等她换了舌头，她要把这些骂出来，不，是吼出来，配上汪峰，配上猫王。

学校里的事，都过去了。现在的梦露，还是一个大脑门小眼睛，厚嘴唇薄脸皮，没屁股没胸脯的女人，不过，她有三寸支吾舌，却不妨碍她上天入地，飞檐走壁，开公交车。只要她往驾驶座一坐，那架势，飞上枝头变凤凰，潜入水底做蛟龙。那些个乘客，都竖起大拇指，这三路，稳当，迅速，马达响亮动力足。

梦露曾想开八路，那个是城市路线，从联华商厦到小蔚园，从小蔚园到飞鹿购物中心，一路好风光，点缀宝马、美衣、名牌包，多上海多纽约！后来她也想通了，开着三路，从乡下飞驰到城际，什么牛羊啊猪马，稻田啊麦地，统统抛到脑后，到了终点站，那些乡下人哗啦一下全倒出来，剩她眯眼看着这座城，爽亮亮，挺括括，齐活。这时候她想来支中华，没错，她可是城里的。

久而久之，梦露也习惯了蛇皮口袋、鸡叫鹅叫，以及大妈大嫂一身的猪粪味。偶尔来个光鲜靓丽的姑娘，一张口，半吊不吊的乡下口音。梦露不和他们说话，对应的，他们也不和她啰唆，只是头对头地交流着，村书记和哪个哪个好，麦秸焚烧烧到了哪家哪家门口，不胜其烦，也生机勃勃。王梦露总是气，气自己，怎么听得懂他们的话？没办法，她只好坐着，偶尔探来一个黑脑袋，姑娘，慢点。姑娘，有没有多余的塑料袋？

说到塑料袋，梦露头生疼。那些塑料袋不够大吗？车上一摊呕吐物，味道经久不散。今天是番茄炒蛋，明天是宫保鸡丁，浓油赤酱，浓郁扑鼻。王梦露想呕，想到整车的人都浸在这菜香里，倒也没事了。人家大粪还浇菜呢。五谷轮回，善哉善哉。

王梦露是来投奔干妈的。干妈是车站的一个中层领导，把梦露放到三路做司机。干妈姓季，久而久之，司机们背地里叫她鸡婆，梦露也跟着他们一起叫。梦露不出车时，很是恬静，夜里看看韩剧，白天蹬蹬四轮车。梦露常有美梦，都敏俊带她飞。而白天，车站的那些男司机，见到个美女，黑眼珠转一圈；见到个大妈，眼白翘上天。所幸车站都给他们配了墨镜。而梦露看得出来，一路的喜欢长腿，十一路的喜欢大胸。但她不拆穿。他们呀，活着一群狼，死了也是一群死狼。碰到个老头子装糊涂不给钱，从十三街骂到七里路。

王梦露也喜欢到七里路买衣服。“魅影仙踪”这家就不错，也不贵。年初她给自己买了一套长裙，亚麻色的，有小腰带。娇花照水，弱柳扶风。至少在镜子前，梦露这样对自己说。可惜了这样的妙女子，成天刹车轮胎离合器，怎能柔婉细腰如玉立？梦露哀叹着，地铁上面有白裙子，而公交车上面，只有毛衣墨镜九分裤。

都敏俊离开地球的时候，王梦露居然穿着长裙去上班了。头一次，她享受了车站男司机的集体注视。有那么一瞬间，裙角拖到地上去了，“沙沙”声像是她的心在摩挲。一阵日照，裙子上满是春日涌动的青草味。

王梦露还是挨了领导一顿骂，但她觉得值。阳光是金色的，值；公交车是绿色的，值；马路是无边无垠飞上天空的，值。那天脱下裙子，她的心里依然有得得马蹄，春风飘洒，衣袂飞扬，那个白马好姑娘，当配这青春美酒一瓢饮。

季主任居然给大家开了个会，说什么肃清纪律，惩治奸恶。会上，她抻抻手指头，蹋蹋嘴，哼了一唧，有些人啊，丑归丑，脑袋又兜在衣服里。王梦露一记白眼，她不干了，撒泼了：王梦露，请你给大家谈谈你的感受。

那些司机窃笑时，王梦露的第一句话还没说完。也罢，人们常说，一切尽在不言中，想必季主任知道她要说什么，那些个司机也知道她要说什么，而她自己，想说，却闷了一肚子屁。

散会后，王梦露练了八个倒车入库。挂入倒挡看角杆，左门窗边慢打盘；盘速跟着车速转，左转方向看中杆。左后门窗角对杆，点前打死点后回；车尾入库速看镜，车身平行回两圈。车速宜慢不宜快，保持平行不压线；车身出库不撞杆，车镜出库不挂杆。不能说，可是滚瓜烂熟。

朝阳还是那个朝阳。王梦露在车座上危坐，心心念念地想着那条长裙。优雅的开襟设计，流畅的针脚走线，服帖舒适的剪裁衣料，这一切构成了这条亚麻色小腰带复古风及地长裙。最好配上一双金色铆钉尖跟鞋，若隐若现，撩人心波。听说华伦天奴不错，Giuseppe Zanotti 也不错，虽然不知怎么读。第一站到，车门打开。梦露觉得，她的人生还在不断开始。

这趟城乡线也不省心。一个老头非要把狗带上车，说狗陪了他十年了，比他儿子还孝顺，他带他儿子上车，总没错吧？有个肥妈说，你这狗万一咬了人怎么办？老头说，不可能，它可通人性了。这时半车的人起哄了，说不带狗不能带狗。老头倔，扬起手臂自己咬下去，要是这样，你们每人咬我一口。双方僵持不下，公交车都熄火了。王梦露沉着身子，一声不吭。狗叫了起来。肥妈大叫一句，司机，你给个说法嘛！

起码，这一车的人，都知道梦露是个结巴。梦露闭着眼睛，也许一传十，十传百，全天下都知道了。但是，这个秘密一公布，一车的人都安静下来。秋蝉阵阵，凉风习习，太阳也稍稍往西边去了一点。那条田园犬耐不住了，呜咽一声，跑下站台。老头去追。肥妈说，司机，开走吧开走吧。而这个老头，抱着狗拍车门。肥妈憋红了脸要开骂，窗边的小伙子发话了，鬼幺，既然这是你儿子，总要给车费的吧？这个叫“鬼幺”的老头，往公交车里呸了一口，拍着屁股，走了。

汽车心满意足地启动。阳光落下来，梦露的墨镜上五彩斑斓。都敏俊还会不会回来？那时，不必飞翔，不必生死相随，给我一只新舌，一双新唇。

刘备是他的第几代孙子？他老婆吕后怎么把戚夫人做成人彘的？西楚霸王又是怎样败北于他的手下的？这一系列问题，都紧紧围绕着一个人，刘邦。他是泗水亭长，他是沛公，他是汉高祖。而我们的这个刘邦，黑眼黑皮，鹅首鹅脑，七步之内听不见声音，三寸之间拢不出心神。要说他有帝王相，拉歌拉屎敢称皇；要说他满身颓丧气，一个跟斗，春耕秋收就成了。

和那个刘邦一样，这个刘邦也出身草莽。爷爷种地，奶奶种地，母亲种地，父亲种地，一家种地，劳动光荣。在他短短二十年生涯里，也有过学生时光。倒也不出所料，这样的男孩子，皮实，不好学。每次出成绩，老师都会把他耳朵拧一圈。久而久之，他耳朵更劲道了，哪儿掉了一块钱，他比谁都清楚。成绩半死不活，他父母却盼着家里出个文化人，交了脚底钱给他买了个镇高中，他倒好，不出半年退学了，说城里多好，灯红酒绿，细腿蛮腰。就这样，他打工去了。每回坐着城乡线回来，眼睛缝缝里都透着光。

天将降大任于斯人也，必先……啥的。学了九年半语文，刘邦就记得这半句。但这半句拗口啊，刘邦背了三天呢，走路背，吃饭背，蹲茅厕背，他想啊，以后无论坐本田还是奥迪，吃五花肉还是澳洲和牛，便秘腹痛还是一泻千里，都得记住这句经典名言。可惜造化弄人，他只是在制鞋厂、食品加工厂、物流运输业翻江倒海，离大事还差得远呢。他也善于反思，说刘邦神勇，差一个冤家——项羽。

在制鞋厂的日子里，胶粘鞋、缝制鞋、模压鞋、注塑鞋、硫化鞋，他一不留神都学会了。前面的，他囫囵几双，胶水凹凸不平，走线歪歪扭扭；后面的要用机器，他按下两三个按钮，就草草了事。也就一不留神，他卷铺盖了。在食品厂的日子也这样，用句他都没听过的话说："寡人闻忘之甚者，徙宅而忘其妻。"到了圆通这个和尚麾下，他乖起来了，小摩托一开，快递一扔，呼啦呼啦。顾客忙着拆包裹写评价，两方相安无事。只是下班了，他的小摩托要上交，看着铁驴落寞的背影，他搓搓手，吃个红枣吐个核，天底下没有不馊的宴席。

男大当婚，女大当嫁。刘邦大了，也没人嫁他。他父母前一个啰唆后一个唠叨，他自己也急。成家立业，成家立业，先成家再立业嘛。所以，刘邦神勇，差的不是项羽，是吕后。

选拔吕后也很头疼，刘邦顺了他的父皇母后，回家相亲。每周周末，他和小铁驴依依惜别，跑到路口等三路。三路司机是个女的，大脑门小眼睛，厚嘴唇薄脸皮，没屁股没胸脯。不过，阳光落在她脸颊，细细绒绒的毛，像飘摇的水草。有次她穿着长裙，从他的座位看过去，模样儿水灵灵。

三路上鱼龙混杂，好在刘邦也不是好鸟。一阵菜香一阵鸡叫，红星村就到了。红星村地不大，但也有良田绿水，茅屋枯树。刘邦走在田野小路上，心情有点压抑，但一想到是去见自己媳妇，心情荡漾起来，总想快点到家。但他还是绕路了。为啥？他要躲过鬼幺家。鬼幺何许人也？不过是个老头。这老头还有个外号，三里滑，三里之内，没有比他更滑头的人。他用水泵接消防栓，把屋里屋外、田边田角洗了个遍，村长跑过去说理，后来村里的水泵就没了，鬼幺窝在躺椅里数钞票；他偷猫偷狗，林家嬷嬷的宠物猫、妇委主任的看门狗，说没了就没了，不知城里哪家在吃滋油烤肉串，鬼幺窝在躺椅里数钞票；听说城里七里路段的地产有前景，鬼幺在那儿有房了，时不时在村里摇摆，说要去城里休假两天。这些都是次要的。刘邦怕他，就因为他毛还没全的时候，吃过鬼幺的厉害。鬼幺家院里有棵柿子树，刘邦嘴馋，爬上去吃了两个。鬼幺贼精，找来几条凶狠的大狼狗，围着柿子树伸牙伸爪，尖叫狂嚣，口水遍地。刘邦尿了一裤子。从此，他看见鬼幺，都要提臀加小跑。

刘邦用锄头耙了半亩地。可见他有多生气。他母亲反复劝他，脸大是福相，腿粗劲儿足，屁股大，好生养，生的还是儿子。他父亲劝他，村支书的外甥女，我们还高攀不上呢。他一听，把锄头放下，跑到鸡棚里捉了只母鸡宰了。汤味鲜，鸡肉香，他的老母亲拍着手大叫，每日三个蛋，每日三个蛋哪。

吃完了每日三个蛋，刘邦打着嗝儿拍肚皮。我说范冰冰不错，可惜还是胖；李冰冰整过了，咱不要；杨幂年轻又漂亮，可惜为人母了。唉唉唉，刘邦在肚子上打了个圈儿，等咱干了大事，来两打高圆圆。

在进城前，刘邦去了小树林。这小树林挺怪，有些树干上长出了美女照片。也不算长出来的，从小到大，刘邦和那些哥们儿，时不时躲进这个不见人烟的小树林，把眼馋的美女钉在上面。干啥？打飞机。夏天，萤火虫飞舞，照在照片上，倒有些瘆人。冬天，没人了，照片狂啸、撕扯、飞舞，北风把她们都吹褪了色。等他们过了劲，小树林又成了一片荒地。刘邦算有情义，有时还会来看上两眼，这个是还珠格格，这个是嫦娥姐姐。红透半边天，也成了这般孤魂野鬼。

奠念了自己的青春，刘邦拾掇拾掇准备开溜了。怀揣着一块腊肉半串香肠，刘邦踏上了征途。秋高气爽，稻穗在不远处摆来扭去，像无数站街女。说实话，刘邦想念吕后了。

三路姗姗来迟。还是那个大脑门小眼睛，厚嘴唇薄脸皮，没屁股没胸脯的女司机。刘邦总想着，某一天，他也能开车，开这样的大型车。等车的人拥上来，刘邦二话不说，蹿上车，抢了门口的座位，视野宽，凉快。车上人还是那样，左边是王家埭的，右边姓孙，后边的肥妈碎碎嘴，前面的女司机呀，啥话都不说。

鬼幺跑来时，刘邦打了个哆嗦。很快，刘邦看见了那条田园犬。又偷的哪家的？刘邦别过脸去，思想品德课上说过，不拆穿也是美德。鬼幺没注意他，溜着自己的腊肠嘴说，狗陪他十年了，比他儿子还孝顺，他带他儿子上车，总没错吧？车上人不干了，肥妈差点和他吵起来。刘邦静静地坐着，像个老僧。

女司机说话时，世界都安静了。听她说出第一个字，第二个字，到了第三个字停下了。刘邦看着她，阳光落在她脸颊，像霰雪纷纷落，像春风淡淡回，他觉得她要开花了，特别美特别香的那种。倏地，田园犬叫了一声，挣脱了绳子就跑。鬼幺追出去。车里的人怂恿着司机快走。鬼幺的死脸又贴上来。女司机想说出第四个字，刘邦倒发话了，鬼幺，既然这是你儿子，总要给车费的吧？鬼幺剜了他一眼，蔫了吧唧地走了。

阳光在车窗外飞驰。秋天的小树林美极了，秋天的城市也美极了，秋天那些没有开放的花儿，美得特别传神。

王梦露把长裙摆在床上，先欣赏一遍，再抚摸一遍。三路车里的味道，还在她身边徘徊。后来她买了瓶香水。香水是大瓶的，她又去买了小瓶喷雾。每天坐上车，她都会在四周喷一点。后来有个老太婆，特地凑过来，说，什么味道，熏人。她没搭理，直到某天，有人吐了一摊，香水味混合菜香，让梦露差点晕车。这玩意儿不好。于是，她又把香水喷在长裙上，每天闻闻，心旷神怡。

老天也有三角眼，而且只开了那么一天。十月初，城乡线路上要修路，八路的司机请病假，季主任瞅瞅她，让她顶上了八路。

联华商厦挺大呀。梦露望着上面的招牌，有点入神。要是她有个正常的舌头，可能在某个星期天，坐在DQ冰淇淋店，看着联华商厦里的来往行人，舌战闺蜜三人，话挑壮士八百。皇帝老儿坐我家，也会让着我三寸。做一个城里人，真心划算。前面的绿灯亮了，梦露抬起离合器，前面的小摩托不走，她也不舍得启动。直到后面鸣起喇叭，阳光落在墨镜镜片的波谷，又被波峰送上半空。

小蔚园和飞鹿购物中心还是那样，人来人往，车水马龙。一拨人进去，一组人出来，偶尔一个年轻妈妈丢下了孩子，孩子站在广场上哭，也没人搭理这些。阳光照在广场上，每个人面无表情，又幸福得冒油。梦露想，七里路的“魅影仙踪”，还孤孤单单地站在地球上，日光灯闪亮，晾衣架整齐，风吹起门口的裙角。

把长裙带到汽车站，是梦露一个人的想法。三路在每天下午六点半准时停运，王梦露把长裙放在储物柜里，下了班就去厕所里换。换完衣服的梦露，娇花照水，弱柳扶风，走起路来，裙边曳曳的，风拂过来，有点那个玛丽莲的味道。一路和十一路的司机看着她，那个鸡婆，也拿眼睛瞟她，阴阳怪气地说上几句，等着梦露说不出话，结果梦露不理她了。有几次，她面对面撞见季主任，这个鸡婆眼睛生出了无数藤蔓、苔藓，要把她整个人盖下去。

那天，梦露的储物柜被打开了，空如鸡蛋壳。阳光还没有全部褪去，梦露在余晖里发抖，想尖叫，却一个字都说不出来。空旷的大厅里，高跟鞋走得决绝，那个鸡婆也回家了。

回家，对于刘邦来说，就是得空的时候，下乡吃一顿。城里的地沟油、苏丹红、吊白块儿也很香，配着八二年的鸡爪九三年的过期肉，刘邦就这样把自己对付过去了。每天，送完最后一个快递后，他都会看着城市的夜空，吐出一个个圆形的烟圈。不远处的居民楼亮堂堂的，这边的快递点熄灯了。在这黑与白之间，刘邦闷闷地骂了一句，做一个城里人，真他娘的好。

快递员得熟悉城市的每个角落，相应地，刘邦也算称职。不过，他偶尔会把小摩托停在联华商厦边。那边美女多，腿光溜溜，皮肤白滑滑，简直像水泥做的小树林。小蔚园也挺好，有几个女孩身材超棒，估计住在附近。飞鹿购物中心很热闹，大妈大嫂也多，寻找美女，得尖着眼儿。没错，刘邦在找吕后，那个百依百顺，又心狠手辣的吕后。

刘邦心里已经有三位吕后人选了，就差认识、牵手、谈恋爱了。风驰骋过去，他还在半清醒半迷糊地想着，直到听见一阵刺耳的车鸣。刘邦转身，是八路车，奇怪的是，上面却是三路司机。大脑门小眼睛，厚嘴唇薄脸皮，没屁股没胸脯，毛衣墨镜九分裤。说实话，刘邦挺想念她穿长裙的样子呢。车鸣渐起，刘邦发动摩托车。秋阳高照，几个长腿美女走过，他感受到了荷尔蒙的涌动。

秋意涌起，落叶纷飞，一切都告诉梦露，你该穿长裙了。梦露感受到了这样的召唤，下了班就去七里路"魅影仙踪"。一定不止一条，说不定还有更好看的。

好看的女人多着呢，不着急。刘邦骑着摩托车，风驰电掣地对自己说。今天七里路的快递比较多，留着稍微晚点，一起送过去。

两个人相遇在一条三人宽、满墙水迹的七里路小巷。王梦露换上了黑色细腰带赫本风及踝长裙，刘邦也送完了最后一个快递，推着小摩托疲惫地走着。两人本毫无交集，但刘邦停下了，对着梦露认真地说，姑娘，你穿长裙真好看。

王梦露却停住了，脚尖脚跟并拢，身体僵直，双手握拳，憋红了脸说，你……你，你，骂——骂我。

刘邦又认真地、一字一顿地说，我没骗你。让他想不到的是，王梦露愣了好久，然后蹲下了，把脸埋在长裙里。刘邦停好摩托车，凑过去看她。梦露像是反感他沉重的呼吸声，抬起头，咬着嘴唇说话：“你……”过了一秒，她放弃了，睁大了眼睛说，我……我，没，没哭。

刘邦看着夜空，吐出一个个圆形的烟圈。而另一支烟，也架在梦露的手指间。刘邦开始说话，说城里好，风景旧曾谙；乡下太乱，不留下他飞过的痕迹。梦露静静地听着，不着一言。刘邦看看她，又开始说话，小时候参加婚宴，吃过上海的奶糖，软甜软甜的，大了点去扒进城的汽车，逃了票，被半路赶下来，跑了八公里回家。现在呢，他住在城里，天天骑着摩托车，在城市的肚子上划来划去，别提多爽了。可是他就憧憬着，有生之年，一定要开大车、干大事。梦露坐着，用整个口腔感觉自己舌头的形状、舌头的味道，想起了地铁上的白裙子，一个从小被母亲抛弃、父亲不知去向的女孩，流落在一个个寄养家庭里，幼年时受过性侵害和继父的骚扰；孩提时代的精神创伤，让她长大后总是担心被人抛弃，认为自己被遗弃、被抵触。在公共场合，她竭力让自己吸引人，独处时，却完全忽略自己，而她的抵御方式是每天服用二十片巴比妥，吞下多种镇静药，甚至被人送进精神科封闭病房……她在洛杉矶出生，也在洛杉矶死亡，城里人还是城里人。

刘邦转过来了，望着梦露。梦露交叉着双手，就像一朵盛开的兰花。他们都沉默了，不知哪里传来了一声犬吠，然后簌簌落落一阵，那只狗像被压下去了。两人都没在意，垂着头不看彼此。突然，刘邦低声说，我带你去看小树林好不好？

梦露一直在琢磨这件事，她怎么肯的。那条黑色细腰带赫本风及踝长裙掀上去，她的两条腿，就像两尾摇摆的鱼。梦露极力抗拒，而刘邦不知哪来的力气，按住她，就像拧断西楚霸王的脖子。渐渐地，梦露没有了力气，整个人软下来，摊在案板上让刘邦摆弄。刘邦呼哧着，抽动着，像那个泗水亭长，沛公，汉高祖。梦露呻吟着，颤动着，像那个胸大肤白、风情万种的玛丽莲。在七里路一条三人宽、满墙水迹的小巷，她托起了他，他成为了她。

一年级的小偷，
二年级的贼，
三年级的美眉跳芭蕾，
四年级的帅哥一大堆，
五年级的情书满天飞，
六年级的鸳鸯一对对，
初一的学费他妈的贵，
还不如加入黑社会，
有钱有车有地位，
娶个老婆叫玫瑰，
玫瑰玫瑰我爱你，
就像老鼠爱大米，
生个儿子叫乌龟……

事情被抖出来时，梦露在路上，刘邦也在路上。三路车上的几个大妈，耳语一阵，又站起来，瞅瞅梦露，瞅瞅手机，又耳语一阵，窃笑声声。梦露不以为意。直到回到汽车站，几个男司机躲着她，仅剩的女司机，给她脸色，也不朝她发话。她走到储物柜前，季主任拦下了她，给她看手机视频。

没想到，那个小巷还挺敞亮，拍摄角度也鬼精鬼精。梦露放下手机，把储物柜里的黑色细腰带赫本风及踝长裙取出来，换上，一步步走出大门，走进秋阳的余晖。

不出所料，刘邦来找梦露了。她打开门，铁青着脸不说话。刘邦也没说什么，塞给她一张纸条，上面是自己的手机号码，然后进了她家厨房。“嗞——”一声，随即传来油煎蛋的香味。梦露贴着厨房门，刘邦转身对她说，每日三个蛋，要三个。梦露不吭声，推着他，把他撵出去。刘邦站着，说母鸡生崽子，鸡崽子是从蛋里孵出来的；阿猫阿狗生崽子，是直接生出来的。梦露感觉受了羞辱，门啪地关上。刘邦不甘心，拍着门大喊，相机生相片，也是拉出来的，但要有接生婆。王梦露觉得听他说话也是浪费时间，走开了。门后面的叫声尖锐而震耳欲聋，是他拍的，是鬼幺，鬼幺！

王梦露把自己闷在家里，请假不去上班。也没什么事，那些人不会把臭鸡蛋扔到窗子里，也不会撬开门把她吃了。电视机开着，她只看新闻联播；电脑开着，她只用来听听音乐。她穿着黑色及踝长裙在屋子里走来走去，开心时，拉起裙角；难过时，蹲下来，听裙子落在瓷砖的沙沙声，一切舒心多了。

鸡婆来了电话，梦露换下裙子，穿上毛衣九分裤。阳光拍打着这个城市，让她想起了小时候，红棉袄，绿裤子，那些花了脸的姐姐逗她，你说一句普通话试试，说一句。那时梦露的舌头就开始打结了。结果，她们还是村妇，梦露成了城里人，城里的结巴。开公交车久了，她也不乐意瞧见那些鸡鸭鱼鹅，还有那一身尘土气。灰姑娘拍拍灰，也胜那娇花照水，弱柳扶风。

像是春风吹进了季主任的眼睛，那两条缝是如此柔和。她拍着梦露的肩膀，说，一个姑娘来外地闯荡，肯定有许多不易，我理解你。王梦露觉得不可思议，掐了自己一把。季主任继续说，这件事也不是你的责任，姑娘家总要有这么一回，横着竖着都一样，多有难处，不要太自责。疼，王梦露反应过来。季主任看着她，眼里有薄薄的一层怜悯、一点慈悲，往深处去，是庞大的刻薄和蔑视，她不停嘴，用佯装亲切的语气说，这件事呢，在社会上也有影响，我们人事部，主要就是想让你缓一缓，先冷静冷静，等风头过去了，咱们明天的事情不会拖到后天的。

关于明天，刘邦不能想得太多。他去送快递，一路呲过去，快递送到手，就听见那些人说，你就是七里路的……刘邦没在意，又一路呲回去。这样没几天，领头不开心了，说，卷铺盖卷铺盖，你自己办。

刘邦再次回到七里路小巷，四栋三楼，住着那个鬼老头。刘邦噔噔噔跑上去，拍门也没人应。于是他带着馒头咸菜，就地蹲候。太阳掉了等月亮，月亮熄了等太阳，秋天这样过，一年四季也这样过的。

看鬼幺带着一堆狗崽子回来，刘邦吓得一激灵，浑身通了电。不一会儿，他手持一根棍棒，杀气腾腾地立在鬼幺面前。

鬼幺不说话，主动跑到刘邦面前，躺下了。刘邦问他干什么，他哭起来，说他命苦，这些狗陪了他十年了，比他儿子还孝顺，现在就让它们见证见证，一个小伙子，手里拿着棍棒，把一个老头子打倒在地，等他大声呼救时，看看这天道，看看这些善良的城里人，是帮他，还是帮土匪。

刘邦软了腿投降，鬼幺爬起来，顺手抱起一只狗崽子，摸摸它的皮毛，摸摸它的耳朵，一声声“儿子”唤着。刘邦扔下棍子，不知所措。鬼幺怀里的狗开始叫起来，鬼幺瞥了一眼刘邦，说，你对这只狗叫声爸爸，我就饶了你。

梦露去了公园，摸出手机，想打给父母，却难过地想到，她说不出口，他们也听不到。而对于这座城市，她了解它的一街一道，却没空看它的一草一木。她坐在长椅上，不远处一对男女在打羽毛球，场面温馨和谐。不久，那个女的对男的耳语一番，两人走了。后来来了一个孩子，吵着要上长椅休息，年轻妈妈看她一眼，拉着他走了。梦露依旧坐着，孤孤单单，又丰盈充沛。

日头滑动，几个痞相的男子路过，朝梦露吹起口哨。阳光落在她颤抖的头发上。梦露笑了，笑得那样大声，笑她自己，第一次听到男人的口哨；笑这些男人，摇头摆尾地来，又望风而逃；笑普天下的城里人，策马奔腾，又无路可走。

秋风淡淡。她平静下来，拨通了刘邦的电话。

王梦露取走了三路的钥匙，和刘邦一起。坐在只有他们两人的公交车上，爽亮亮，挺括括，齐活。梦露让刘邦坐在驾驶座上，在空车位上练了个倒车入库，挂入倒挡看角杆，左门窗边慢打盘；盘速跟着车速转，左转方向看中杆。左后门窗角对杆，点前打死点后回；车尾入库速看镜，车身平行回两圈。车速宜慢不宜快，保持平行不压线；车身出库不撞杆，车镜出库不挂杆。梦露不能说，但手势明确、步骤简明。然后，他们俩在鸡婆、司机和其他工作人员的惊呼声中，开出了车站。

一路，风驰电掣。什么红灯绿灯，什么斑马线车位线，全都碾过去。别说，刘邦还真有天分，刹车轮胎离合器，玩得溜溜转。梦露坐在副驾驶位，想起了几十年前的那个美国女人，鲜活，纯真，春水一样，带着唇边一点痣。她生死都在洛杉矶，都是城里人。但在她的命运中，她始终是乘客，她的方向盘在别人手里。

后面追着无数警车，刘邦在叽厘呱啦，什么小树林啊什么村支书外甥女，还有，他要干大事，干一件惊天动地的大事。他说，我叫刘邦，他说，我叫你吕后吧。梦露不说话，蓝色和红色的光，在后视镜里熠熠生辉。

阳光均匀地落在大地上，落在城里，落在乡间。前面就是上高速的收费口了，刘邦有点惊慌，看着梦露。梦露坐着，用整个口腔感觉自己舌头的形状、舌头的味道，突然间，她觉得有什么打开了，黑屋子里开了窗，白屋子里多了一扇门。他们离自动落杆越来越近，警车离他们也越来越近，一道光落在梦露的唇边，她用清晰、标准、不带任何杂质的普通话说，我们开出去吧。

我们驰骋的悲伤

“再见。”

地铁呼啸而来，从此我们再没见面。

无数次从地铁里出来，听见地铁离去的声音，总觉得魂魄也被冲散了，在灰飞烟灭的一瞬，我想起了你的脸。

你怎么就消失了呢?

在你消失的那一天，我开始有了幻觉。首先是冰箱里的橙子，我记得还有几个，但是打开时，它们都变成了丧失水分的苹果；其次是我睡觉的小房间，总有人躲在窗帘后面窃窃私语；再者，你送我的布娃娃神奇地不见了，原来它在的地方，只剩一张皱巴巴的纸。还有好多好多，我头疼。

很久以前，我也会头疼。那时你会唱着歌谣，冷不防地拍我一下。你说，这样就能吓走“疼痛怪”。倒也挺神奇的，头疼被吓走了好多次。那些都是过去的事了。

可是谁想到，有一天你会消失呢?

我每天都在祈祷，那天带走你的地铁能再次把你带来。为此，我总是离开出租房，翘首望着门口来回呼啸的地铁。没有一丝你的气息。空气里满是春天的花粉，却想到你对花粉过敏。于你而言，春天就是一场灿烂的灾难。真可惜，还想和你一起赏花的。

我第一次乘地铁，就是去赏花的。听人说，玄武湖的樱花会下雨。那次我刚好拿到了罐头厂给我的工钱，厂里给了我五天的假期，除去路上的时间，我几乎有四天是在南京度过的。那时应该是二〇〇五年，南京地铁一号线刚运营。

现在，我乘坐二号线上下班。地铁每站都停，而人生不间断地飞驰而过。有时我坐在地铁里，想让这趟地铁永远开下去，那就永远没有道别，可是人进人出，殊不知身边的人也换了一茬又一茬。

我就这么丢了你。每每地铁离站，我只有独自凄惶。

日子过去了这么久，我的幻觉也在逐渐加深。那次在上班的地铁上，我居然看见一个人跳入了地铁的轨道。我好想喊停，但是车长听不见。于是我闭上眼睛，不去看那迸溅的血水。等地铁一到站，我发了疯似的冲出地铁，没来得及喘气，就巴巴地望来时的路。轨道上干干净净，轨道边上的人们说说笑笑、走走停停。一切井然有序。这时胸口一阵莽气涌上喉头，我差一点背过气去。

这还不算什么。那些情况一开始出现的时候，我不以为意，或许昨天没睡好，或许最近太累了。可是地铁窗户边频频出现的面容让我惊心。有时是一张清晰的脸，有时是一张模模糊糊的脸，我看不清。有一次只有半张脸，而那半张脸，就是我们都认识的小二子。我吓得不轻，一整天都在发怵。可是最最让我难过，最最让我不敢面对的，是我从来没有看见过你的脸。你只留给我几张笑容僵硬的照片，而你消失之后，在梦里，在幻觉里，我都没有再见过你。你连个念想都不留给我。

也就是在那一次，地铁上人流嘈杂，站着的我闭上眼睛，不敢去看地铁的窗户。突然，我听到一声哀鸣，那声哀鸣立即把我从黑暗带到了光明。我睁开眼睛，窗户上，是那只猫。和以往不同，这个影像是可以动的，而且有声音。我仔细地看着它，它也看着我。第一次见到它是什么时候呢？我想和你问清楚，但是你和它都不见了。是的，它就是米米，小时候一起玩耍的猫。记得见到它的时候，你才上小学一年级，而我已是四年级的老生了。那天下着雨，这只猫就挨着电线杆哀鸣，你路过它，把它带回了家。妈妈很愤怒是吧？说你没出息，要把猫给扔掉。你哭了好长时间。妈妈还是把猫给扔了，外面的雨还没有停。我偷偷跑出去，把猫揣在怀里，在雨中跑了好久，到了那间废弃仓库，把它安顿在那儿。后来每到饭点，我们都会轮流跑出去喂它。它越来越胖，我们越来越高。

米米会抓老鼠的时候，我也要初中毕业了。妈妈不让我继续读书了。我哭了三天。在我哭得眼泪流不出来的时候，我看见你和妈妈在争吵。妈妈说女孩子持家就可以了，要读多少书干什么。你说，姐姐不读书了，你也不读书。妈妈开始打你。你昂着头不认输。妈妈打累了，坐在那里叹气，你偷偷跑到我的房间，把你的储钱罐打碎，一枚枚硬币摊在桌上，十分英雄地说："姐姐，我供你上学。"

这些故事过去多久了呢？好像就在昨天一样。我看着窗户上的猫，怎么也不愿说再见。

那天你不该说再见。这个词语太模糊。到底是"等待再次见面"还是"再也不见"呢？语言学家都没给出定论。这些年，我一直期待第一种答案，可是在我们之间，命运选择了第二种。

休学后，我成为老家罐头厂的工人。那时，我还没有坐过地铁，更从来没有想象自己有一天，能每天坐着地铁在南京肚子里来回穿梭。

你第一次坐地铁是什么时候？这我有点记不清了。记忆里最清晰的，是在我们认识没有多久的那天，你的妈妈带着你来到我们这个残缺的家庭。你有爸爸了，我也有妈妈了。那时你才十岁，每天围着我要我讲故事给你听。后来我讲到了书上说的地铁，你满眼星光地想要去坐地铁。这个念头是我们共同的秘密。你说你有钱了咱们就一起去南京坐地铁，我说，我也会攒钱的。

终究是你攒的钱比我多。爸爸出去做生意，妈妈一直一人持家，家里大小事务都是她掌控。刚开始，我一个星期有三块钱的零花钱，后来变成了两块，一块，五毛。妈妈说，小孩子钱多了不好。后来在我放学接你时，你偷偷地问我，姐姐，你怨妈妈吗？说不怨是不可能的，我没有回答你，只是把你的围巾扎得更紧了。

去罐头厂做工人不算太苦，作息时间和上学差不多，就是中午在厂里吃，有时还要加夜班。不加班，我会早早回家，你会在家门口等我。妈妈有时候会煮红薯饭，你会把红薯特地留到晚饭时给我吃。你经常给我盛饭，白米饭中间必定有个红薯尖尖儿，拨开米粒，底下是肥硕的红薯娃娃。我怕烫，把红薯留到最后，可还是烫嘴得很。你朝我眨巴眼睛，我满嘴黏糊地回一个笑容。

妈妈怕你学习分心，向来是我洗碗。水流声哗哗响，可我听见了你在唱歌。放下碗筷，我推开你的房门。你不在学习，却在床上玩着拼图。我吓唬你，再不努力，你可是去不了城市，也是坐不了地铁的。你乖乖地去写作业了。后来那个拼图我拼起来了，是辆白色夹杂银色的地铁，熠熠生辉。

发光的日子总是如白驹过隙。在罐头厂工作第三年的某一天，妈妈把我叫到她跟前。她说家里生意不景气，而日子总要过，人总要活。我猜到了几分。

我一直有个愿望，就是从地铁二号线的起始站，坐到地铁线的尾站。这个愿望到现在也没有实现。你最后来南京看我的那次，我很想和你说这个提议。但是你的笑容，让我想无限珍惜和你在一起的每分每秒。我们还有下次，我们还有下下次，我们还有一辈子。

每天，地铁的窗户浮现图像时，这个想法总是张着大嘴巴嘲笑我。我想流泪，但我笑了。你说过，坐在地铁上的人不该难过，那么多人聚集在一起，都是奔往同一个目标。多像奋斗的意义。我喜欢你的这句话。它鼓舞了我这么多年，从那个偏僻小镇到南京，从我干裂而荒芜的心灵到你湿润而丰盛的眼睛。

随着春天的离去，幻觉开始在我的身体里肆意纵横。米米闭上眼睛，整个地铁旅程，我都在看它抽搐、痉挛、死亡。小二子的半张脸开始流脓。那个跳下铁轨的人，又满脸是血地站在窗外。布娃娃回到了原来的位置，眼睛变成了红色。房间里传来哭声。本是空无一物的冰箱，无端端多了几只长青霉的橘子。

在橘子彻底变青之前，我大哭了一场。那是你消失之后我第一次哭。眼泪流到了锁骨，流到了胳膊，流到了曾抚摸你脸庞的指尖。你喜欢我的手，也喜欢我离开老家的那个夜晚。那晚有满天的星星，也有你竭力抑制的、沉重的呼吸。

妈妈叫住我，那时我很想让自己呼吸停止。可是妈妈还在我面前。她说了好多道理，我不想听。她几乎把以往半年和我说的话都说完了。我站在那儿，把这些话提炼成一句：我们需要彩礼钱。

你脸上的痘痘怎么样了？作为姐姐，我能关心的已经不多了。在外面要注意饮食，过辣过冷的食物要少吃，鱼虾等过敏源也不要吃。可是我连你的人都找不着了，为什么还要在意这些呢？也许，正如你常常唱的，你是风儿我是沙。

有一个问题，每个人看到的世界都是一样的吗？我坐在二号线朝北的位置，你坐在我的对面，我们都看到了半个天空，半个城市，半个春夏秋冬。地铁就这么行驶着，半个地球的阳光就这么亮着。就算飞上宇宙的太空人，他们也不能看到宇宙、太阳系、地球的全部。听说，科学家在仙鹤座找到了一颗与地球极其相似的星球。那里会有你我吗？那里会有驰骋的地铁吗？那里会不会有悲伤，有抑郁，有让我们睡不着的疼痛？

我无法回答你，也无法回答自己。

我人生第一次出现幻觉，是在我自己的订婚仪式上。说是订婚仪式，其实只不过是双方见个面，喝点茶。对方就是小二子，在城里汽修厂工作。妈妈很满意，正和他的父母商量彩礼，你却一脚踹开了门：“你把我也卖了吧！”

再后来，我的记忆是，你拉着我的手跑出了门，跑进了太阳里。那里很热，黑子排成了一列列燃烧的地铁。你唱着歌，所有的疼痛化为灰烬。

但这是我幻觉与现实的错位。现实不过是，妈妈修好了那扇老木门，小二子很快搬走了，再无消息。也是那天，我突然觉得人生真的很短暂。

失去你之后的开始几个月，我变得疯狂而乖张。我把公司的文件落在家里，准备坐地铁，却在地铁里迷了路。我坐在楼梯上，身边人来人往，地铁的隔离门时而闪现出记忆里一些人的影子。有我们的妈妈，我们的爸爸。他们都在寒风中等待，在冰雪里消失。

那天，我眼睛都哭肿了，公司里的人打来了一个又一个电话，我站起来，高跟鞋却崴掉了跟。我一瘸一拐地爬上了回程的地铁。地铁启动，刮起了巨大而夸张的风。

后来几天我都没有去上班，一个人窝在房间里听地铁的呼啸声。饿了，就吃一点冰箱里皱巴巴的苹果；渴了，就喝点几天前的冷开水。未到冬日，屋子里却满是冰冷的凌。

到了周末，我终于出门了。天色灰沉，楼下的小超市已经亮起灯。我哆嗦着拿起一瓶生啤，结了账就走。远处有几朵团状黑云，像逐渐放大的瞳孔。突然之间，我的眼睛沁出了眼泪。两滴眼泪的工夫，天色完全黑了下来，周围的人脚步疾疾、行色匆匆。一切不安里夹杂着隐秘的狂喜。我打开了酒瓶盖。

不知怎的，我坐在了二号线的起始站座位上。我要坐到底。

起始站的人不多，有的背着个旅行包，像要到远方去；有的前面放着水桶，桶里有几尾鱼，像是刚钓鱼回来；有的是学生装扮。在酒味蔓延时，地铁的窗玻璃上出现了一个人的背影，穿着你爱穿的格子衬衫，站在那儿，头发整洁。我眯着眼想看清一点，它却飞快地消失了。我不想管这些，把身体侧卧在玻璃隔板上，眼泪夹杂啤酒，味道很独特。

我要和你说的是，现在的地铁多了很多规矩。比如不准在地铁上吃东西。铁警站在我面前时，我的啤酒已经没了一大半。他向我介绍了地铁新规，我没理他，继续喝着酒。他给了我一张罚单，我抬起头，一字一顿地说："你见过我的弟弟吗？"

我的弟弟。在小镇，我都和别人骄傲地介绍，这是我弟弟。那时你在学校里可是风云人物，你的班主任总是表扬你，你是得了省模赛二等奖的学生。有几个女生经常跑到我家门口，羞怯地望，然后优柔地走。这样的日子总让人心头一动。

你拿去参赛的模型是小地铁。白色的车身，银色的车头。妈妈想把它放在柜子上面，你不肯让她碰。每天放学回家，你把它放在床上，任它逶迤。我也经常观看，银色的车头熠熠发光。你说你以后要每天都坐地铁，如果可以，你想成为开地铁的人。每次地铁关门的时候，我都会想起你的这句话。

许是那个车头太闪耀太招摇了，妈妈收拾房间时把它摔在了地上。银色和白色分离了。我以为你会哭，但你只是用蓝花布小心地把它包好，放在了黑暗幽促的橱柜深处。

你的地铁模型被封存不久后，我偷偷去镇里的高中报了名，用罐头厂的工资支付了学费。但我每天只能上半天课，因为妈妈不准我辞去工作。于是每天，我早起去上课，把自己变成一块海绵，下午，我会如期出现在罐头厂的流水线上，一直加班到夜里。而那年高考，我却因头疼昏厥在考场上，身下的试卷雪白而悲伤。妈妈说，别复读了。我只拿到了高中毕业证书。

我喝了很多酒。啤酒、白酒、红酒、葡萄酒。酒精在我的血液里沸腾，幻觉开始了新花样。我把电视机砸坏了，因为它总是在怪叫；我又摔坏了鱼缸，因为里面的鱼长出了利齿，咬伤了邻居的猫。房间里所有的家具都学会了骂人，所有的锅碗瓢盆开始了无止境的唠叨。我开始抓狂。枕头里的羽毛插在了头上，窗玻璃的碎片掉进了粘着剩饭残渣的碗里。一切都在逃窜，飞沙又走石。

公司来电话了，说再不上班，就解雇我。我迷糊着眼睛，把手里的酒瓶往前一砸，不远处一排酒瓶都倒了。这保龄球打得不错。我支撑着爬起来，用冷水洗脸洗澡，但脑子里依旧一片混乱。今天到了几号？现在是几点？我抓起手包，无目的地向外走去。

地铁的前一段还阳光明媚，后面就钻入了黑色的地下。两边都有亮亮的地铁广告，某一段的路上，这些广告动了起来，原来是上海大众的广告。跳入地铁轨道的人不见了，小二子不见了，我们最爱的米米也不见了。他们消失得如此自然，也如此绝情。我很想抓住他们，抓住昨日，抓住不可寻的旧日时光，但命运说，不要动。

你肯定还惦念着我们的爸爸妈妈。他们老了。每个人都会衰老、死亡，区别就是离世之前是否爱过。我相信妈妈是爱我的，只是她的爱有点凉。

在你失踪的几个月后，妈妈拖着病体来了。她带来了你的照片，还有一双红肿的眼睛。她反复地质问我，为什么不把你送到汽车上。我闭着眼睛，她捂着脸。突然，我明白了一些东西，比如她为什么不让我上学，比如她为什么要把我嫁给小二子，比如我离开小镇的时候，她因抽泣而颤抖的肩膀。我一直以为我不明白。

妈妈带着我到了公安局。这个公安局我来了多次，先是报案、提供信息，后来都是一杯茶。等待总是漫长而无奈，我也渐渐适应了充满酒精与幻觉的生活，不想改变，也不想面对。妈妈握着值班警察的手不肯丢。他们说，有线索一定会通知我们的。

离开公安局，妈妈问，哪里有银行。我问她去干什么，她说打印传单应该要很多钱。我说，我已经在报纸上登过寻人启事了。她说不够。我带着她向工商银行走，快到门口的时候，她的右手搭在了我的左肩上。我回头，看见的是一个眼角、发梢、唇线一起下垂的中年妇女，这种下垂仿佛是有千万个秤砣吊着它们往下坠，坠入黑渊，坠入大地深处。我不知所措，仓皇以对。妈妈定了好久，上前一步，抱住我，紧紧地抱住我："阿好啊，妈妈对不住你。"

回程，我们坐在地铁上。妈妈似乎累了，靠在我肩膀上打瞌睡。我们在新街口忙了一下午，发放、张贴、躲避城管，但我手里还有一沓传单。传单被撕掉、被扔掉、被团成废纸，我们不难过，也许哪个人会留意，也许兜兜转转，能被你看见。地铁日复一日地驰骋，我们要日复一日地等待。

妈妈在我的出租屋里睡得很香。我在小厨房里做晚饭。突然想起我离开小镇的前夜。我在房间里收拾行李，你默默地出现在门口："姐姐，你去哪里？"我停下手里的动作，笑了笑说："我会回来的。"你帮我把衣物塞进包里："那儿有地铁吗？"我点点头。衣服收拾完，我开始收拾需要带走的书。书收拾完，我开始收拾一些零碎的杂物。我不让自己停下来。你早就停止了帮忙，一直坐在椅子上看着我。我又把塞好的衣服拿出来，整齐地叠着。你张口，又闭上。我深吸一口气，又吐出来。没什么不对。不知过了多久，你喃喃地说，红薯饭煮好了，你把红薯都挑出来，放在我的碗里了。我背着你浑身颤抖，强稳住齿舌说，好的。

我端着饭菜进卧室，妈妈已经坐了起来，她的手里是你藏在橱柜深处的地铁模型，看样子她已经把它粘好了。我在桌上垫好报纸，把饭菜放在上面，妈妈抱着模型不放。我招呼她来吃，她双眼模糊地说，来了。那顿饭没有滋味，在末尾，妈妈尖叫起来。顺着她的目光，我看见了报纸上的标题：《人贩子作案十余载，只为贩卖人体器官》。妈妈拍着胸脯，喉咙激烈地抽搐，我拍着她的肩膀，不敢让眼泪掉下来。

那晚我们躺在床上，背对着背。我知道妈妈没有睡，妈妈也知道我没有睡。等到曙色朦胧的时候，妈妈转过身，对我说，她要去外地找你。每个有地铁的城市，她都会重点去找。我说，我陪你去。她说，爸爸身体不好，你要照顾他。我握住她的手，微凉而粗糙，像极了小镇上晒了半年却没人收回的丝瓜条。

妈妈坐着地铁二号线走了。地铁开走，我没有回头，等待第二辆地铁。这一辆是绝不会追到前面一辆的，我也知道。可是我依然坐了上去。人这一辈子也挺简单，要不停地追逐，即使深知追不上，也不能放弃。夸父追逐太阳，山顶洞人追逐猎物，古人追逐仁德道义，现代人追逐效率与名利。没有人可以停下来。

快要到学则路站了，我面前的车玻璃开始变形，变成了一只猫脸的形状。我知道是米米。那天它趴在仓库地上，一遍遍地呻吟，身旁是一只散发着农药味的死老鼠。你慌了，抱着它，喊它。它先是应了两声，后来慢慢软下去。你一直抱着它，直到它变得僵硬。

米米被安葬在仓库旁的小土丘里。你我都不说话。突然你叫了一声，让我等你一下。说完你就跑了。我站在土丘前，很想念米米温暖的肉爪子。你回来时，手里拎着妈妈给你买的小鱼干。你刨开土，把鱼干全部倒在了米米的身边，然后抱起一捧土，手张开，将尘世的泥土全都撒在了米米的身上。

你知道吗？雪是白色的，阳光是金色的，日渐浓厚的悔恨是无边无际的。坐在二号线地铁上的我，多么痛恨这个脚步匆忙的世界。它走得太快，米米走得太快，你也走得脚步生风，我跟不上你们。我只有悔恨，任时间的海漫过我的脚踝、膝盖。

记得在我们的小镇，我最爱夏天的傍晚去河边涉足。我不会游泳，只会先把双脚慢慢地探入水中，让温热的水拥抱我、亲吻我。等到最初的战栗过去，我会带着泳圈下水。水浪推来涌去，发出汩汩的声音。你和一群孩子站在石码头上，准备往下跳，他们吵着："我是宇航员！""我是跳水冠军！""我是奥特曼！"然后一个个像超人一样飞下来。而你，总是沉稳而笃实地说："我要开地铁！"声音被那些孩子盖下去了，但我听得见。你一个猛子扎下去，水花溅在我的身上，生出斑驳的凉。这样的日子，想来都有一种春日花事尽，荼蘼忽已盛的感觉。

回过神来，面前的车玻璃闪着金色的光。我不知为什么要坐上这个地铁，也不知我将去往何方。地铁两侧的门打开，一拨人走出去，一拨人走进来。也许这个地铁就是宇宙，让物质进出、生死、重组。这场注定离开的旅程，路过的都是永远。

我在新街口下车，随着人流走上一号线的地铁。坐了一站，我就到了珠江路糖果车站。我记得那个小故事，一个小女孩想要吃糖果，列车员满足了她的小小心愿。从此冰冷的地铁站有了浓浓的烟火气。那段日子，你来看我的时候，都从这边走。你本可以从鼓楼站下的，可是你说你喜欢这儿，喜欢这个小故事，也喜欢从四号口出去，看着繁华的都市，看着周边热气腾腾的烤猪蹄烤玉米摊子，穿过南大鼓楼校区浓密的树荫，穿过层层叠叠熙熙攘攘的人海，来看我。这一切的景色人像都是有温度的，我在这儿学习、生活，悠悠地看，慢慢地走。地铁呼啸，带来了你，也带走了你。

说到在罐头厂的生活给我带来了什么，我无法用语言描述。简单点，就是给了我上大学的学费。在密封罐头的时候，我总是在幻想，有一天我手里抓着文件夹，骄傲地跨入地铁的大门。梦想想多了，就会有实现的可能。在离开校园一年后，我买了一盏小台灯，每天爸妈睡了的时候，我都会钻入被窝，亮起台灯。这件事你也是知道的。冬天难免会冷，你会塞给我汤婆子，夏天你会偷偷地在我床头放一盘蚊香。这是我们的秘密。

那年的秋天，我的头疼卷土重来。开始是隐隐地痛，后来变成了大面积烧伤般的灼痛，我甚至感觉到头顶的某一处在冒油。白天在罐头厂，我偷偷去冰柜里拿一包冰块，实在太疼了，就敷在额头上。晚上回到家里，我总是翻来覆去睡不着，更别提看书了。你拿来了风油精，涂在我的太阳穴上。我说谢谢。你不说话，食指在我的太阳穴上来回涂抹。我正要说话，你捂住我的嘴，说，别放弃。你的眼睛亮晶晶的。

入冬，我的头疼终于好些了，而高考越来越近。我告诉了妈妈，我要考大学，她只是问了一句，多少钱。我说我自己有钱。这样的对话很寡味，我也记不大真切。反正那个冬天，我可以裹着被子，正儿八经地坐着看书了。小台灯发出微弱而不屈的光芒，我的头发、指甲也在渐渐变长。某天，我正在熬夜奋战，你出现在我的身旁。我吓了一跳，让你赶紧去睡。你摇头，露出开心的笑容："姐姐，等你考上了，我就坐地铁去看你。"

你说的这些誓言如今都实现了，可当年的小台灯，我也寻不着了。

我抓着这些记忆不肯丢，可糖果车站的手扶电梯把我送到了地面上。扑面而来的人间燥气让我打了个哆嗦。多久没来了，就像看见了一位远行的故人。我在地铁站门口站了很久，门口有小商贩，有乞丐，更多的是面无表情的过路人。又有一辆地铁过去了，我听得见。也许地铁线就是大地的伤疤，烈日下会开裂，大雨下会阵痛，一直无法愈合，疼得长长久久。

我闭上眼，屏住呼吸。这个世界变得光滑了，在我的心里一溜而去。黑暗的眼前只剩下星空、银河，还有看不见的黑洞。也许你在那儿，也许你在我眼前。

从地铁站下面涌来的人流把我推到了门外。倏忽而至的阳光，记忆里一望无际的白雪，都在降落、下沉，直到一切都融化、消失。那场大雪我还记得。二〇〇八年，小镇快要被大雪压垮了，罐头厂也关了门。我生起炉子，你坐在我身边。你问我，这么大的雪，地铁还能开吗？我添了几把柴火。你朝我身边挤挤，眼睛里有几颗异星。我说我也不知道。你我之间沉默着。突然你靠在我的耳朵边，小声说，姐姐，我可以吻你吗？

头疼再一次袭击了我。这次我才发现已经离地铁口很远了。我熟悉这儿的马路，车来人往，川流不息。马路旁边分布着各式奶茶店、零食店、小饭馆。上大学的时候，我也常在这里驻足，但很少吃，学校食堂更加便宜。你第一次来看我的时候，我带你去了伦敦茶馆。你说咖啡太苦了。我撕开糖包，把糖撒进去。你搅拌得很认真。

你在喝着蓝山咖啡时，我送了你一本书。这本书我先在图书馆看了，本以为是不适合我年龄的童话，看后却很喜欢。有空的时候，我去大众书局买了两本，一本给自己，一本给你。它就是圣埃克苏佩里的《小王子》。里面有很多人，有很多爱，也有很多哀伤。我和你讲着《小王子》的故事，但我永远不会说出口的是，前不久我刚刚挨了两个耳光。我的舍友年龄都比我小，我喊她们妹妹，她们也不应。有天，上铺的女孩叫了我一声“姐姐”，说她有急事，需要钱。我把身上的钱全给了她。后来我吃了一个星期的泡饭，探探她的口气，问她她父母打钱了没。她上来给了我两个耳光，说，乡下人就是乡下人，她才不会拿穷坯子的钱呢。

在咖啡店的情景还历历在目。带着这些回忆，我走入了南大鼓楼校区，在人群与建筑物之间穿梭。这里还会上演怎样的故事？也许也有一个男生，怀着对未来的憧憬，来到这个地方。虽然不能久留，但他可以坐在地铁上，像坐着千里马一样驰骋。他每次笑起来，眼睛都是弯弯的缝，嘴边还有一个浅浅的酒窝。我真的很想给他一个拥抱。就像狐狸抱小王子，小王子抱他的玫瑰。

接到妈妈的电话时，我已经到了费彝民楼。她在电话里泣不成声，在断断续续的话语中，我得知她在汽车站，有个路人说貌似他不久前在二号线看见过传单上的你。

见到妈妈的时候，我觉得她真是老了。眼角开裂，嘴干瘪而无力，手垂着，凌乱的白色头发随着人流摇摆不定，像极了世上多数人的命运。我抱着她，拍着她的背，把头深深埋入她的脖子里，感觉她的心跳。她抽噎了一下，推开我，把地上散落的传单拾起来："走，我们一站一站找，一站一站问。"

我们到了二号线的尽头——经天路车站。我们要从这儿一直问到底。经天路人烟稀少，我只来过一次，而且只是坐过了站。经天路的铁警乘客都说没有看见。带着希望和些许的失望，我们到了南大仙林校区。我来过这里好多次，来上课或者找我的老师。它一直在扩建，它不悲伤，它是无数人的希望。我也带你来过这儿，你陪我走过逸夫楼、教学楼、图书馆、大活。我们都在这里呼吸过。

我深吸一口气，和妈妈走出地铁站，把传单分发给来往的学生、老师。他们都说没有印象。妈妈在我的手上掐出了印子，我把她带上了地铁。

地铁到了学则路站的时候，我的眼前开始眩晕。地铁玻璃上出现了你常穿的格子衬衫。只不过那件衬衫开始变形、放大，又倏地缩小。妈妈推推我说，下车。我晃动脑袋醒醒自己，突然想起冰箱里的苹果橘子都没有了。

在仙林地区，学则路应该算是繁华的了。妈妈和我都怀抱着巨大的希望，这个希望就像一只大气球，能飘上天，也能瞬间爆炸。有个外国人用蹩脚的中文说，给他一点传单，他会在南师大分发，并且放在校网上发动学生。听到这句话，妈妈眼泛泪花。外国人拥抱了她，说世界其实很小。

离开学则路，妈妈深深吐出一口气，脸上半是阴半是晴。我握住她的手，她的手终于有了点温度，我第一次感觉到我们是有血缘关系的。地铁一站站过去了，我们的希望一点点泄气。地铁里的播音说着“孝陵卫到了”，记忆突然从脑海里跳出来。

你来南京看望我，我带你去了鼓楼南大，仙林南大，还有许多地方。来南京怎么能不去中山陵呢？怀着这样的想法，我带你坐地铁来到了孝陵卫。那天天气很好，是南京少有的蓝天白云。我们数着台阶一步步往上走，谁也不说话。看到了最高处的风景，我们又数着台阶一步步往下走，谁也不说话。

我记得，离最后一节台阶还差三十二步的时候，我听到后面一声响。不知是你踩空了一脚还是什么，你跪了下来。我看见了你眼睛里的泪，点点滴滴，最后变成了一条溪流，纤细而执着地流下来。“姐姐……”你嘴里喃喃着。我抱住你的肩膀，摇着头说，别说了。

后来你问我，地铁天天行驶，从不停止，会不会是世界上最累的。我咬着唇，不想说，世上最累的，不过是爱。

不知过了多久，身边的妈妈说，马上就是新街口了。我站在地铁里，全身像被抽空了一般。地铁的玻璃像动画一样播放着我们的过去。米米，小二子，跳下铁轨的人，你笑，你哭。我终于看见了你。依然是格子衬衫，眼睛笑起了弯弯的缝，嘴边还有一个小酒窝。我也笑了，泪水跟着地铁一起飞着。新街口站过去了，我扶着妈妈坐下，面前是地铁电视，新闻标题是《九〇后打工者为何杀人？》，我看见了熟悉的格子衬衫，电视下的字幕一点点放着：

……那是周日的晚上，我想睡觉，可正在洗衣服的老板娘又让我修电灯，又让我哄孩子……我当时特别来气，说不愿意哄。她说你是打工的，让你哄你就哄。我们先是争吵，后来她打了我一个耳光。我抄起墙角的斧子向她头上砸过去，想教育教育她就完事了……没想到老板娘抱着孩子喊，杀人了，救命啊，孩子也在哭，我当时害怕了，就下了死手……

我们依旧在往远方驰骋，坐在我们的悲伤上，坐在一次次的失望上。我的头不疼了，地铁的玻璃也是难违的安静，再也没出现幻景。离我们一点五亿千米的阳光照射在地铁里，暖暖的。妈妈靠在我的肩膀上，均匀有力地呼吸着。我忘了下一站到哪里了，只是看着窗外的风景，那边似乎有座山，伏在大地上，像极了洞穴、黄昏，或者更遥远的东西。

喜相逢

直到时钟敲响十二下，文珊才想起来，老夏青在地下足足躺了二十一天了。她从椅子上起身，站在窗边。外面黑黢黢的，树枝也沉得厉害，远处是市中心，一片油油的亮。文珊的心在颤抖，在战栗，喷发着无声的大响。

菩萨说，世事无常由它去。东半球的阴影，西半球的潮汐，这一秒的呼噜，那一秒的死寂，差之毫厘，有时却失之千里。比如二十二天前的夏青，穿着棉夹克，架着一副半框眼镜，坐在电视机前，边哀叹着 MH370 的芳踪，边剪着齐齐整整的指甲。而到了后一天，四圈奥迪把他往空中一挑，他只好躺着了。不过也罢，世上每几秒钟就有一人死于心肌梗塞，早晚的事。文珊摸摸自己的心脏，对于明天，既是火花四溅的赌注，也是茂盛的、蓬勃的期待。

文珊把市中心的房子卖了，跑到盘姬镇六十五号弄堂来住。这里一切都好，山好，水好，人也和气。夏青说她赚了。文珊懒得搭理他，各过各的。天气好了，她在阳台上扭几下，天气不好，她坐在窗前，捧着丁丹、安意如，念叨着类似"陌上花开缓缓归"的文字。夏青抱怨几句，她把脏衣服一丢，自己洗去。夏青也乖，洗了两回棉内裤，又大路朝天，各走半边了。

文珊爱这扇窗户，有时欲穷千里目，有时对窗贴花黄。左边是灰色的墙，右边是梧桐。墙上开了几扇窗户，梧桐生出两个鸟窝。第一个窗户在六楼，住着一个老人，别人叫他寡老头。第二个窗户在五楼，住着一个中年男子。第三个窗户里，是个单身女人，守着一架钢琴过日子。梧桐树上，第一窝住着四只喜鹊，第二窝是杜鹃。长久地盯着它们看，也不生嫌隙。正午蝉不知雪，傍晚闲云野鹤，相看不厌，悠然南山。

抱病多年，文珊也在家静了多年。夏青在外奔波，每个月有那么一点俸禄。文珊煮面条给他吃，加点盐加点青菜，捞上来，放颗卤蛋。他说好吃，她也不细究。偶尔寂寞，文珊去西边的菜场买菜。走在路上，腰肢扭啊扭的，屁股撅起来，头昂起来，像人家张曼玉一样。为此，文珊定做了几身裙子，紧身的那种，把屁股箍出两半圆，两条稀稀拉拉的腿，霎时有了万种风情。夏青老问她钱去哪了，文珊说，贴你面子去了。夏青不吭声，暗地里攒了点钱去小弄堂喝酒。两人面对着面，也视而不见。买菜回来，文珊盈盈地走，娉娉地走，一步一朵莲花，一步一个婀娜。到了楼梯上，腰节擦着摆缝，门襟擦着衣服片子，瑟瑟作响，成精了似的。文珊也不急，小步小步地走，这边的楼层，都是四通的，文珊会和窗子里的人碰面。有一次她碰见了五楼的男人，男人笑了一下，文珊也吟吟地笑，手中的韭菜沥沥地滴水。文珊本是做韭菜饺子的，后来懒下来，韭菜放在那儿，黄了，蔫了，像旧衣服上的老褶子。

是夜，夏青的呼噜细长幽深。文珊睡不着，坐在窗前。今天的面条里，多放了点盐。夏青吵着要喝水。昨夜的陈水兑上今晨的新水，一仰头灌下去，夏青没声了。倒是临睡前，夏青没头没脑地说，地主来收钱，阎王老子要来逮命。文珊问逮谁的命，夏青看了她两眼，鬼畜畜地抖抖肩膀，不理她了。最是老男人爱作怪。文珊用手指卷着鬓发。天干地燥，孤月长明。

调频 FM198。文珊说不出为什么，就是喜欢这个电台，有时放点老音乐，什么《女人花》《何日君再来》。“我有花一朵，种在我心中，含苞待放意幽幽”“好花不常开，好景不常在”“人生能得几回醉，不欢更何待”。文珊举起手，拨弄鬓发。“爱过知情重，醉过知酒浓，花开花谢终是空”“来，来，来，喝完这杯再说吧！”文珊边哼着，边姗姗起步，没有观众，却也了了胜过寥寥。曲毕，文珊坐定，仿佛回到了少女时代。那时她矮小、瘦弱，时不时鼻子下面挂红。女生不喜欢她，男生也瞎起哄。有一次午休，文珊爬起来，发现课桌上一片殷红。男生笑她是血袋子，女生更不客气，笑她是日本国旗、姨妈巾。她也忍了。等到十五岁初潮，她在厕所里哭出了声。上课铃响了，她还在镜前望自己。头发长了，指甲也在疯长。胸前两个丘，正待破土而出。你说呢，何日君再来？

到点了，夏青走了，文珊扔掉了蔫黄的菜。电视机里唱着，“只要九百九十八，只要九百九十八，××××带回家”！文珊喜欢听，买了不少。比如果蔬榨汁机，榨了几回橙子苹果胡萝卜，也风平浪静了。比如电动瘦腰机，在肚了上甩了几圈，也偃旗息鼓了。比如文珊的新宠——恒温瑜伽垫。女主播可说了，低碳、高效、节能，百分之九十九的热转换率，微电脑控温，融合了先进的碳晶技术，运用新型的远红外线辐射原理，不断产生远红外线波，对心血管疾病、腰腿疼、关节炎、肩周炎、颈椎病有显著疗效。文珊看她盘亮条顺的，准没错。文珊把瑜伽垫摆在房间，关上门，跟着电视节奏动起来，没一会儿，累了，躺在垫子上，温温热热的，好一场庄周梦蝶。

迷迷糊糊，一阵钢琴声，骤风疏雨。大肚男上来了。文珊惺松站起，看着第三个窗户。窗里的女人，就叫她小宛吧，眉清目秀，还有一点云髻金钗般的甜。她们不认识，但也不是没有交集，楼梯上，街道中，几次错身而行，小宛体味香浓，婉约着身子，小蹙着眉头，满怀春花，被俗人糟蹋了似的。文珊想招呼，一时不知叫她妹妹，还是叫她孩子，于是两个人闲闲走走，去留也无意。不过文珊毕竟是文珊，凭着一扇玻璃窗，也把小宛仔仔细细打量进了骨子里。依稀间，她还见过夏青的影子，抖抖索索的，想必在玉山街喝过酒了。夏青喝了酒什么都不怕，皇帝老儿也不作数。文珊想着，感觉不出自己的愤怒。大肚男拉上窗帘，他是城里的吧？西装挺挺括括，可不是盘姬镇买得到的。他是老板吧？有开车司机，他也挺着肚腩把他支开了。文珊泡一杯花茶，寻思着自己的推理。楼下的奥迪，大肚男指间的金戒指，五个圈晶亮，如美人卷珠帘，桃花相映红。

看倦了小宛，文珊看第二个窗户，里面的男人，文珊叫他素男。窗帘半掩着，闪过模糊的影。素男坐在窗边，像酣沉的小象。他偶尔画画，蓝的红的绿的，落在白色的板上，有种春来江水的味道。倒是春好，草色绵绵，落红又曾发几枝？

夏青回来时，外套上浮着一层水，用手去掸，扑簌簌，亮晶晶。文珊去厨房下面，夏青却说他想吃炒菜。文珊倒一层油，加一把半蔫的菜，撒点盐，锅铲拨拨，上桌了。电视机里的小人儿，讨论着 MH370。文珊套被子，被单挨着枕巾，噗噗响。广告到了，夏青调台，什么“侯老师说养生”。春天五行属木，而人体的五脏之中肝也属木性，因而春气通肝。在春天，肝气旺盛而升发，人精神焕发。如果肝气升发太过或是肝气郁结，都易损伤肝脏，到夏季就会发生寒性病变。因此，顺应天时变化，对自己的日常饮食起居及精神摄养进行相应调整，“未病先防，有病防变”，把肝这个解毒工厂建设好、经营好，人才不会得病。夏青边看边点头。文珊乏了，坐在床边，拔着被单的线头。夏青又调了台。窗外雨滴答滴答，他吞着菜叶子，口齿不清地说，你知道吗，印度洋都没有。

绵雨不停时，文珊会把衣服晾在家里。床单被褥整叠完毕，文珊找绳子。找了半天，文珊才想起，尼龙绳还是一年前买的。于是她问夏青，塑料绳在哪里。夏青呆望着电视，嗜了一声，柜子第三个抽屉。果然，塑料绳灰头土脸地躺在那里。雨声更大了。文珊不知哪来的气，把抽屉“砰”地关了。夏青像是没听到，用棉毛衫摩挲着眼镜，棉夹克也跟着，来回推挡。也是寻常。文珊降完气，搭好绳子，挤干净衣服，一一夹好，然后坐着，看它们变干，变得无辜。屋子里挂满了棉毛衫棉毛裤，像人家干洗店。良久，文珊心闷，看线衫有点皱，就来抻抻它，夏青却起身了，走过来，手伸进她的领口，水滑流畅。文珊想起了自己的第一次。夏青很紧张，她也很紧张，夏青握着她的手，沁出了汗。床吱吱呀呀的，像要塌了一样。文珊闭着眼睛，把自己缩了起来。夏青的手枯了，干巴巴地抽回去。文珊说，洗衣机停了，我去看看。夏青没吱声。文珊摇摇摆摆地走了，没两步，她眼睛里溢出了泪，幂着这个屋子，幂着惨淡的天。她想起结婚前，有人告诉她，婚姻是永恒的倦。

夏青捂着被子睡了，文珊盖头盖不到尾，索性爬起来，坐在瑜伽垫上。夏青翻了个身，一个说响不响的屁。文珊也不在意，看着共枕二十多年的这个男人。皮肤老了，相貌怠了，背影像个小山，小宛看得上他吗？不过二十年前，他也是条好汉，几个妯娌还会拿正眼瞧他。岁月这把刀，不见当年放牛郎，却倏忽少年白啊。呼噜声又起。文珊抿了口口水，打开收音机。让一亿人先聪明起来，巨人脑黄金！要想皮肤好，早晚用大宝！文珊眯起眼睛，想起了那些欺负她的女生，先敷化妆水，再擦乳霜，最后上雪花膏，可时髦了。后来，文珊拿她们的爽肤水抹了桌子。文珊笑了，收音机吱吱作响，那个恒温瑜伽垫，正持续地、不懈地放射着红外线。

醒来时，文珊在瑜伽垫上四仰八叉。浴室里，杯子碰着牙刷，声音清脆，随后一阵水花四溅。文珊揉揉酸痛的胳膊，打了一声喷嚏。天色暗淡，但有光。文珊打开冰箱，把里面的牛奶、面包逐个放进微波炉。叮的一声，牛奶泛着泡，面包湿湿地软，夏青吃得起劲。拾掇好西装外套，文珊收拾面包屑，把剩下的牛奶扔进垃圾桶。

计划好的跳闸是在正午时分。文珊不急，在屋内打了三个转儿。压小胯，跪小背，搬肩搬胸搬后腿，样样来事儿。墙上是她和夏青的结婚照，夏青捧着小红本，文珊面庞闪着微光，笑容忽隐忽现，也如春花秋月。外面风起来了，飒飒地响。文珊脱下了风衣、线背心、衬衫、胸罩，直到露出她下垂的胸，在水汽升腾的天气里，滟滟随波千万里，花落人亡两不知。

小宛开门时，丝绸睡衣耷拉着，脸上留着残妆。文珊解释来意，小宛也没啰唆，带她到客厅坐着。沙发上散着几件女士内衣，蕾丝的，抹胸的，颜色轻柔，粉粉的，有些娇羞。小宛去厨房了，窸窸窣窣，又是剪刀厨具相撞的声音，小宛不满地嘟囔着。没过多久，她出现了，两手颓丧，语气低沉地说，没有蜡烛。文珊谢过了她，刚要走，瞥见鞋柜上一双男鞋。不知脊椎里长了什么，文珊挺直了背，夏青是她的，名正言顺地是她的。门关上，她又有些难过，都是女人。

五楼的素男不在。文珊到了六楼。这是这座楼的顶层，寡老头一个人住，不见鸿儒白丁。文珊和他没打过几次照面，只知道老人有三条棉毛裤，紫的红的象牙白的，前两条有洞了，后面一条有深深的黄色尿迹。它们皱巴巴的，每隔一个星期，就在窗边飘飘摇摇，好不热闹。那天风大，象牙白的被吹掉下来了，寡老头蹭着楼梯，胳膊弯腿打颤地下楼，文珊觉得不忍心，把棉毛裤拾起来，交给他。寡老头眼花，握着文珊的胳膊根，眼睛瞅了好久。文珊不好意思，定在那儿，三尺不知七寸的。忽然寡老头弯下腿，文珊心噔地拔凉，手往下一错，扶着老人不让他倒。而寡老头眼睛里，春浪交错着浊水：闺女。文珊噤声，一时之间，楼梯变成了红树林，两人在各自的道路走着，风景寡淡，但前方依稀在喊谁。文珊想说话，寡老头却已在用棉毛裤抹眼泪了，尿迹旁湿湿的，文珊觉得触目惊心。

六楼的门没人应，仔细听，还有电视广告声：年轻态，健康品。文珊不想叨扰，下了楼，撞见了提着画篮的素男。素男又笑了一下，文珊也吟吟地笑，雨水落在窗户上，又顺着下水管道往下滑。素男给了她两根蜡烛，她瞥了一眼他的屋子，两三个饭盒，三两堆颜料，淡淡的松节油气味，落魄得也整洁。素男说，有点乱，见笑了。文珊吟吟地笑，没事。几句寒暄来来回回，也算认识了。腰节擦着摆缝，门襟擦着衣服片子，文珊回到家，感觉心阔了许多，不再痛了。烛光照在屋子里，了却了多日的霉气。夏青该回来了，文珊吹灭蜡烛，对镜子里的自己笑了一下，拉上了电闸。

这天，文珊在面条里加了点糖，夏青也没尝出来。呼哧几声，肚子饱了，又是漫长的MH370后续报道。澳大利亚加入了，美国也来了人手，那个小日本还来蹦跶蹦跶。夏青说着，文珊也三三两两听着。昨天的衣服还有点湿手，文珊把它翻了一面，继续夹好。在屋子里坐久了，电视声和人声也混淆了。文珊打开《人生若只如初见》，“愿得一心人，白头不相离。”“结发为夫妻，恩爱两不疑。”她看着，累了，准备小憩一会儿。飞机上还有两个婴儿呢，夏青飘来一句。文珊没了瞌睡。要是走稳了路，她和夏青的宝宝，也上初中了吧。这些年，夏青提过几次，再要个宝宝，文珊不是没想过。但流产后不久，文珊的父母陆续去世，她送走骨灰，磕过头，坐在父母牌位前想，他们忙忙碌碌，胼手胝足，有个女儿，也不过就是多了个哭灵的人。

“天才第一步，雀氏纸尿裤！”“洗呀洗呀洗澡澡，宝宝金水少不了，滴一滴呀泡一泡，没有蚊子没虫咬，宝宝金水！”文珊静静地听着调频FM198，夏青趴在床上，像荒山上的坟冢。文珊困了，趴在月光里，胳膊尖的骨头耸着，像极了船棹。

早晨十点，文珊正在跳三步舞，咚恰恰，咚恰恰。忽而警笛大作，对楼围着一大群人。文珊收拾好自己的舞鞋，喷点香水，腰节擦着摆缝，门襟擦着衣服片子，盈盈地，娉娉地，扭到了六楼。没错，是收水费的大妈发现的，她叉着腰，在那儿发丝飞颤地讲着，寡老头三个月不交水费了，屋子里有声音，他怎么也不开门，等她临门一脚，才发现他坐在床上，一点一点地做着细菌分解运动。说完这一拨，大妈捂着脸难受，又来了一拨人，大妈抹抹脸，开始新一轮演讲。在众人嗯嗯啊啊的感慨中，寡老头卧室的电视机没心肝地唱着“今年过节不收礼，收礼只收脑白金，脑白金”！

警车离去，臭味转淡。那些街坊邻居唠叨几句，作鸟兽散。只有小宛，立在那儿，衣角荡荡的，像淋了一盆水。文珊突然想去抱抱她，但也无所名状。就这样，雨水落在南朝四百八十座寺，也落在盘姬镇六十五号弄堂。楼道里还有几个婆婆，从寡老头说到现在的不孝子，再说到国家的养老制度，头头是道。雨水大了，噼噼啪啪，婆婆们你搀着我，我扶着你，到各自的家里吃梨子香蕉圣女果了。小宛还立在那儿，没人神似的。文珊看不到她的脸，心里得得地叫着，脚也不挪动半寸。人又少了。突然，小宛蹲下来，大叫，我要搬家！我要搬家！不干了不干了！

小宛搬走时，大肚男不在，谁都不在。她叫来了搬家公司，那些人搬钢琴，小宛挎着床褥被单，孤孤单单地下楼。她把它们扔进卡车里，有个包裹还打了个卷儿。那些人还在搬钢琴。小宛倚在卡车边，点燃一支中华。难得有太阳，它照着，烟雾袅袅，像村头的炊烟，摆着腰肢玉手，勾着牧童离人归来。小宛秀气的脸蛋，影影绰绰的。

小宛走了，夏青回来了。文珊去下面。面条刚入锅，文珊说，寡老头死了。夏青说，谁？文珊说，对面六楼的老人。夏青说，哦。专家还在解析 MH370 的飞行路线。文珊撒盐，说，小宛搬走了。夏青似乎没听她说话，就顺口溜了一句，是吗？文珊加了一勺味精。夏青说，今天面不错，味道足。味精这东西，进入人体后形成谷氨酸根和钠离子，主要危害有：1. 妨碍胎儿发育，令后代畸形；2. 破坏遗传因子、影响生殖力，而且幼年时看不出来；3. 加重过敏性鼻炎、加重过敏性哮喘；4. 导致肥胖症；5. 造成永久性脑部创伤；6. 破坏视网膜，影响视力。这些都是"侯老师说养生"上面的，不知夏青记不记得了。文珊有点怅然。这几天她老是做一个梦，梦见夏青死了，死得干脆利落，容不得她喘息一次。文珊醒来，琢磨这个梦。夏青是怎么死的？谁杀死了他？文珊记不清了。窗外有伶仃的雨丝，落下来。天光暗淡，一天天过得无声无息。

夏青睡得香，像是在做梦，他梦见自己死了吗？文珊不深想，也不闲着。床头柜里有几本《男人志》，那是夏青的书，他偷偷摸摸地看，她也偷偷摸摸地藏。杂志上，无数肉体，结实、性感、美好。在米兰达 · 可儿、丽丽 · 唐纳森的页面下角，毛卷儿枯黄又老到，看来夏青好这两口。文珊脱掉外衣，看着窗户反光中的自己，干干瘦瘦，无欲无求的。也罢。她翻到二十三页，几个外国帅小伙，举着饮料沙滩漫步。调频 FM198 又响起。"有多少南方摩托车，就有多少动人的故事！""做女人，挺好的，婷美内衣！"文珊笑了，想起自己第一次穿内衣的情景。白色的，小碎花，有蕾丝边，罩着她微隆的乳房，半遮半掩，像桃花扇。梧桐沙沙地响。

MH370失联后的第十二天，夏青真的死了。这天挺寻常，暗蓝的天，丝丝的灰云。文珊寂寞，穿上立领盘纽、摆侧开衩的半开襟旗袍，娉娉袅袅地去买菜。街上人不多，东边一撮西边一簇，像决明子，一滚裹着一滚，一条连着一条，稀稀寥寥的，却热热闹闹。腰节擦着摆缝，门襟擦着衣服片子，文珊的大腿闪啊闪、躲啊躲，那两瓣屁股，杵年糕一样挤压着、扭动着。风细细地吹来，文珊绾着鬓发，心也尖了。

夏青的死，没什么好说的。人一脚，几只虫子没了，车一挑，一个人没了。道理都一样。不过，文珊目睹了夏青的死，就像鼻血滴落，低头就能见红一样。是什么时候，鼻血止流的呢？大概是那些女生赏她巴掌的时候。文珊倒光了她们的爽肤水，又拿她们的雪花膏刷墙。被逮到后，文珊听到了肉振动着肉、骨头撞击着骨头的声音。文珊的面庞红润了许多，鼻血也干涸了。

亲朋好友过来了，陪文珊度过这难挨的时光。夏青的寡母也过来了，哭成了泪人。文珊不去叫她，双目对双目，难免擦出火光。送殓人要把夏青的脸盖上，寡母偏不准，抓着阳台栏杆要跳。亲友拽啊拉啊，吵翻了天。文珊不说话，客客气气地流眼泪。如果文珊死了，这个女人会怎样？夏青会怎样？亲友不容她多想，帮她擦眼泪，讲着一些励志的、积极的、不入流的故事。热闹了两天，大家散了。寡母捧着她儿子的骨灰，踉踉跄跄地走了。这个葬礼也寻常。

“那南风吹来清凉，那南风吹来清凉，那夜莺啼声细唱，那夜莺啼声细唱，月下的花儿都入梦，月下的花儿都入梦，只有那夜来香，只有那夜来香，吐露着芬芳，吐露着芬芳……”人走得没剩了。调频 FM198 放起了《夜来香》。夜来香，多年生藤状缠绕草本植物，花可蒸香油，花、叶可药用，有清肝、明目、去翳之效，民间有用作治结膜炎、疳积上眼症等。年少的时光袭来，文珊不困，手托着大半个脑袋打瞌睡，像一场宿醉。好歹是她赢了，是她赢了。“雪花啤酒，勇闯天涯！”“过日子，还得咱这口子，口子酒！”声音洪亮，冲走回旋了半日的哀歌。

天色欲青，文珊正要入梦。不远处鸟啼声声，春天来得正是时候。文珊伸伸胳膊，索性不睡了。她打开冰箱门，牛奶过了保质期，面包也串了味，面条剩了两根，像两行鼻涕。文珊找到了面粉，倒一点冰凉的水，揉一揉，等着醒面。刚结婚的时候，她有的是力气，有的是心情，韭菜饼鸡蛋饼，夏青吃到吮手指。

文珊翻开《人生若只如初见》，想想又合上，展开恒温瑜伽垫。今天电视也乖，放着体贴的轻音乐。延展全身，双手放在地板上，臀部高高撅起，两手擦着地板移动。站立，将双手举过头顶，掌心朝前，大拇指朝后，把身体往后钩。仰卧，脚尖下钩，两腿绷紧往前伸，两手放在臀部下，支起身体，拱起背部，让手肘受重。文珊想起了过去。那时他们住在市中心，朝九晚五，日子也舒心。后来文珊得了病，来盘姬镇静养。盘姬是传说中的人物，她丈夫出门打仗，一去不回，她一个人带着四个孩子，坚定不移地等了一辈子，直到变成一尊石像。文珊和夏青去过盘姬故址，夏青说盘姬很吓人。文珊不解，上网查查，结果查到了网文，什么《盘姬请再爱我一次》《盘姬和她的风流俏哥们儿》，她讲给夏青听，夏青还笑，说年轻人的玩意儿，你掺和什么。这样的日子也过了。文珊下压双腿，然后盘腿而坐，右膝往前，左腿后伸，九十度弯曲前腿，胸部枕在大腿上，双手前伸。电视突然跳台了，还在继续搜寻 MH370，国际搜救队伍到赤道了。文珊停止动作，跑过去拍电视机，拍着拍着，文珊想哭了，扑到人怀里痛哭流涕的那种。

“我杀了我的丈夫。”文珊也没想到，她见着素男，说了这么一句话。素男似乎见怪不怪，把她领到家里。文珊来到了她窥视多日的房间，里面有几幅画，横着竖着，挂着躺着。在角落里，她看见了一对夫妻像。男的茕茕孑立，女的孤身一人。他们离得很远，但文珊知道，他们就是夫妻。于是她问素男，素男也不置可否。文珊坐在画架前，抹了几笔，蓝的红的绿的。素男开始摸她的脖颈子。文珊问他如何勾画、如何调色、如何清洗画笔，素男也不烦，一一回答。窗外，太阳出来了，积水还在，盘姬镇反着异样的亮光。

素男吻上文珊的左脸颊，文珊还在滔滔不绝，什么市中心一万八一平方米，这儿只有五千八呀，什么韭菜都打了药水，青菜沾了露水不好吃呀。素男开始解文珊的衣裳，文珊又把话题扯上了养生，血为气之母，气为血之帅。素男碰到了文珊的内衣，文珊捂住他的手，告诉他，她有病，心肌梗塞，一捂着心脏，夏青就着急。而 MH370 失联后的第八天，她在街上徘徊。原本这个点，她也买菜到家了，但这季节，阴雨不断，街角的屋檐滴着水，街上的人们，啪嗒啪嗒地踩着水坑。文珊喜欢这样的景象，拎着菜袋子来来回回，街上的人也不奇怪。其间她还遇到几个婆婆，上次寡老头死时，见过一面。文珊想打招呼，她们腆着脸经过了她。她走着走着，差点当街跳起舞来。不知过了多久，她到了玉山街。夏青下了班，就喜欢在这儿走，有时还瞒着她，躲在巷子里咪小酒。估摸着时间，文珊在玉山街走走停停。一会儿后，她停了下来，石砖缝里，有一汪水，她看见了，有东西在里面，她捂着心蹲了下来，要把它看仔细。也就那么一瞬间，夏青拎着公文包，飞奔过来。随后是尖锐的车鸣。

文珊举着自己的泪眼，望着素男，颤颤巍巍。素男抱住她，摩挲她的头发、她的耳背、她的全身，文珊却干了，扎扎地挺在那儿不动。松节油的气味淡淡的，画板上的颜料结成了痂。素男停住手，问她，你看见了什么?

过了些时日，素男走了，说北京有个画室招人。调频FM198还陪着文珊，“有了肯德基，生活好滋味！”“超级非凡、嫩滑多汁、板烧喷香、大块鸡腿、爽口生菜、秘制酱料、芝麻面包、松软长形的特级板烧鸡腿堡，尝尝欢笑常常麦当劳！”文珊听着。电台又放起老歌。“你听那云雀唱出春的梦，你听那流水带来春风柔，有份爱深埋在我心中，愿你能接受我，你看那鸳鸯戏水情深重，你看那晚霞片片意重朦，有份爱深埋在我心中，但愿你勿忘我……”文珊绾好鬓发，腰节擦着摆缝，门襟擦着衣服片子，跳着无名的舞。恰是重逢好时候。

音乐渐弱。文珊把自己平铺在床上，看着墙上白漆斑驳，霰雪一样落。男人告诉她，盘姬的丈夫并没有死于战乱，他只是离开了而已。至于是烟花柳巷还是小桥流水，无从考究。盘姬就在那儿傻等。等来等去，她就去收拾丈夫的遗物，发现了一纸休书。后来她三个儿子都死于暴毙，埋在了自家院里。她说他们太像他了。剩下的小女儿，被她一手拉扯大，水灵灵的。但她不准女儿出嫁，一出嫁她就死给她看。想到这，文珊心里空空的，像空旷的操场，无人的灯塔，开了又关的门。那天，文珊在小水塘看见了她自己，那个疯癫的、渴望着的、硕大无朋的女人。她朝她笑着、走着，拎着菜袋子，捧着随时会梗塞的心脏，完美地结束了她的过去。调频 FM198 不说话了。文珊的心是颤抖的、战栗的，喷发着无声的大响。老夏青在地下躺了二十一天了。午夜的钟声响起，这一天，也没什么好干的了。文珊望向窗外，那架庞大、发光的 MH370 正呼啸而过，她清清楚楚地看到了老夏青的脸。

橘的粉

我曾差点拥有一支口红。天黑的时候，我就一直想念它，有点橘色，有点粉色，最好涂上嘴唇时，能闪闪发亮。就这样，我等待着天亮。

和所有幸福的家庭一样，我的爸爸椎间盘突出，我的妈妈头顶荒芜了一小块，我还有一个快死了的奶奶，卧在床上，没事哼唧两声。我们共同拥有一家杂货店，里面是香烟、啤酒、各种饮料的小宇宙。美年达快过期的时候，我可以一口气喝三瓶；站在柜子前，我知道哪一层哪一瓶酒是假的；我爸去进货的时候，都会从别人那儿摘一包中华，我偷偷拿过一支，很呛人。很多时候，我在柜台后面发呆，或许我不该是个女孩，或许我不该生在地球，可事实是，我是一个幸福的人。

正如《新闻联播》里所说，我国青少年儿童正在茁壮成长。我能体会得到。比如，我的衣服袖子短了，我的头发变长了，我的眼睛周围长出了黑色卷翘的绒毛。他们都说我眼睛又大又亮，很像小燕子呢。我看过《还珠格格》，在杂货店二十四寸小电视里。无聊时，我会披上丝巾，闭上眼睛，站在风口，伸开双手，真像“你是风儿我是沙”。也许明天，五阿哥会来接我。我要漂漂亮亮的，像个大人。

不过，我的父母无聊时，不会像我这样，他们喜欢一种叫作“打牌”的游戏，而且一玩就是一整天。我乖乖地趴在柜台边小桌子上，写写作业，看看电视。我的作业很少能写完，唐老师总是批评我，要我喊家长。我爸在牌局上不肯下来，就让我妈去。我妈戴上她那顶白色的帽子，拾掇拾掇就出去了，回来时手里常拿着几盒盒饭，我爸问她，她说没啥事，然后招呼我过去，捡个鸡腿比较大的盒饭给我："敏玉啊，吃完快去写作业。"我吃完鸡腿，感觉嘴巴很油，抿一抿，滑溜溜的。我想起了唐老师的口红，是粉色还是橘色？反正很好看。这时我突然意识到，我离长大，就差一支口红。

这个世界就这么巧。那天我爸出去进货，我妈去朋友家打牌，他们嘱咐我，有人来买东西，价钱不能算错。我坐在柜台后面，摆弄着蜡笔。美术作业是画一幅人脸，我画好轮廓，丢下笔，托着腮发呆。我的目光扫过画笔，落在了红色蜡笔上。那个叔叔进来时，我正对着玻璃柜台的反光，用蜡笔一遍遍描着嘴唇。

"小姑娘，喜欢口红呀？"叔叔倚在柜台上，皱纹里满是笑意。

我盯了他半天，点点头。

叔叔弯起眼角："叫我坤叔好啦。"

我盯着他，不说话。

这个叫"坤叔"的人伸出手，用中指在嘴唇上涂了一遍："口红应该这么涂。小姑娘，你喜欢哪种颜色的口红呀？"

我把手中的蜡笔放下，咬着嘴唇，将蜡笔屑吞进喉咙里："有点橘色，有点粉色，涂上去要有光的。"

坤叔笑了，嘴边的笑纹深深地嵌进了肉里："小姑娘，我正巧有一支这样的口红，你要的话，和我一起去取。"

我的手指在空中比画着："那个口红有这么大吗？"

坤叔笑了两声，拉住我的手：“有的有的，绝对有。”

离开杂货店时，太阳还在头顶上。我望着太阳，直到什么都看不见。太阳那么大，却不喜欢人看它，真矫情。直到视力渐渐恢复，我看见了坤叔的手，很奇怪，它像一瓢老丝瓜，上面布满了长城一样的经络，还有各色伤疤。这双灰色的大手里，是我粉嫩嫩的、血液充沛的、温度均匀的小手。

我们走过了人民路。人民路上的车排成了一条龙，有的叫着嚷着，有的放着黑色的屁。坤叔紧紧攥着我的手，就像老丝瓜挂住了丝缕衣。我抬头，今天的天空有点蓝，还有几朵“棉花糖”，看上去就很甜。我心里满是橘粉色。

路过小卖部的时候，我走得慢了一点。坤叔配合我的脚步，慢慢停了下来：“你要芒果味还是草莓味？”我的左脚磨搓着右脚，全身的骨头都在呐喊：“草莓味。”最后坤叔给我买了牛奶小布丁。我望着雪糕冒着腾腾的白气，想起我在报亭里买过一本杂志，上面说，人死之后，就会化作一缕白雾，消失在天地间。雪糕死得很甜，就像妈妈对奶奶说：“早死嘛，谁都享福。”

雪糕只剩一根棍子时，我们来到了幸福路。太阳毫不羞涩，展示着她热辣的裸体。卖烧饼的还没有出来。包子店里的伙计正眯着眼打瞌睡。唯有树荫下的报亭边，几个老人正打牌打得起劲。幸福路空无一人，连小蚊子小苍蝇小瓢虫都不来了。我看着地上，也许我们的影子可以把这条路填满。

走到一栋楼边，坤叔突然停住了。我能感觉到他的手在抖。

面前的建筑，与这座城市的老房子相差无几。水渍、污垢、爬山虎覆盖了墙壁，有的地方露出了红色的砖瓦，三楼的阳台上挂着件久久未收、脏兮兮的内衣。我看看坤叔，他下巴昂着，嘴角下撇，也许他的表情不好看。我感到一阵害怕，想缩回自己的手，坤叔却紧紧攥着："他住过这儿。"我感到呼吸急促，害怕像一头大浪拍向我。坤叔却抬手，把我拉近了。我开始哇哇大叫。坤叔低下头，脸上不知是不是笑意："小姑娘，你喜不喜欢橘粉色口红呀？"

我选择继续和坤叔走。我无比想要那支口红，也许那是长大，那是希望，那是逃离单调的唯一办法。坤叔拉着我，阳光渐浓，我感到他的手心在出汗。我们走出了幸福路，又到了人民路。我知道他带我绕了个圈，但不敢出声。沿街的水果摊上摆满了橘子、柿子、柚子，黄黄橙橙，甚是喜人。报亭玻璃板上贴着一份报纸，我看得清上面几个大字——"天津""炸"，这是唐老师教会我的字。她嘴巴里藏着许多字词，"故人西辞黄鹤楼""西出阳关无故人"。我想那是口红的作用，所有的字词都闪烁着橘橘粉粉的光芒。

阳光把空气煮得沸沸扬扬。我想起了我的小时候。天气暖和时，妈妈会把我丢在乡下姨妈家。姨妈有一个孩子，我叫他大表哥，还有一只狗，我叫它肉肉。每次我站在她家楼下，都会喊，大表哥！家里没有人的时候，我会喊，肉肉，出来吃肉肉！肉肉会应声而出，朝我摇尾巴。这样次数多了，大表哥的身躯越来越大，肉肉也像吹气球一样鼓起来。我相信我有这样的魔力。

我施展的魔法有很多。比如家里的面巾纸，我念句咒语，明天就变少了；比如杂货店前的行道树，我和它说，一起长高吧，它果然变得越来越高；比如春日的太阳、夏天的冰棒、秋日的落叶、冬天的冰雪，它们可以按照我的意愿升起、消失、落下，化为无穷。每次看见人们因为这些小事而惊异时，我都捂着嘴偷偷笑。我是个被上帝钦点的女孩，我有一双明亮的大眼睛，书上说，那是被施了魔法的星星。

走到城西小学时，坤叔停住了。他松开我的手，我不知所措。良久，他小声地问："小姑娘，你叫什么名字呀？""敏玉，我叫敏玉。"我的声音脆脆的，像刚咬了一口红富士。我看见他笑了，露出深深的笑纹："敏玉。"我点头。他也点头："原来是敏玉呀。他叫天明。"我仰着头问："天明是谁？"他嘴角的笑纹僵住了："是……是我给他取的名字。"我看着他，他又艰难地吐出几个字："他想当画家。"说完是久久的沉默。我不看他了，城西小学里响起了悠扬的铃声。

不知过了多久，坤叔拉起了我的手，突然又放下。我的手残留着那份粗糙，悬在空中，没有落下。他突然蹲下来，双手扶住我的肩膀，说："敏玉啊，你想见到你的爸爸妈妈吗？"我不假思索地回答："想。"他不看我："你走吧。"我呆呆地点头，回身走了几步。万一他的口红比橘色亮，比粉色艳呢？万一他把那支口红扔掉呢？于是我又转身，奔向蹲在那儿的坤叔："坤叔！天明后来怎么样了？"

我在这个小城生活了九年，没想到还有这么多不认识的路。新建路，春目路，曾武路，墨江路。很高兴我认识这些路牌，虽然有些字是坤叔告诉我的。墨江路北边的地方，有片小树林，树林深处有个白色小房子，我依稀看见上面的字母“WC”，坤叔对我说，他去上个厕所。树林边上有几个纳凉的人，我偷偷跑过去，听他们说着天津爆炸的事情。现在已经有一百多人死亡了，还有很多人尸骨无存。我不敢听，跑到白房子边。树林里有小鸟叫，房子里有流水声。多么美好的世界。如果没有爆炸的话。

坤叔从厕所里出来，继续这场莫名的旅程。他的手滑溜溜的，黏在我的手上，很不舒服。口红是什么样子的呢？涂在嘴唇上，肯定也是滑溜溜的感觉。不知从何处刮来了一阵凉风，我握紧了坤叔的手。路上行人纷纷，脚下是埋了几千年白骨的大地。这句话是我从大表哥那里看到的，他喜欢看书，刚开始是什么《聊斋志异》《中华鬼故事》，后来变成了《吸血鬼传说》《僵尸传奇》，他老拿里面的故事吓我。我不喜欢。鬼怪都很丑。

新芽路左边有我最爱的烧饼店。我曾经在这儿吃掉过三张千层饼。那时妈妈头发还不少，爸爸还没查出病，奶奶还能动。我一口气吃了三张，如同一个幸福的小胖墩。从烧饼店再往前走，就是春天幼儿园。我以前很喜欢那儿，滑滑梯是多彩的，秋千旁有白雪公主塑像，连教学楼里都有“小魔仙教室”“美人鱼教室”，可惜那里的小孩都穿衣恋裙子，百家好裤子，以及耐克运动鞋。

我在春天幼儿园逗留了一会儿，坤叔说，不早了，天明要回来了。我望着天空，蓝蓝的，镀着金。那支口红最好有点金色。

从新芽路出来，就是彭湖路。我只知道彭湖路有三路公交车，我坐过。好像是班级组织去春游，那些小孩子叽叽喳喳，我不理他们。唐老师说，大家安静，老师唱首歌给大家听。我不记得那首歌是什么了，只记得橘粉色的嘴唇，在公交车闷热的空气里上下翻动。

也许这也是一场春游，只要我坐在车上，听着一首不知旋律的歌曲，公交车到站，我就能长大了。

坤叔在公交站台上停下来。站台上，稀稀拉拉的几个老头子。彭湖路上的居民楼很少，几人匆忙而过。那一瞬间我有点害怕。坤叔灰色的右手在我的肩膀上散发温热，我的情绪平静下来。这个世界好人多。

“坤叔，我们要去哪儿？”

坤叔摊开他布满伤疤的右手，另一只手的食指在上面画了一根线。

“这是我们要去的方向吗？”

坤叔在线的顶端掐出一道指痕。

我不解，同时后退了一步。

他的声音变得厚重起来，用唐老师的话说，是“像来自大地深处，从地平线传来，到宇宙浩渺处停止”：“小姑娘，你知道吗？这是生命线。”我摇头。“人一生可以有许多生命线，一条可以让他活到八十岁，一条只能让他活到十五岁。但是人只有一条生命。老天只要用指甲轻轻一掐，他所有的线都会断掉。他只有死。”我不大明白他的话，只有后退。他喃喃自语：“那又怎样，人总会死，草总会绿。血是红色的，火也是红色的。”一辆标着四十四路的公交车缓缓驶来，我“哇”地大叫一声，转身就跑。而坤叔的手钳住了我。

站台上的老人用皱巴巴的声音问：“小伙子，你闺女怎么啦？”坤叔一手捂住我的嘴，一手环住我，直到我的双脚离开地面：“我丫头晕车，不敢上车。”说完，他拽着我上了四十四路公交车。我想喊出来，喉咙却哑了。车门关上的那一刻，我的喉咙涌出一股清泉，带着温度，带着不甘心，涌出来，涌出来。我吐了。

公交车上只有一个老奶奶，眯着眼看着窗外，我盯着她看，想向她呼救，却发现她眼角的眼屎正在逐渐堆积、增厚，直到幂住了她的褐色眼球。我指着她，支支吾吾说不出话。坤叔捂住了我的嘴：“洪泽路快到了。”

我至今都不知道洪泽路是哪里。一路上，我看着公交车经过无人的街道、空旷的原野、毫无声响的死水桥，就是没有看见“洪泽路”这个牌子。我张大嘴巴，想问司机我们去哪儿，可是车上的一切都变了，司机变成了一只大虾，长长的虾须似乎要捅破车玻璃；老奶奶变成了青色的螃蟹，垂着沉默的蟹钳，眼珠花白。等我回头一看，坤叔变成了一只泥鳅，褐色、黏滑、须手四张，却安静地横陈在座位上，等着我变成水泡，随它深入到这无声的、绵延的大地。

仿佛肉肉在亲吻我的手。我醒来。天色已晚，而我在草堆里。周围是陌生的、青白交杂的树，再望得远一些，是环绕着的、黛青的山。我抱紧自己。风吹过，吹动我身边的干草。逢晚天寒，奶奶说的。

窸窸窣窣的声音响起，像是脚步踏在松软的枯草上。我把自己矮进干草堆里，似乎这样，世界就安静了。声音渐渐变大，我知道是冲我来的。我屏住呼吸，想象自己在杂货店里，交给客人一瓶两块五的雪碧。

一双灰白的大手伸向我，上面有纵横的伤疤。我支撑着自己起来，在视线越过干草堆的刹那，哆哆嗦嗦地说："坤叔？"

坤叔握住我的手："醒了？"他的手有一种奇怪的力量，柔软、有力，却如同巨蟒迫近，我的耳朵、我的后背，都在颤抖。我无法描述这样一种感觉，我才九岁，有一双星星般的眼睛。

坤叔把我从草堆里拉出来，不知道为什么，我就跟着他走。不远处有一个小屋，就像老城区的那些小平房。几片瓦落在地上，上面有腐烂的树叶。远处传来几声鸟鸣，我想起大表哥给我讲的鬼故事，再晚些时候，鬼就要出来了。

走到小屋时，坤叔将地上的瓦片拾起来，掸掸灰。我仰头看他，他的眼睛里，有两个星云，旋转、爆炸，最后化为黑洞。我打了个哆嗦："坤叔，口红在里面吗？"坤叔没有回答我，弯头靠近瓦片，吹去一些灰尘。我后退一步。坤叔猛地按下身，手臂一挥，瓦片被扔到那茫茫远山中了。

"进去吧，里面有吃的。"沉默了一会儿，坤叔自个儿走进了小屋。

小屋里有一支蜡烛，在桌上忽明忽灭。我盯着它看啊看，想起奶奶给我讲的那个故事，一群狼围着少年，少年躲在大树上钻木取火，最后吓退了狼群。那个时候，我明白，火能带给人们光明与希望。唐老师说过，人类的文明开始于火，我们照明要它，吃饭要它，有些时候，生命也产生于它。烛火照耀着屋子，有淡淡的橘粉色。那一刻，好像我真的要长大了。

坤叔坐在桌边的凳子上，看着蜡烛出了神："这边电力不好，就用蜡烛吧。"不晓得为什么，我点点头。沉默了一会儿，坤叔站起身，从木头柜子里拿出一包饼干，是夹心饼干，草莓酸奶味的。在我上幼儿园的时候，这种饼干非常流行，爸爸都是成箱地批发，一条一条堆在杂货柜上，蓝莓味、橘子味、柠檬味。那时经常有小孩子来我家杂货店，将一枚枚硬币在玻璃柜上排开，晶晶发亮，振振有声，玻璃柜上反射着硬币的形状，圆圆的，像眼睛。他们打开饼干，舔干净夹心，笑声铃铃铃的。后来大家似乎没有新鲜感了，爸爸也进货进得少了。不过每种味道我都尝过。草莓酸奶味是后来出的，咬下去，滋味总让我想起美少女战士。

我接过饼干，撕开包装，狠狠地咬了一口。出乎我意料的是，居然有点辣。我不甘心，又咬了一口，辣味却像跳跳糖似的，在嘴里乱蹦。我放下饼干，看着坤叔。坤叔抿着嘴，看着我。辣味开始往我背上蹿，热热的，痒痒的，似乎要长出毛来。我偷偷地瞥了一眼饼干的保质期，发现离最后期限也已过去三年。坤叔起身，从柜子旁的红色热水瓶里给我倒了一杯水。我看过电视新闻，什么诱拐幼女，什么贩卖儿童，一开始要下药。我咽了口口水，不敢喝。一个晶莹的气泡浮上水面，破掉。天快黑透了。

“真的有那支口红吗？”游丝般的声音从我口中飘出，把我吓了一跳。

坤叔端起杯子，一饮而尽：“天黑了。里屋有个小床。明天和我去砍树吧。”

我不记得那晚我是怎么睡着的了。只记得冷风在屋子外面呼啸，仿佛要吹走夏天。那晚我梦见了唐老师，她说的话，都染成了橘粉色。睁开眼睛时，外面已经微微亮。我突然想起自己会魔法。也许，我可以施展魔法，让世界大亮。

果不其然，外面慢慢地、慢慢地放亮了。唐老师曾经给我们读过一篇文章，开头就是“睁开惺忪的睡眼，乘着温暖的春风，我们来到郊外春游”。后来春游作文里，我们一个班的学生都用的这个开头。那时候，钓鱼岛问题还争论不休，股市一线飘红，有些已经变成人学生的姐姐，还在奔往死亡的路上。我们生物老师说，记忆是种奇妙的东西。想想电视机里发生的、杂货店里发生的、整个中国发生的事情，都会变成我们的记忆。这是魔法，也是悲伤。不是吗？

坤叔站在我面前时，双手垂着，指甲短而平，胸前的口袋微微泛白。这是我第一次仔细观察他。他站在那儿，像一截枯木。也许等到我二十岁再见他，他会发芽，长出半透明的枝。

其实，我还是犹豫了一会儿的。外面的阳光挤进窗户，吵着说现在是夏天。可我感觉到冷。待在屋里会好些吗？我想起了奶奶，她整天待在屋里，盖着棉被，偶尔醒过来，就说冷。

我下了床，坤叔从小床下面拿出了一个工具箱。皮面蒙着灰，看上去还很沉。坤叔却一把拎起来了。他一句话也没说，我不由自主地跟他走。

阳光下的山谷是如此好看。地上是点点的金黄色，头往上抬点，是大片大片脆嫩的青绿色，再抬点，就能看见刚刚升上天的太阳，以及那可爱的、橘粉色的天空。我看着看着，脚步有些迟疑："坤叔，口红在哪里啊？"

坤叔不回答我。我停了下来。他的脚步沙沙沙的。一瞬间，我分不清东南西北，我甚至不知道自己是否在地球上。也许我趴在杂货店的玻璃柜上睡着了，等我醒来，五阿哥会站在我面前，温柔地说："你的口红真好看。"

我并没有苏醒，也没有入睡。阳光照在我的头发上，淡淡的橘粉色。肉肉的鼻子是橘粉色的，大表哥的指甲盖是橘粉色的，妈妈常用的毛巾是橘粉色的，爸爸有件衬衫，上面有橘粉色的绣标。奶奶跟我说过，死亡是五颜六色的，想必也有橘粉色。想到这些，我呼出一口气。世界有这么多颜色，我能看见。

一阵风吹来，树林间有了窃窃私语。柳树在依依送别，杨树在自言自语，水杉树昂首挺胸，喊着热血的革命口号。可是这些都不重要。坤叔在离我不远处停了下来，将工具箱往下一摔。他选中的是一棵苦楝树。

我之所以认识苦楝树，是因为奶奶。奶奶还没有那么老的时候，我们经常在苦楝树下乘凉。奶奶说，苦楝树一身是宝，苦楝皮、苦楝叶、苦楝子、苦楝花都有用处。将来也要像它一样，做一个有用的人。后来奶奶倒下了，妈妈老是说奶奶是老东西，没用了还死赖在这里做什么。我实在不明白“有用”和“没用”的含义。

啪的一声，坤叔将工具箱打开了。我稍微够够头，就看见里面有斧头、锯子、刨刀，还有其他许多我不认识的工具。它们躺在里面，如同寂寞了几百年的银器。坤叔望向我，眼神仿佛银器上的光。

我试着向前走了两步。坤叔转过头，握着锯子。苦楝树响起了哀鸣。空气中散发着淡淡的苦味，我闭上眼睛。

是一阵断断续续的哭声把我拉回光明之中的。面前的这个中年男人，这个自称“坤叔”的中年男人，这个把我一路带到树林里的中年男人，正抱着满是刨花的锯子，痛哭流涕。苦楝树开了个口子，就像张开了一个嘴巴，向我吐着口水、食物残渣，以及它没人知道的过去。

我抓紧自己的衣袖，一步一步试探地走过去。阳光很均匀地伏在他的半边脸上，显得他一半安详、一半狰狞。他的脸上起伏着沟沟壑壑，浑浊的泪跋山涉水，抵达下巴，最后落在了褐色的、沉默的泥土里。我想起在我八岁的时候，爸爸妈妈曾经带我去爬山。爬到一半的时候，妈妈累得在那儿喘气，我钻进了小树丛，看见了一条正在蜕皮的蛇。它的皮原来是红色的，慢慢钻出来的却是绿色的。我看得发了痴，直到它弯弯扭扭地爬走。它爬得悄无声息，就像某些泪水。

我在坤叔面前蹲下来，他那布满伤痕的手，已经被锯子硌出了印子，说不准什么时候就会流出血。在我的注视下，他慢慢停止了哭泣，垂着眼，面色通红地打着噎。我从没见过这个年纪的人这样哭过。我外公死的那会儿，妈妈在灵床前流了几滴泪，随后就和她的姊妹算起遗产与丧葬费了。爸爸放高利贷，借钱的人消失得无影无踪的时候，他也流了几滴泪，然后就找“大师”下蛊了。他们都在地球上活了四十多岁了，什么让他们哭泣？什么能让他们哭泣？想着想着，我握住了坤叔的手。

坤叔抬起眼睑：“敏玉？”

我抿着嘴唇，响亮地“嗯”了一声。

坤叔不说话了，看着我的眼睛。相应地，我也看着他的眼睛。他的眼睛里有两条岔路，一条是崎岖的山路，一条是平整的水泥路。走上前面那条路，会有狂风，会有暴雨，会有无情的、密集的冰雹子。走上后面那条路，有绿树红花，有美景旖旎，有暖暖的、惬意的阳光。可是，前面的那条路，有一个晃动的影子。坤叔义无反顾地追了上去。影子在颤抖，在扭曲，在闪烁不定，却没有声音，没有容貌。

坤叔捧起了我的手，粉嫩嫩的、血液充沛的、温度均匀的我的手：“要是他能这样……”

“天明？”我从嘴里抛出两个字，却不知道他能不能接得住。

“不可能了。”坤叔摇头，“不可能了。”

我握紧他的手："我们可以等他。"

风吹过，坤叔的头发在颤抖。良久，他放开了我的手："火是什么颜色的，你知道吗？"

"红色的。"

"那血液是什么颜色的，你知道吗？"

"红色的。"

"对，"坤叔张开双臂，抡了一个圆圈，"就这样砰的一声，整个世界就变红了。"

"'砰'是什么？"

坤叔移开他的目光："最近新闻有什么？"

我在心底摸索了好久，才低声嘀咕："天津爆炸。"

"那就是'砰'。"坤叔再次看着我，他的眼睛里一马平川。

沉默在我俩之间融化，结冰，再融化。这样的气氛我常常遇到，比如妈妈打牌打输了，爸爸高价进了一批假货，奶奶想喝水却没人递给她。那时，家里像一片空旷的草原，而沉默像一颗足球，没有人愿意抱着它，但它迟早会到达你的脚下。

"我们以前住在幸福路。他在市里读书。"坤叔终于开口了，声音低缓，强压着语调说，"事故之后，我把他接到了这里。他最爱这棵树，嗅它、闻它，抚摸它的每一条皱纹。"说完，坤叔摇晃苦楝树，树叶纷飞。我想安慰他，却一个词都说不出来。

在这沉默期间，我想了很多。不存在什么橘粉色口红，只存在红色的火、红色的血。这个世界确实有很多颜色，今天我穿粉红色的毛衣，明天你穿明黄色的裤子，每个人都不会只拥有一种颜色。而死亡能，它能带走你的气息，你的长相，你或沙哑或清脆的声音，留下的记忆，恐怕都与某种颜色有关。也许肉肉死去，我会记住它橘粉色的鼻子，但我忘了的，恐怕都是些我不希望自己忘的东西。

作为一个九岁的小女孩，说出这样的话，你们恐怕会说我早熟。可是在那以后，我感觉我真的长大了。而谚语中说，一切事物的发生，都必须要有代价。

坤叔指着那座山崖时，我的精神有点恍惚。也许那儿太高了，也许因为三年前，天明从上面一跃而下。凉风吹过山谷，山崖上一片深绿。

“天明为什么……”

坤叔摊开自己布满伤痕的手：“为了救他，我变成了这样。可是，对于他，道路上的每一颗石子，都是痛苦。”

我不解，也不说话。

突然，这双布满伤痕的大手战栗起来，似飞鸟啄食，苍龙跃海，风暴中无数树木颤颤巍巍。随即，一个高大又瘦削的身影站了起来：“敏玉。他最后想要的，是他所失去的最重要的东西。”这个身影望着我，仿佛要钻进我的眼睛里。这时，我想起，我不仅有魔力，还有一双忽闪忽闪的、星星般的眼睛。

也就是那么冰冷的一下，温暖的液体从我眼眶里流出来。想必是红色的，只是我看不见了。然后，我听见了一声婆娑，似乎坤叔跪了下来。他握着我的手。依然那么粗糙，沟壑纵横。我听得见他想说话，却又咽了下去。

是肉肉发现我的。后来大表哥告诉我，我被放在了公园的长椅上。那时距我离开杂货店已有一天半的时间。他还告诉我，我上报纸了，不仅因为我的失踪，还因为我被剜去了双眼，星星般的双眼。

后面的故事我也不想讲了。没过多久，奶奶死了。杂货店的生意大不如前。爸爸妈妈依然徘徊在牌桌上。天津爆炸案也逐渐脱离了人们的视线。生活还是这样，我只记得，我曾差点拥有一支口红。天黑的时候，我就一直想念它，有点橘色，有点粉色，最好涂上嘴唇时，能闪闪发亮。就这样，我等待着天亮。

到马路对面去

董小妹每天都来跳舞，在广场卖玩具的贩子小蔡说。

怎么这几天就不来了呢？

董小妹住在广场对面。到达广场需要穿越一条马路。刚开始，儿子老问她大晚上的干什么去，她笑眯眯地说："到马路对面去。"这是她对儿子难得有笑脸的时候。儿子都这么大了，还天天住在家里面，说实话，董小妹虽然对儿子牵挂不下，但是她还是嫌他不争气。不孝有三，无后为大。儿子不明摆着闷炉子不冒气嘛！

可是到了马路对面，一切都不同了。一伸手，一抬腿，音乐哗啦啦地响起来了，不如意的人生也哗啦啦地敞亮开来。其实，在做出第一个动作前，董小妹脑海里总是掠过一系列的人生片段——生儿子的时候，父母去世的时候，老胡和她离婚的时候，悲悲喜喜，奔涌而来。可是，广场音乐瞬间爆发的时候，她真个是刘姥姥进了大观园，啥事都不管了。

音乐一结束，小妹们都三五成群地站在广场上拉家常。董小妹和五嫂是好朋友，五嫂也经常拉上一些人一起扯，董小妹说得最多的就是儿子，五嫂一众人就嚷着给他介绍对象。

第三个对象还没见呢，儿子就在晚饭过后郑重宣布，他女朋友要来了。

董小妹一惊，筷子都没有抓稳。这样的震惊只在老胡递给她离婚协议书的时候出现过。其实，见过老胡的人都说他是个老实人，甚至有人说，他三棍子都打不出一个屁来。偏偏这样一个人找了个二十多岁的小姑娘。那女的眼睛瞎了吗？董小妹调查过那女的，不过是山区里出来打工的，老胡私底下藏了不少钱，离婚又分了一笔财产，那女的靠着老胡站稳脚跟，小日子过过，滋味说不定还蛮好。董小妹不敢再想下去，只是呸了一声，婊子配狗，天长地久。

那天的见面可谓非常糟糕。

而在见到儿子女朋友前，董小妹还是满怀期待的。可是儿子没有告诉她他女朋友的任何情况，除了名字——菲菲。

菲菲是坐着一辆出租车来的。董小妹站在公寓楼底下等着她。儿子说他告诉菲菲地址了，就不去接她了。董小妹怎么会不知道儿子的小九九，他的CF游戏今天有重要的一战。

菲菲身着黑色紧身衣，一件大红色小皮裙，配着黑丝袜。也许现在的年轻人都有个性，穿戴随意。董小妹用这个理由压抑住内心的反感。

礼貌是远远掩饰不了水涨船高的反感的。菲菲进门不脱鞋，菲菲跷着二郎腿，菲菲说话时一阵口臭。在拉家常时，菲菲把苹果核扔在茶几上，董小妹觉得自己简直要爆发了。她勉强挤出笑脸对菲菲说稍等片刻，然后进入儿子的卧房，他还在打游戏。

董小妹刚要开口，儿子就开口了："妈，菲菲以后就住在这儿了。"

那天的天是出奇地蓝，可董小妹心里满是煤矿爆炸后的灰。幸亏董小妹五十三年的人生经验没有白白累积，一再按捺下，董小妹终于成功把菲菲送出门口。可是一转身，还没来得及和儿子发牢骚，敲门声又颤动了董小妹的心。

门外仍然是那个小祖宗。董小妹把笑容堆在脸上：“菲菲，怎么了？”

“出去买了个方便面。”菲菲把窸窣作响的塑料袋扔在鞋柜上，“阿姨，煮的时候加个蛋。”

“你，”董小妹咽了一口口水，“要住在这儿？”

菲菲盯着她看了好一会儿：“阿姨，你儿子没和你说吗？我租的房子到期了。你儿子说和我住一起。没事儿，不嫌挤。”

那包方便面董小妹没有煮给她。过了一天，方便面消失了。再过了一天，厨房垃圾桶里多了两个方便面空袋子。董小妹一直反对儿子吃垃圾食品，可是生活就是垃圾食品，带给你愉悦享受却让你一天天地接近死亡。

董小妹也不是没有和儿子吵过，而儿子执意要求菲菲住下。儿子说，菲菲一个人在城市不容易，无亲无故，家里够大，又不要占用多少空间，把她带回来何乐而不为？董小妹气涌上天顶盖，大骂儿子，儿子却讽刺她，丑婆婆总要见媳妇的。

一天的窝囊气闷在肚子里，董小妹的心肝肺都在油锅上煎着。于是到了夜晚，董小妹准备把熟心熟肝熟肺端出来，给五嫂她们尝尝了。

“董姐啊，这小子，我看就是个做笛子的竹——欠削！”小何一脸愤愤不平，“现在的独生子女太自私了，为人父母的，难啊！”

这一小拨人发出一阵啧啧声，董小妹连连叹气。五嫂劝董小妹："毕竟是你的儿子，不要太过意。那个菲菲，想个方法把她赶走。"

董小妹沉着气不说话，这一帮女人开始叽叽喳喳地出谋划策。

就在这群女人快要沸腾的时候，潘爹来了。潘爹一直是广场上一朵馥郁的奇葩。在广场跳舞的女人中，一个大老爷们儿绝对是异类。而他总是在开始前半个小时到达，独自在广场上练习昨天的舞步。他的舞姿，利落中不失柔美，大气中不失妩媚，简言之，有一种"刚性妖娆"的味道。

当这个妖娆的潘爹摇摆而来时，董小妹打了个喷嚏，沫子溅到潘爹身上，潘爹异常地不闻不问，掸掸就摆过来了："小董啊。"

董小妹扭过头看着他："潘爹，怎么啦？"

"和你商量件事，"潘爹一脸神秘地凑过来，"我和你换个位置可好？我的老花眼镜坏了，还没来得及换，在你的位置我可以看老师动作看得很清楚。"看见董小妹的犹豫，潘爹又补充了一句："放心，也就两天的事。我那丫头会帮我重买一副的。"

那个位置后来一直没有换回来。

董小妹带着一身汗回到家里时，菲菲已经裹着浴袍坐在电视机前了。那是董小妹的新浴袍，放在客厅橱柜第二层的。死妮子！死妮子！董小妹没脱鞋，跑到菲菲前面，啪地把电视关了。

"阿姨，你怎么把电视关了？"菲菲一脸咄咄逼人。

董小妹不作声，把遥控器往口袋里一揣，走到阳台把晾干的拖把拿回来了。

菲菲朝她白了一眼："怎么，我看个电视都不行啊？"

董小妹不作声，拖把在水桶里转了个圈，湿漉漉的像条癞皮狗。

菲菲把自己埋在沙发里，脸上的凌厉换成了楚楚可怜，眼神也变成了铅块，投向某块乳白色冠球牌瓷砖上，沉沉的，叫人心头微动。一瞬间，董小妹居然开始反思自己是不是太过分了。

这时儿子回来了，手里拎着各种口味的康师傅方便面。董小妹把拖把从桶里拽出来，污水大珠小珠落玉盘似的掉落在地上，流淌成愤怒的形状。

"你去哪里了？怎么还买方便面？"拖把落在地上，发出了奇怪的声音。

儿子没有说话，往沙发这儿走着，塑料袋稀里哗啦的。菲菲脸上可怜的神情瞬间焕然一新。"超市里没有豚骨面了，就买了海鲜、鸡汤、卤肉等味道。"

菲菲慵懒地把自己陷在沙发里，眼神仿佛在空气里迷路了："亲爱的，麻烦下个海鲜面给我吧。"

一股不知哪里来的气狠狠袭击了董小妹。她愤愤地把拖把柄扔到地上，拖把不识趣地发出清脆的哀鸣："喂！你凭什么对我儿子指手画脚！"

菲菲用力地瞥了一眼董小妹，用捏造的娃娃音说："阿姨，你怎么凶我呢？"

儿子把塑料袋放下，用冷静的语气对董小妹说："妈，人家菲菲怪不容易的。我知道你对她有偏见，但是你稍微对别人尊重一点行吗？"

那天没有人拖地。董小妹坐在床上哀叹了好久。她想到了老胡，还有他的新女人。

董小妹像是蔫了毛的公鸡一样，在家歇了几天才去马路对面跳舞。

还没到广场中心呢，五嫂等一帮女人就看见了她，把她围了起来："董姐，这几天去旅游啦？"

董小妹苦笑一声："哪有那种闲情雅致哦。"

五嫂拍拍她的肩膀："是不是不舒服啊？说一声，咱们姐妹去看看你。"

董小妹嘴角下撇，又露出一个难看的微笑："我这心里苦哇。"

这帮女人知道董小妹的烦恼是五分钟后的事。董小妹其实还在担心自己不能快速组织好语言，没想到这么快就解决了。女人们团起来骂菲菲，五嫂就不停地开导董小妹。毕竟是自己的儿子，毕竟是自己身上的一块肉。

音乐声响起时，女人们纷纷停下自己的嘴，归位，摆手，踢腿。董小妹心烦意乱地站在潘爹原来的位置上，象征性地扭着腰。潘爹在董小妹的位置上继续妖娆着。又是那么一瞬间，董小妹很想和潘爹吵一架。

跳舞结束时，董小妹阴着脸准备回家，潘爹却跑了过来："小董啊，真是太谢谢你了。"潘爹沟壑纵横的脸映在董小妹布满血丝的眼睛里，一个词快要从董小妹的嘴巴里涌出来了，她还是把它咽了下去。直到潘爹走远，董小妹才压低着喉咙喷了一句："老不死的。"

烦人的事总是扎着堆来。菲菲和儿子出去了，董小妹本来想一个人在家清净一会儿，手机却响了。真是衰人屎尿多，是老胡的。

接电话时，董小妹居然听到了自己的心跳声。当年和老胡谈恋爱的时候，她对这种声音还鲜有耳闻。想想自己难道又回到了少女时代？董小妹到底有些宽心。

电话那头沉默了好久，董小妹耐着性子等待着。老胡那听起来干涩老实的声音慢悠悠地流进董小妹的耳朵里："小董啊，周末有空吗？咱们去忆江南喝杯茶吧。"

董小妹的脑子瞬间豁了一个口子，什么菲菲啊五嫂啊潘爹啊等无关的人全部被涌入的空气稀释，逐渐消失。只剩下了她，他，儿子。

儿子刚出生的时候，老胡和她都是真心地高兴啊。

咬咬牙，董小妹问也不问地说："行。"

"带上儿子。"老胡似乎犹豫了很久，"我想见见他。"

忆江南的普洱有点苦。董小妹一路上都在想这个问题。第一次去就是喝的普洱，刚入嘴就是一阵涩苦，董小妹想吐掉，无奈老胡和他的朋友在身旁，董小妹活生生地咽了下去。

就在董小妹想这个问题的时候，菲菲已经拖着董小妹的儿子去了路旁的服饰店。董小妹进店以前，菲菲已经在试第二件衣服了——一件黑色蕾丝衫。烂人总有烂品味。董小妹脑子里蹦出来的这句话，让她优越感爆棚，一种“众人皆醉我独醒”的感觉蹭蹭蹭地涌上脑门。菲菲没有理会董小妹，继续让董小妹的儿子帮她挑衣服。

算了，朕就大赦天下。董小妹的眼睛里有着女皇的光芒。

这次依然是普洱。现世鬼，都不知道和他同床二十多年的老婆最讨厌普洱！董小妹冲着老胡皱了眉头。但老胡似乎没有在意，招呼着儿子和菲菲。

“你是叫菲菲吧？”老胡殷勤地为他们添茶，“要什么茶点，尽管说。”

没过一会儿，老胡居然和他们聊开来了。老胡给菲菲讲着市里景江大厦老板的八卦，儿子也时不时地插上一句。服务员送来一盘瓜子。忆江南的空调温度有点低。三个人一头的兴致。

这帮乡下人！董小妹拿腔捏调地细细品着杯子里的普洱茶。挺苦的，但苦得很恰当，很配此刻她的心情。

这次会面，老胡的新女人知不知道？董小妹觉得有点无聊，撇弃了做文雅人的打算，开始盘算着其他事。如果拍下一张照片传给她，恐怕不啻为一次小小的复仇。

趁着三个人唾沫飞扬的间隙，董小妹摸摸脖子里的翡翠佛，然后拿出自己不常用的小手机拍了一张照片，写上“你老公又偷偷去见儿子了，你猜前妻在不在？”然后满足地发给那个女人。

舒心了，今晚要到马路对面去，跳个痛快。

跳舞回来时，董小妹的气色好了很多，皮肤红润有弹性，似乎要迎来人生的“第二春”了。其实“第二春”也不难找，五嫂给她介绍过一些对象，有些样子还说得过去，孩子也不排斥她，但是用董小妹的话来说，“就是少了那一点点的感觉”。五嫂还说过她，半老徐娘了还要什么感觉，董小妹神秘地摇头不语。

“三十年前我还是个文艺少女呢！”董小妹不无骄傲地自言自语。而她所说的“文艺”，不过是每月偶尔翻几页书，写几篇小文章，蹲坑时把报纸从头看到尾。

三十年的资深文艺少女回到家里，还是要面对一大堆的现实问题。董小妹看见茶几上一双荧光黄色的袜子躺在那边，她简直要跳起来了。再看到餐桌上还剩着几碗盛着残渣的桶装方便面，董小妹的血压升到了临界值。

淡定，淡定。董小妹用扫把把袜子挑到地上，套着手套收拾方便面残渣，忙完才发现家里的钟不走了。往常只要是电器问题，都是交给老胡办的，老胡死出去之后，都是儿子帮她弄。儿子不知道去哪里了，董小妹硬着头皮把钟拿下来换电池，发现秒针依然停滞不前。

“喂，”电话通后，董小妹强压着怒火说，“你什么时候回来啊？”

“你小点声。”儿子有点不耐烦，“我们在电影院呢。”

“那你们什么时候回来啊？”董小妹像只温顺的鹦鹉一样，压低声音。

“夜场的，包三部电影，早呢早呢。”说完，儿子就挂了电话。

那晚，儿子没有睡觉，董小妹也睁着眼睛躺在床上，彻底失眠了。钟表停在九点十分，而无情的时间，依然没有停。

第二天一整个白天，董小妹都没有和儿子说话，更没有拿正眼瞧过菲菲。到了晚上，又是董小妹一个人坐镇家里的餐桌。钟依然停在那里，而董小妹居然感到了一丝释然。

收拾好餐具，依照惯例，董小妹到了马路对面去。星星徜徉在夜的墨汁里，灯火接过了它的火炬。天空下大妈们各自眉飞色舞。

整个跳舞过程中，董小妹虽没有皱眉头，但她的五官都是紧凑的。五嫂看出了端倪，一跳完舞就挽住她的胳膊说："董姐啊，还在为儿子忧心哪？"

董小妹沉默了几秒，随即戴上一副没事人的面具："唉，年轻人嘛，总是要走走弯路的。"

五嫂用锐利的眼睛扫了她一眼："董姐，这儿也没有外人——"

"我不是怕你们笑话我，"董小妹摇头，"这么长时间了，拖下去也不是办法。家里钟坏了也没人修，那小贱人把垃圾弄得到处都是，还腆着个脸皮和我儿子出去花天酒地。这日子真难过。我真不是怕你们笑话我，就是找不到出路有点惆怅。"

五嫂的眼神意味深长，但稍纵即逝："都是姐妹，走，到我家坐坐。"

董小妹正要拒绝，潘爹走了过来，有点不好意思地打断她们："小董啊，这几天我家女儿去国外了，我特意嘱咐她带点什么纪念品给你。说说，你喜欢什么？”

董小妹似乎没听到，把潘爹晾在空气里。五嫂打圆场说：“潘爹，您的女儿有这份心意就好了，什么都行。”

潘爹迈着“刚性妖娆”的步伐得得走远的时候，董小妹似乎才回过神。“五嫂，”她嘴里的话刚要说出口，又咽了下去，“好久没有去你家了。”

从五嫂家回来的时候，董小妹觉得轻松了好多。许多不想说的话又稀释在自己的唾沫里了，她虽然有点后悔，但是人生不就是你说说，我说说，然后就没了吗？董小妹觉得年轻时的文艺精神真帮了她不少忙。

回到家，董小妹洗了个热气腾腾的热水澡，裹着新买的浴袍，敷上上个月刚买的面膜，瘫在沙发上开始了冥想。

儿子？管他呢。老胡？一边去。还有其他人，都到凉快的地儿去。抛开这一切，董小妹仿佛回到了少女时代。就在那个年代的夏日晚上，董小妹，哦不，是董小姐，总是买一份新到的杂志，坐在家门口，静静地阅读着。其实说真的，她好久才翻开一页，她的精力不在文字上，而在于每个路过的人投给她的艳羡的目光。

真是红颜薄命。董小妹被脑海里出现的这个词吓了一跳。

天意啊。天既然选择了这个词，她就很快地接受了它。凡世俗物怎能摧残一颗文艺的心呢？董小妹睁开眼睛，到卧室里找到放了很久的《读者》合订刊，然后打开厨房里的红酒，给自己倒了一杯。

小酌几口，困意就袭来了。董小妹渐渐放下眼皮，回到了她的峥嵘岁月。

少女梦还意犹未尽的时候，儿子和菲菲关门的声音就吵醒了她。儿子手里拿着一个塑料袋，像是装着各种品牌各种味道的方便面。看到这，董小妹带着一股杀气站了起来："都说家里不准有方便面！"

菲菲斜了她一眼，然后满脸堆笑："阿姨，我们这不是为您省钱吗？"

董小妹气得发抖："省钱？你们还知道省钱？"

菲菲继续好脾气，接过董小妹的话头："阿姨，这不就是不麻烦您烧菜做饭了嘛。我和亲爱的将就一点。"

董小妹似乎要爆发了。菲菲却极其自然地把塑料袋接过来，放在橱子里。儿子似乎也没有察觉到董小妹凸出的眼珠，去房间打游戏了。菲菲随即也进去了。

游戏的声音一直持续到凌晨三点，在这期间，董小妹的眼睛就没有闭上过。她默默对着白色的墙壁呆了很久，直到一切声音都结束了，她居然开始连绵不断地对着它说话，讲她的童年，讲她的少女时代，讲她怎么嫁给老胡，就在她梳理自己毫无表现力的一生时，半个地球的人几乎都进入了梦乡。没有耳朵在听她说，也没有光照亮她。

絮絮叨叨半天后，突然，董小妹的眼睛一亮，嘴巴咂巴了好久，蹦出了一句清晰准确的话语："我要到马路对面去。"

事情发生得很突然。没有人能准确说出怎么发生的，潘爹不能，五嫂不能，贩子小蔡更不能。一切就这么发生了，火山般喷发，河流般自然。

老胡女人抓住董小妹头发的时候，董小妹先是惊诧，随后差点笑出来。俗世里的原配和小三，会在恰当的时候暗换风光。是的，她不生气。至少这场战役，她赢了。

看见董小妹毫无怒意，那个女人倒是有些歇斯底里了。董小妹的头发被揪成了鸟窝，那个女人开始撕扯她的衣服："贱人！不要脸！"

老胡女人没想到的是，她的疯狂促使了整个广场的人都一边倒。五嫂使劲地把她推开，冲着她大叫："破坏别人家庭的是你！怎么真正不要脸的还诬陷别人！再说了，胡建国来探望前妻和儿子有什么过错！"

松开手，女人的肩膀剧烈地一上一下，气息开始抽抽，大家看着她，以为她还要耍什么花样，然而她捂着胸口倒了下去。过了好一会儿，人们才意识到发生了什么。

老胡等在抢救室外面。董小妹有点不安地来回踱步，老胡整理好心情，对她说了一句："小董，你急什么呢？"

董小妹沉默不语。一起来的人小声议论着，原来老胡的这个女人有哮喘病，不能激动。董小妹依旧来回踱步。老胡小声地嘟囔着："当务之急就得知道那条短信是谁发的。"董小妹听见了，依旧来回踱步。

五嫂看不过去了，跑来劝董小妹："董姐啊，这又不是你的错，都是她自找的。"

老胡听见了，对五嫂怒目圆睁。五嫂知趣地闭上嘴巴。

抢救室的灯还亮着，董小妹一屁股坐在等待椅上，椅子抖了两抖。然后董小妹摘下胸前挂着的翡翠佛，攥在手心，嘴里念着“阿弥陀佛”。五嫂似乎看不懂了，悄悄在她耳边说：“你以前不老盼着她死吗？”

董小妹的眼神像放羊一样放出去，没有一点点焦点：“昨天看了一篇文章，善待别人也是善待自己。”

看着董小妹的一副痴呆相，五嫂抿住嘴不说话了。

人群依然在骚动。老胡抱着头不敢往抢救室看。董小妹用食指指腹轻轻擦拭着翡翠佛，似乎在和老胡说话，似乎是自己和自己说：“我们十周年出游时买的，你还记得吗？哎哟不记得了，不记得了。”

从五嫂的角度看过去，董小妹的眼睛里一片晶亮。

在菲菲扯开喉咙开唱之前，董小妹就已经到家了，她木然看着几个搬运工在菲菲的指导下把音响搬进家里。董小妹就想起了抢救室里的老胡女人。就想着她。想她。

她曾经飞扬跋扈的面容变得平和安静，她曾经指人、打人的手垂了下来，她曾经骂人的红唇变得冰冷。而直到她的头发被太平间的风吹得微微飞起来，董小妹才知道死亡有时候也是轻盈的。

菲菲尖锐而粗粝的嗓音震破天花板时，董小妹才回到现实里来。

“你在干什么！”董小妹把以往的愤怒都喊了出来。

菲菲故意眨巴着刷了廉价睫毛膏的眼睛说："阿姨，现在很流行这个，家庭式KTV。你想想，去一次KTV起码要一百，这个立体音箱也不贵，多唱几回，成本就捞回来了。"

董小妹大喊："这是我的家！"

菲菲吼出的高音盖掉了她的声音。董小妹一把夺去她手里的麦克风，用尽了生命最后的力气喊："这是我的家！"

菲菲微带着笑意说："阿姨，这确实是您的家。我不过是个过客。但是我也很自律，您和邻居的休息时间，我都不会唱的。您要是嫌我这嫌我那的，可以到马路对面去跳舞。"

董小妹的元气似乎也随着老胡的女人而去了。她瘫软在沙发里，任凭菲菲鬼哭狼嚎。过了一会儿，儿子抱着一大堆音乐器材回来了，她也没有注意。

老胡来找她是两天后，在她家门口，也不肯进去。这两天她也做好心理准备了，或者换句话说，她已经无畏无惧了。

"那条短信是你发的？"老胡一上来就咄咄逼人。

董小妹默默点头，下意识地用右手食指碰了一下翡翠佛。

老胡瞥了一眼她脖子里的翡翠佛，继续黑着脸问："为什么要这么做？"

董小妹一直讨厌的三个字就是"为什么"，可是到了这个节骨眼上，讨厌又如何呢？

"好吧，"她有点犹豫地说，"我承认，她曾经让我不好受。所以，我也要让她不好受。"

老胡一拍桌子，欲站未站，然后压抑着怒火坐了下去："真是，真是最毒妇人心。”

没有一个人说话，沉默。突然，董小妹家里的钟敲打了十二下。什么时候钟又好了？真是鬼推磨。董小妹微微扫了一眼钟，时针秒针重合了，生命也和死亡重合了。很想吃顿方便面。董小妹的胃说。

她的眼睛回到老胡身上，才发现他的目光已经变成了钢鞭，抽打着她安稳跳动的心脏。突然，董小妹的脑海里响起了菲菲的歌声，震耳欲聋。在伴奏下，董小妹平静地把脖子里的翡翠佛摘下来，扔到老胡的脸上。

“干什么！”老胡怒发冲冠。

“以前忘了还给你了。”说完，董小妹爽爽快快地关上了门。

那天晚上菲菲和儿子都不在家，董小妹打开橱子，各色方便面呼啦啦涌出来，给她带来异常的满足感。她一口气泡了三碗。海鲜面比牛柳面好吃，不过味道最好的当属辣油干拌面，吃完，董小妹喝了一大碗水。撑死了。

钟不知疲倦地走着。是时候到马路对面去了。

走在马路上，董小妹的腿似乎不听使唤了，没有直达广场，而是绕过了广场。广场后面是超市，她没去。超市后面是另一条马路，她没去。马路中间有一座桥，她停在桥沿边。

风吹得她发丝纷飞。夏天要过去了，五嫂她们估计很快就不跳了吧。“到马路对面去”，现在这句话丧失了所有诱惑力，却充满了茁壮的生命力，在她心房里突兀地生存着。

这时，一个意想不到的人出现了，是潘爹，骑着电瓶车似乎要赶到广场上去。潘爹看见了董小妹，放慢了速度："小妹啊，我女儿回来啦，你猜纪念品是啥？"

董小妹呼吸均匀而有力，似乎没有被潘爹干扰。

潘爹露出笑容："小董啊，我女儿答应明天帮我买老花镜，后天你就能回去啦！这些日子麻烦你了——"

董小妹迈出了右脚。

潘爹一看不对，而行人也感到了不对，纷纷朝董小妹跑过去，嘴里喊的那些话语她一点都没有听到。夜色温柔，把大地上辛劳的人们轻轻爱抚，也爱抚着董小妹身边的、目不斜视的路灯。

董小妹迈出了左脚。就在那一瞬间，她想起今天要教新舞步，领头的说今天一定要去。对，到马路对面去。可是她一回神，才发现，头顶是空荡荡的天，脚下是空荡荡却飞速逼近的河水。

树　洞

我死于二〇〇三年的那场心碎。

一九八七年的秋天来得猝不及防，就像我一样。他们都说，我一生下来，家里人就建议把我扔了。浑身乌青，还是个女孩。

那时，耳朵已经在幼儿园呼风唤雨了。他一直都那么神气，永远有用不完的精力。他打败了大三班最强壮的男生，稳坐孩子王宝座。

这些都是一宁告诉我的。可我隐隐觉得，不能知道太多，怕一不小心就触碰到了命运的箴言。而她把我当成树洞，说光了用我们所有缘分换来的话。

一宁家里是卖字画的，爷爷老阿喜擅长画画，画好了挂在门口等待买主。他们一家大小就靠这个吃饭。其实一宁的父亲成子很有本事，在“文革”时是一等一的红卫兵，“文革”结束后他剃掉了眉毛，从此，终日游手好闲，萎靡不振。

而这些，是耳朵告诉我的。关于我家，没什么好说的。老妈曾经是镇子上最好的舞蹈演员，老爸是个退伍军人。他们现在经营着一家灯具店。

我的出生，似乎就不仅仅是计划生育罚款的问题了。

长达五年的盐水瓶生涯后，我成了一名幼儿园学生。那时我还小，不懂我爸偶尔望着我叹气是什么意思。橱柜抽屉里有一大堆医院账单，白得刺眼。可是那时我还不识字。

耳朵那时已经是四年级的学生了，和一宁同级。学校应该教口琴课了，这是小镇的规矩，也是我一直以来的憧憬。

一宁经常来我们家串门，有时候给我带小鱼干，有时候给我带一盒“老鼠屎”。我爱吃“老鼠屎”，就是一种橘子皮磨粉再加工而成的小颗粒，每次我都小心地取出几颗，细细品味。酸中带甜，正是童年的味道。

在我品尝“老鼠屎”的时候，一宁就跟着耳朵学吹口琴。我是看不懂五线谱的，时常溜出去。老爸老妈都在店里，我也只有礼拜六去医院。门口的小孩子都不多，即使有，也不喜欢我。所以我只能一个人闲逛。

“小妮子，过来。”老阿喜亲切地叫着我。对于我来说，老阿喜一直是个神秘的人物，他经常一个人在黑屋子里捣鼓他的颜料。带着满腔的好奇，我走了过去。

老阿喜把整个身子都埋在他的太师椅里面，他不胖，但是太师椅已经变形了，随他的身形。他戴着老花镜，手里拿着针和线：“老了，老了，小妮子，帮我穿个线。”

老阿喜的手指缝里都嵌着颜料，红的蓝的，沟沟壑壑。

“老阿喜，你是怎么画画的啊？”我帮老阿喜穿完红线，又穿蓝线。老阿喜的案头上放着几件暗蓝色的衬衫，一件红彤彤的大棉袄。

老阿喜缝着那件红彤彤的大棉袄，慢悠悠地说：“你要是喜欢画画，我教你啊。”

从此，一有空，我就去老阿喜那儿看他画画。老阿喜擅长素描，油画也会，但是他说，他还是最爱中国画，寥寥几笔，漫漶无穷。关键是，中国画能留白。“吃饭要吃八分饱，倒水还是留点好。”老阿喜乐呵呵的。我还是懵懵懂懂。

没有眉毛的成子回来的时候，我都灰溜溜地逃走。太恐怖了。有一次，成子把自己关在卧室里，我不知道他在，看着老阿喜画画时，卧室里传来剃须刀嗡嗡的声音，瞬间，我一阵发抖。

人们都说，那是成子在剃眉毛。

开学四周后，耳朵成为学校里口琴老师的副手。耳朵闲暇的时候，都会跟着老师到教室帮着上课。老爸很骄傲，总是和人提起：“我儿子吹口琴那是杠杠的。”妈妈总是熬薏仁粥，耳朵哥喝得多。

那天，秋高气爽。中午吃的小蛋糕甜得很。妈妈刚把薏仁粥端上桌。耳朵估计已经到家了，我还在回家的路上。而那个陌生人，已经和老妈聊开了。

“大姐，您儿子真是有天分！”他们都没有注意到我回来了。“这么小，将来肯定大有作为。不用多少自我介绍了哈，本来那节音乐公开课我不来的。在城里，工作忙。现在觉得真是值得，您的儿子让人眼前一亮！”

我本来想继续听下去，老妈却把一碗薏仁粥递给我：“去房间写作业去。”

耳朵关上了房门，他们说话的声音我听不见了。

房间的墙壁上挂着老妈年轻时跳舞的照片，翩翩舞姿，巧笑倩兮。橱柜上还放着市里芭蕾舞比赛二等奖的奖杯，在昏暗的灯泡下闪着光。“老妈，”我轻声说，“你真漂亮。”

我一直是个听话的孩子，等到陌生人走了，老妈打开房门，我才从房间出来。老妈脸上飞着两道红晕，手脚不再放松自如，像是戴着一个金镯子似的。

老爸收店回来后，老妈把他拉进房门。

“不行！”老爸从房间出来，老妈紧追不舍：“真的，儿子能上城里去了，说不定能成为童星上电视呢！”

“太冒险了！”老爸坐在餐桌前，跷起二郎腿，“什么都别说了，吃晚饭。”

我也是后来才明白怎么回事。那个陌生人看中了耳朵，说他有音乐天赋，要把他挖出来，要很大一笔手续费、包装费，而老爸坚决不准。

我明白了也不是什么好事儿。老妈已经把钱交给那人了。

直到悲伤的二〇〇三年，那人也没有再出现。

一宁倒是经常出现在我们面前。那段时间，家里气氛一直很紧张，老妈胳膊上老有瘀青，眼睛边总有泪痕。老爸开始酗酒，经常半夜一身酒气地回来。镇子上没有通宵排档。有一天早上，老爸被发现睡在大街上，身边躺着好几个酒瓶。老妈含着泪把他扛回来，他睁开眼睛，甩了老妈一巴掌，又沉沉睡过去了。

在那个一巴掌响起时，一宁正在房间里听耳朵吹口琴。琴声悠扬，一点点地在空气里晕染。老妈冲进门，当着我们的面，把口琴狠狠地掼在地上。

“你们都是些没良心的小东西。”这是老妈多年后对我说的话。可是我已经没有回答她的机会了。

那年的风很大，把我们连接彼此的线都吹散了。

“把这幅画放在门口吹吹。”老阿喜把刚画好的油画给我，“画画和烧饼差不多，趁热吃最有味儿。”老阿喜的手上布满青筋，就像骨骼阡陌交错的赤壁石。我咽了咽口水，想吃烧饼了。

油画干了一半时，老阿喜突然放下了手中的画笔，从太师椅上站起来，在屋子里来回踱步。我仰起头，黑屋子的天窗淡淡地发亮，这个白天有点稀薄。

“小妮子，走，我们出去。”老阿喜拿起画箱，装备好工具，拉着我走出去。我没有提问，感觉一切就这么顺水推舟地进行着，好像本来就该这样。

老阿喜带我来的地方是中学的小树林。镇子上只有一个中学，里面的小树林每到秋天就红彤彤的。

“看，那是梧桐。”老阿喜把唯一一棵梧桐指给我看。梧桐的大叶子森郁而阔大，风吹过，微微晃动，恍若一页页书被天空翻阅着。那是我一生中最深刻的印象，也许因为它太绿，也许因为那天太冷。

那天老阿喜画了好多树叶，红的黄的绿的，带着生命将尽之前喷发的力量。原来死神是一阵风，吹来吹去，吹去多少少年老成，却吹不尽茫茫红尘。

一宁失踪那天，老阿喜失手把他最爱的画毁了。那是一幅中国画，简单分明，落落大方，可是一罐墨汁泼洒在上面，老阿喜也找不到“留白”了。

街巷邻坊的人都聚集到这儿来，老阿喜也没有顾得上他的画。难得一见的成子阴着脸蹲在地上，一言不发。老妈拉着我的手，老爸醉醺醺地骑着摩托车上店里去了。

“真是拜托各位邻居了哈，”老阿喜抱拳，“谁要是看见我的孙女儿，告诉我一声，必当重谢。”邻居们开始交换各自的资料，原来从早晨开始，一宁说去学校，到了暮色四合这个点，老师说她都没有来上学，周边亲戚朋友家也没有。镇子就这么大，大家各自其实都认识，可是都说不出一宁去向何方。

大家还在议论纷纷的时候，老妈不安地看向周围，嘴里念叨着耳朵的名字。人群中没有他。人群外也没有他。似乎我的一生中也没有他。

左左镇的人一半在找一宁，一半在找耳朵。

被发现时，耳朵正端坐在石码头上看着来来往往的船。他的脚已经深入水中好几寸，鞋袜都湿透了，却浑然不知。

从那以后，耳朵有时就会有点痴，但多数时候还是伶牙俐齿的。老妈带着他进城看病，结果她哭着回来了，而耳朵又发了痴，站在门口看着夕阳落下，眼里泛着盈盈的光，像海，也像油画上的贝壳。

夕阳落下，老妈做好晚饭，平定心绪，招呼我们吃饭。耳朵抓起筷子，又放下，问我功课做好了没，我说什么功课。他眨眼，就是老师让你们做的小灯笼啊。

他还记得。老妈长吁一口气，给他夹上一块红烧肉。肉是老妈前几天买的，一直放在冰箱里。耳朵说："妈妈，肉在冰箱里放久了有病菌的啊。"

老妈笑了，又给他夹了一块肉。

其实耳朵是知道一宁去哪里的，那天就是耳朵哥送她去了上城的船。之后，耳朵还去学校上学，回家里吃饭，然后又回到码头。回到码头干什么去了呢？没有人知道。

一宁被带回来的时候，身上的黄衣服显示着褶皱般的黑色，一绺一绺的，好像她油乎乎的头发。老阿喜一见到她，就紧紧抱住她，把她油乎乎的头发蹭啊蹭的。老阿喜的画终于可以开动了，我也可以继续观看了。

等我大点我才听说，一宁是去城里找她妈妈的。一宁两岁那年，她妈妈说去城里打工，后来再无影踪。隔壁大妈大婶都劝成子去城里找找她，成子翻着白眼，不置可否。后来几天，左左镇的人都看见成子在打铁铺打铁，火花四飞，煞是壮观。人们以为他浪子回头了，可是几天一过，他又恢复了原样。剃了眉毛，光秃秃的，怀里揣着票子打牌去了。

成子打的铁器早已生锈。老阿喜画的画也逐渐泛黄。

三年后的秋天，耳朵还是那样，偶尔会考到一百分，老妈抱他拍他，他有点愣愣的，眼神里堆满了冰块。然而看见家门口铺满的阳光，他会高兴地冲出去又蹦又跳，嘴里唱着遥远的歌谣。

这样开心的耳朵终究留级了。小升初，他比一宁少了五十分。

分数出来那一天，老妈没有和我们说一句话。她翻开抽屉，里面是耳朵半年来的试卷，有一百分，也有二十分。镇子里的人都说耳朵中邪了，身上有鬼魅。老妈不信。那天老妈坐在房间里，看着橱柜上的奖杯，久久地出了神。整个宇宙都很安静，整个宇宙都在放射着开心灿烂的光芒。

我带耳朵去了老阿喜家。老阿喜老了许多，抓画笔的手逐渐干瘪。可是耳朵一见到他，就紧紧抓住他的手。老阿喜很配合，没有松开。良久，耳朵的眼中闪出泪光："爷爷啊！"

我们的爷爷早就死了。我被他的话吓了一跳。老阿喜很自如地摸摸他的头："孩子啊。"

老阿喜画画的小房间已经乱得一塌糊涂了，长久没有人收拾。可在老阿喜的案头上，依然放着我眼熟的红棉袄。红棉袄有些地方开了线，有些地方磨损得厉害。

老阿喜抓住棉袄的肩膀，在半空展开，抖了抖："唉，针线活都做不了了。"

后来我帮着老阿喜穿线，耳朵打结，我们共同补好了衣服。作为报答，老阿喜居然在杂物柜里翻到了旧相册。

相册里大多是黑白照片，照片上的人都带着羞赧的笑。这些人我们似乎都没有见过。老阿喜却指着一张婴儿照说，这是成子。那时他还有眉毛。

翻到一张彩色照片的时候，老阿喜的手在抖，神色哀伤深远："这是一宁奶奶。"照片上似乎是老阿喜五十岁时的样子，身姿俊朗，那位妇人看起来也不老。他和她都笑得甜蜜，而老阿喜，穿着这件红棉袄。

耳朵哥站在那儿不知道在想什么，老阿喜也不说话，一时间我不知所措。难挨的气氛被耳朵打破了："爷爷，奶奶去哪里啦？"

老阿喜没有生气，闭上眼睛。天窗射下苍白的光芒，外面下雪了？我仰望着，却找不到一片雪花。这时老阿喜缓缓抬起头，所有的雪在他的眼里化成了水。

我们三个人都望着天窗，恍若圣迹降临。"嗯，那儿。"老阿喜说。

老妈萎靡不振了好久，家务不做，饭菜不烧，就坐在卧室里。墙壁上的奖状卷了边，老妈找不到糨糊，就从锅里拿几粒饭粘好。饭是隔壁阿婶烧的，她可怜我们吃不上饭。老爸早就不回来吃了，就是回来也是继续喝酒。我的身体又开始不舒服，某天歪坐在凳子上时，老妈带我去了医院。

还是老毛病。开药的时候，老妈拿出了一沓一元钞票，小心地数着。小镇医院里人来人往，时不时有人喊"三喜子，好些没？""小许又来拿药了？""郁老太太近来气色不错嘛。"老妈蘸蘸口水继续数着钞票。医院空气里飞着各种抗生素的味道，也飞着大人物小人物的悲欢离合、喜怒哀乐。老妈趴在药房前的柜台上，背微驼，衣服有点发白，曾经纤长的手指也沟壑纵横，可她的头发依然理得一丝不苟。

拿到药时，我正处于半睡半醒状态。老妈站在我身边叹口气说："快点长大，帮我挣钱吧。"她以为我没有听到。可是我的鼻头酸酸的。

天气转晴的时候，老阿喜出来写生了。他身边不再只有我了。耳朵还经常逃体育课来看老阿喜画画。但每到初中放学的时候，耳朵就会消失，一宁回了屋，耳朵就会出现。有一次耳朵见到了一宁，魔怔了似的，而一宁，就跟见了鬼似的。有一天，耳朵给了我一包"老鼠屎"，执意要我送给一宁。我腆着脸皮送给她，她随手扔到了桌子角落。后来"老鼠屎"是否被真老鼠吃掉了，我也不得而知。

这个秋天过得很平静，似乎在为无情的冬天做准备。

北风紧，艳阳锁。入冬以来，天空一直灰蒙蒙的。老妈常望着天叹气。老爸依然很少回家。耳朵的数学成绩有了起色。我依旧是老阿喜的小跟班。

出事那天，我穿着去年过年老妈下狠心买的小棉袄，玫红色。后来我再也没有穿过。上面有了污迹，黄河水也洗不清。

那天，老阿喜不在家，可是门开着。我以为老阿喜在画室，壮着胆子进去了。屋子里很黑，我轻声喊着老阿喜，没人应。当我转身准备离开时，看见乌黑的内屋闪烁着一双凶厉的眼睛。

那双眼睛寒光一闪，我也凛然一惊。正要拔腿就跑时，眼睛主人粗糙的手紧紧钳住了我。

等我被拖进内屋时，我才看清是没有眉毛的成子。他真是一个怪物，畸形、怪诞、寄生。

我的手被绑在了老阿喜的太师椅上，怎么也挣脱不了。我也下乡过，知道这是猪笼扣，越挣脱越紧。内屋光线昏暗，却照亮了屋子里所有卑微的灰尘，以及我绝望的眼眸。

老妈给我缝的小棉裤被撕坏了。我正心疼的时候，下身一阵撕裂般的疼痛。我闻到了成子身上打铁时的汗臭味。他不是不打铁了吗?

我打着趔趄从小路回了家，手里抱着撕坏的小棉裤。老妈在天井里晾衣服，一束阳光穿过云朵到达地面。我只感觉到眼前一黑。

那段时间，老妈老了好多岁。就如一朵月季，急速枯萎，耷拉在枝头，等待上帝一把掐去。我在床上躺了多少天自己也不知道。但我隐隐约约听见老妈和老爸的对话，他们说，为了我的名誉，这事不能说。很久以后我还是知道了，小镇上的人也在背后议论过这件事，对我也是笑而不语。

老爸也不喝酒了。

那天，老妈去店里送货，耳朵去上学了。我一个人渴了，挣扎着下床拿水，却瞥见老爸站在厨房里，手里的刀拿起又放下。天井里的阳光反射在厨房里，老爸就好比白案师傅，手里的刀来来回回、金光闪闪。

这些天所有没见着的阳光，都在刀片上做了水陆道场，叮叮当当，掷地有声。

冰凉的水灌入喉咙，我闭起眼睛。睁开眼时，金色光芒不见了。

不知过了多久，外面喧哗起来。怀着好奇心，我走出家门。

老远，我又看到了金光。靠近点，隐隐约约看见了老爸的几根白发和一张没有眉毛的脸。钻进人群中，我看见老爸和成子扭打在一起，成子紧紧攥住老爸挥舞着菜刀的手。周围的人想靠近，又畏惧那把刀。

我不敢看成子的眼睛，于是背过身去。这时人群里传出呼声："这不是林家小妮子吗？"人群的焦点落在了我的身上。老爸望向我，成子一举拿下了他的菜刀。我抗拒地往后退。迟疑了一会儿后，老爸发疯般地扑向成子，又夺下了菜刀，正准备抡起来时，人群中传来脆生生又冷冰冰的女声："等一下。"

是一宁。准确地说，她旁边还有耳朵。

一宁的衣服没有整理好，胸前的纽扣似乎掉了，头发也乱蓬蓬的，眼里还含着泪。

老爸暂时先垂下拿刀的手："你是畜生的崽子？"

一宁面无表情指着耳朵说："他才是畜生的崽子。"

老爸似乎被惹怒了，松开抓着成子的手，拎着菜刀朝一宁走去。成子喘了一口粗气，就把老爸连同菜刀扒倒在地。

人群中传来了丁爷的声音："让一让，让一让。"

丁爷是小镇上唯一的警察。

这是我人生第一次进警察局。我希望以后再也别进了。

几支烟蒂，几个纸杯，构成了犯罪终结之地。局促。不安。无解。

丁爷找了个干净杯子盛了点热水。说实话，我也有点渴。他的喉咙上下滚了几下，杯子又变空了。热水瓶还冒着丝丝热气，冬天也变得更加寒冷了。

丁爷放下了杯子。空气很安静，我低头看着自己垂下的双手。他开始说话时，手里不知怎么多了一支中华。

"不要以为改革开放了，你们就可以为所欲为了！"丁爷清清嗓子，从抽屉里摸索出一只打火机，点上烟。"现在比不上过去咯。三张粮票换不到一张草纸。现在，你们强啊，个顶个的，一个个爬到人民头上去了！拿把菜刀要起义啊？行啊，你们行啊！"

成子笑了。我打了个哆嗦。我第一次看到他笑。

警察局里的事我真的不想再提。简言之，就是老爸不想告诉丁爷事起原因，而丁爷和成子似乎很聊得来，一切都往不利于我们的方向发展。丁爷威胁老爸要治罪，爸爸迫不得已说出口。这时，一宁哭了起来，偏说耳朵怎么了她。

"你看看你们，乌烟瘴气！"丁爷对着爸爸说，"按理说，要治你的罪的。现在要讲法治！但是成子宽宏大量，答应和解，你赔他笔钱，了事。”

老爸一听怒了：“怎么这么不讲理！他——”

“什么他他他！”丁爷打断老爸的话，“以前的事，你有证据吗？再说你家傻儿子学什么不好，还学流氓！”

从警察局出来的时候，老阿喜正急匆匆地赶过来。我经过了他，老阿喜用颤抖的声音说：“小妮子，对不住啊！”我刚要回应他，老爸把我一把拽走了。

那也是老阿喜对我说的最后一句话。

老阿喜的葬礼是在腊月二十九。那天有雪，纷纷扬扬。

老妈不准我去见老阿喜最后一面，把我锁在卧室里，然后去店里忙年终生意了。远处隐隐约约传来哀乐，不知怎么就想起了老阿喜和我提起的风中的梧桐树。

锁芯传来窸窸窣窣的声音，记忆里的梧桐叶迅速萎去。冬天正往深处去，而我想回到秋天的第一句。

门开了，门缝里探出耳朵的头，他的表情空旷而遥远，这是我第一次看见耳朵露出这种表情：“我们去见爷爷。”耳朵哥倏地把门全部打开，一股寒风涌进来。

雪落在我们头上，静谧无声。想必老阿喜画室的天窗上也落满了雪吧。

快到大街的时候，我看见了一宁。她低着头拎着马灯，后面跟着长长的队伍。小镇对一个人的告别仪式，就是带着他的遗照绕小镇一圈。队伍里有成子，我后退了一步，耳朵拉着我的手钻进一条小巷。

老阿喜的遗体就横陈在草席上。稀稀拉拉的几个亲戚朋友似乎正在等队伍的到来。屋子里有几个和尚正在念经，似乎也没有人注意到我们。我壮着胆子走到里面，在老阿喜面前停住了。

老阿喜的面容很慈祥，曾画过山水人兽的手，也停歇下来了。他裤子上还沾着颜料，身上补了又补的红棉袄还是干干净净的。这时我听到了几个面生的人议论，"听说老头子死之前偏让人帮他穿上这个红褂子才咽气。""真是个怪老头。画了那么多画放在屋子后面卖不出去。""唉唉，不谈了，人都死了。"

我不想听下去了。梧桐，梧桐，风中的梧桐。

意想不到的事情发生了，刚刚还镇定的耳朵扑到了老阿喜的身上，痛哭起来。"爷爷，爷爷！"悲恸得我都不忍将他拉起来。

老妈骂了我们很久。没心眼，给别人戴孝。耳朵低着头，眼泪掉下来。老妈立即停住说话声，坐在椅子上一个人生闷气。外面雪停了，北风肆虐。

"妈妈，"耳朵突然走过去，拍拍老妈的肩膀，"我们都是大地的孩子，每一滴泪都是润泽。"

妈妈吃惊地看着他。耳朵哥终于在葬礼之后变成了一位诗人。

童年似乎就是在老阿喜的葬礼时仓促溜走了。老爸拿着积蓄去城里租了一家店面，我们两手空空地就去闯荡了。

什么时候来的？你问我，想想可能是跨世纪的那年。商店电视机里满是隆重而热烈的祝福，广场上的人脸色喜气洋洋。一切似乎预示我们的故事将以喜剧结尾。

小店后面有简易帐篷，租金每个月一百。于是我们住进了这个四处漏风的帐篷里。耳朵进了民工学校读初中，我和他同级。每天放学，耳朵都会在教室门口等我。同学们总说："你的傻耳朵来了！"开始我也倔，不肯和他同路，执意走在他前面，他一路小跑地跟着。直到有一天，耳朵从口袋里拿出了两个馒头："小妮子，快吃。快吃。"那是老妈给我们带的午饭。馒头冷了，眼泪却是热的。

在灯红酒绿、车水马龙的城里，我却把耳朵弄丢了。

报案也没有用。寻人启事也没有用。

老妈已经哭不动了，店里开门的时候，就倚在扶手边，嘴张开，不知道在看着什么。老爸的体重在飞速增长。在小帐篷里，满是酒气和劣质鸭脖的腌臜气。

自从耳朵失踪后，老妈的睡眠也成了问题。那天，我没心没肺地睡着后，老妈摇醒了我。

"小妮子，"老妈的眼神黑而亮，"你说耳朵出走后会去找谁？"

我睡眼惺忪，好半天才回过神："谁啊？"

"你再想想，再想想。"

一个机灵，我全然醒了：“你说的，不会是——”

老妈点头，拉着我就准备出去，我冷不防跌了个跟头，爸爸醒了。

“深更半夜，吃饱了撑的啊？”老爸一个巴掌，拍在被子上，发出沉闷的巨响。老妈要说话，老爸又拍了一巴掌：“即使有急事，睡过觉再说！”

第二天我没有去上课。和老妈一起来到了一宁的学校。成子和她也搬到城里来了，她在育才高中。而成子，招摇撞骗还是吃喝嫖赌，都与我们无关了。

门卫不让我们进去，于是妈妈前门，我后门，定点守候。

这一天天气很冷，我们没有遇到一宁。我的双手冻裂了，老妈带我去了学校旁边的小饭馆，点了一份青椒肉丝，好吃得很。

第五天，人群都散了，一个高挑白皙的女孩不快不慢地走了过来。

终于等到了一宁。

一宁语气冷漠而怠慢：“我不记得他了。”

老妈不死心地和她叨唠着，她也没有表示嫌恶，脸色平静如水。

老妈也累了的时候，一宁说话了：“大婶，首先，我们小时候是玩过，但是大家都大了；其次，每个人都要为自己负责；第三，也是最重要的，他没有来找我，即使来了，我也认不出他。”

北方莫名来了一阵悲风，愁天愁地的。我身上一阵发冷，老毛病又犯了，于是赶紧拉住老妈的手，妈妈看着远去的一宁，似乎随着我一起颤抖。

第二天，我依然守候在校门口。看见一宁，就扔给她一包“老鼠屎”，她抓着老鼠屎，一脸惊恶地望着我。

我笑了：“你的最爱。”

关于一宁，我也不想讲太多。她后来成绩一直很好，拿着奖学金去了遥远的国外。对我来说，真是和童年一样遥远。

后来耳朵也没有找到。这期间，妈妈去找过一宁多少次，我无从知晓。只是家里的饭菜越来越没味道。

“你做饭用点心好不好？”老爸埋怨她。

老妈把筷子一摔：“我心用到哪里去了？我在找我的儿子！也是你的儿子！”

我以为老爸要发火，赶紧护住自己的碗。老爸却低下头扒了几口饭，然后看着炒青菜愣了好长时间。

青菜淡了点，配上眼泪，却是刚刚好。

我病情恶化的那段时间，家里气氛正在缓和。老妈在快餐店谋了一个职；城市改建，我家的店正处于街道中心，老爸的生意也有了改善；我的成绩也有了起色。只是大家绝口不提耳朵。那天老爸说，他去房市看房子了，老妈刚要开口，我却呕出了一摊血。

我被安置在医院北区三〇一房。老爸口中的房子眨眼变成了泡影。快餐店忙完后，老妈准备去帮人做鱼钩。老爸开始帮人搬运做苦力。可是每到晚饭的时候，他们都会准时出现在病房里，温热的晚饭是老妈做的，新鲜的笑话是老爸讲的。

似乎这个悲伤的世界从来没有过耳朵。而我，也是个过客。

在耳朵失踪的两年零二十三天，也是我住院的第十九天晚上，老妈没有准时出现。日暮低垂，我也很纳闷，老爸和我都在等老妈的晚饭，却等来一个电话，听到后，老爸面色沉重地夺门要走，我喊了起来，他回身留下一句话：“待这儿别动！”

后来老妈出现在我的面前时，腿上绑着厚厚的石膏。医生说，老妈恐怕再也不能离开拐杖了，但是车祸能保住命已经很好了。老妈拄着拐杖，胸前挂着保温盒，一瘸一拐地走进病房时，我的泪涌出来了。夜色迷茫，梧桐微动，浓情知否。

你们不说，我也知道。这些天老爸不来，是为了去讨要赔偿钱。车主偏说老妈闯红灯责任在她。老爸和他吵起来了。车主依然嚣张，说他父亲是什么局长。后来车主象征性地给了老爸五千元。老爸气不过，拿着一块砖头拍碎了他的车玻璃。

老爸在公安局待了多少天我不知道。因为我昏迷了。在我的意识里面，有老阿喜，有耳朵，还有小时候吹的笛声。全部都遥远不可知。可是他们倔强地奔跑在我的大脑里面，一圈又一圈，没有终止符。在老阿喜跑累了终于停下来休息时，我又被医生拉入了真实的三维空间。

病情依然在不断恶化。每天早晨我睁开眼睛时，老妈都很开心，她坐在椅子上为我更衣。够不到的时候，她都在指挥我，“胳膊向左来一点，对，右腿缩回去。”老爸都会为我读报纸，在报纸上，我知道了，整个国家都处于惊慌中，一个个大小城市都被封锁起来，每个人都在防卫着身边或亲或远的人。听到这些的时候，我的嘴唇都会颤抖得很厉害，这时老妈会扶起我给我喂水。我乖乖地喝了下去，等待着报纸上的下一篇报道。

下一篇报道，下下一篇报道……不知过了多久，我听到了熟悉的名字。那是一篇很小的豆腐块，因为大部分版面都被那个病毒夺去了。报纸说，那个外号“成子”的混混，被人砍了。其实不过是帮派火并，可是我听见老爸舒了一口气。是那个成子吗？或许还有别的？我无力地闭着眼睛，努力不去思考。

这样的日子没有持续多久。我已经不太能说话了。在我有意识的记忆里，医生把我爸妈叫出门外，一边说着一边摇头。我感觉我离耳朵很近了，就那么一小步，可是时间的洪流又把他推远。

“小妮子。”我听到呼唤，无力地睁开眼睛。老妈的眼睛似乎肿了起来，老爸背着身子不让我看见。我想说话，舌头仿佛不是自己的了。

“小妮子，让妈妈看看你。说吧，你要什么我们都给你。”老妈握住了我的手。模模糊糊的意识里，我想起和耳朵一起看墙上妈妈的奖状，想起老妈偶尔轻盈跳跃的脚步，想起好多好多，这些片段像是浮萍，漂在我的意识之上。

带着一丝游离的气息，我小声地说："我想看芭蕾舞。"

我又昏迷了一次。最后一次醒来，我看见了芭蕾舞。是老爸跳的。脚步很笨拙，一看就没练过。我笑了，闭上眼睛，耳朵正在树洞里往下掉呢。

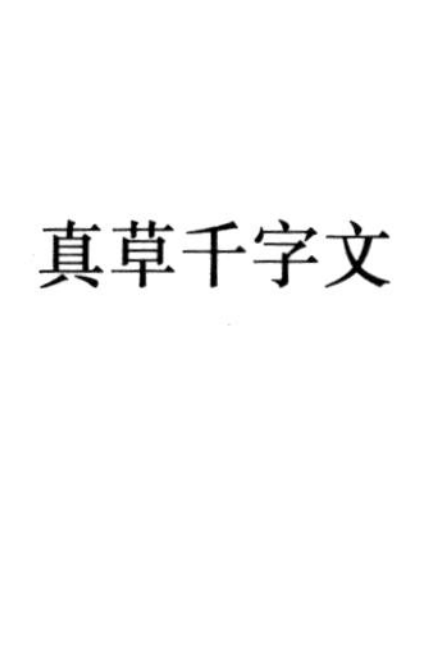

真草千字文

宋先生走起路来，真像用千字文写下的一首诗啊。多年后的我想起他来，只觉得天空下了一场没有结尾的雪。

高考那年我是怎么熬过来的，我已经记不清了。那件事发生过后，父母把我送到这个离家很近的大学。可是我从小的愿望就是，我要去远方看一看。

到了大三的时候，我才认识宋先生。他是“中国书法鉴赏”这门课的老师。本来不是我的课，是敏学长退给我的。毕业对通识课有要求，我还没有修满。

宋先生在黑板上写下他的名字的时候，教室里鸦雀无声。又像行楷又像草书，在黑板上跳起舞来。

宋止学。宋止学。好奇怪的名字，为什么要停止学习呢？

在讲台上的宋先生没有给我答案，只是淡淡地微笑着，纤细而朦胧，就像微风吹动发梢。一直拒绝学习的我，那堂课异常认真。不过是透过眼镜片看见了一双智慧的眼睛。

敏学长对我说，星期天一起去看海吧。

那允萱呢？我一边推着自行车，一边说。

分了。

敏学长简单的一句话，简单得就如同白日里的阳光。

而我的天空瞬间暗淡下去。不知道为什么，我好喜欢允萱，喜欢她不经意的发香，喜欢她用佳洁士香皂洗的手，喜欢她绣了一只鸟的白衬衫。

一路上我们都没有说话，直到一个女孩来了。

“敏吉敏吉，生日快乐。”女孩递来了一个包装精美的盒子。

女孩远去的时候，敏学长拆开了礼物，里面是手工巧克力。“喏，拿去分了吧。”他自然而然地扔进了我的车篮。多少次了。

亦慈姐姐曾经也是这样。“喏，拿去分了吧。”然后端坐在桌前，练习她的行楷。她不喜欢巧克力不喜欢面包不喜欢圣诞节，就喜欢打开墨水瓶，听墨水汩汩流入笔筒里的声音。

姐姐，我帮你磨墨。

每次，宋先生都是早早来到教室。我也很早就来了，用耳机听音乐，看着宋先生把课件拷进多媒体里。拷完了，宋先生就会从随身挎包里拿出一沓字帖，坐在第一排欣赏。

听着音乐，就看到了一张清明映丽的字帖。一个个字就像一个个音符，瞬间在我生命里奏响。

那次课，宋先生介绍了这个字帖，名字叫作《真草千字文》。是智永和尚写的。不骄不躁、不卑不亢的文字，一脸无辜地站在了我的面前，让我的骄傲无地自容。

那节课下课后，我没有像往常一样立即离开，只是走到了宋先生的面前。宋先生有些意外，我却抿着嘴唇不说话。宋先生笑了一下：“这位同学，你有什么事呢？”

我不出声。

宋先生耐心地望着我。

“能不能把《真草千字文》的字帖……给我？”好半天我才憋出这句话，就好像下五子棋却发现手中的棋子已经不够了似的。

这张字帖到现在还被我随身带着。

是允萱叫我去书画社的，她是里面的一个干事，要毕业了，就转给我。她打电话告诉我的，可是我好想看见她。

我没有见到她，自从敏学长和她分手后，她就尽量避免和我见面。我能接触她的途径只有电话里的只言片语。也到毕业季了，每个人都应该很忙。

是书画社一位认识允萱的胖姑娘向我介绍书画社的。自从来到这个学校，我没有参加过一个社团活动，每个周末，我就像萎缩的落叶一样，窝在宿舍里。偶尔，敏学长会叫我出去玩，我也是唯唯诺诺。一次，我的态度激怒了他，他对我说："你怎么可以这样！"我不知道怎么回答。直到他下一次约我，我们都没有提这件事，心照不宣。

胖姑娘叫晨晨，她把我送到社长那边后，就不知所终了。社长和我说话时，我一直在找她的影子。就像我找了你那么多年，亦慈姐姐，即使我已经知道不可能。

书画社的成员陆陆续续来了，一个熟悉的身影闯入我的眼帘。我很吃惊，是他。"这是我们的指导老师，宋老师。"宋先生的笑像一张过期的报纸，有着淡淡的暗黄。

没想到，宋先生让学员们临摹《真草千字文》。社长悄悄对宋先生耳语："宋先生，这要求是不是太高了啊？"宋先生摇摇头："没有高要求，人生就是没有毛笔的砚台，观望着，而非书写着。”

我也拿了几张宣纸和几支毛笔，乖乖地待在角落里，至于宋先生什么时候到了我身边，我也不大清楚。他只是点了点几个字的笔锋：“这儿，这儿，都不合格。”我一时窘迫，说不出话来。“你是新来的吧？也是书法鉴赏课的学生？”宋先生的眼角里都带着亲切的笑意。

“嗯。嗯。”我涨红了脸。

墨水还没有落在宣纸上，宋先生抽出了这张纸，静静地望着。悬着毛笔的手有点酸，这是我唯一的感受。

宋先生又把这张纸整整齐齐地放在了我的桌面上。我默默地低下头。

“这样吧，”宋先生把手背到后面去，“如果你对书法有兴趣，可以来我的办公室找我，艺术楼三二三，我每周五在那儿都有空。”

艺术楼三二三。我狠狠记住了。

敏学长早早就在我的宿舍楼底下等我了。我带了个布袋，我要去捡贝壳。

“你知道吗？多少年了。过去多少年了。”敏学长的脸看着公交车窗外，自言自语。我没有答话，只是看着他忧伤的侧脸，想起了亦慈姐姐。她的照片几乎都是侧脸，在我的记忆里，她也只有侧脸，仿佛她只有侧脸。姐姐，我已经记不得你全部的面貌了。姐姐。

公交车停稳的时候，我才发现只有我们两个人去海边。敏学长一脸无所谓的样子。天空是灰色的，我记忆里灰色而高远的天空啊。

沙子还是很湿润，肯定是因为前几天下过雨。我的脚一踩上去，就出现了一个颜色较深的脚印，于是我用双脚踩出了很多这样的脚印，连起来是“之”这个字。敏学长看了半天，疑惑地问我：“你不画画什么漂亮的图案，为什么是这个字？”

《真草千字文》。我在脑海里反复出现这五个字。书写的正是智永和尚，王羲之的第七代传人啊。

“没什么。课上要临摹王羲之的字，他最有名的就是这个字啊。”我没有回头，走着走着，敏学长说了什么我都没有听见。我没有捡贝壳，只是一直走，直到走累了，我躺下，伸展成一个悲伤的“大”字。

敏学长悄悄地坐在了我的身边。我听着潮涨潮落。他看着潮涨潮落。海浪的气味弥漫四周，我想起了那年，无数朵无数朵绽放在我生命里的浪花啊。淹没了我。

“小年啊。”敏学长的嗓子里传来了一声若有若无的呼唤。

“嗯？”我回过头看他。他的眼神里有一只落单的大雁，缓缓地远去。

“我还是想她。”敏学长躺了下来。现在的沙滩上是两个笔力不一的“大”字。

我们都没有说话。身边的海浪一波一波地涌上来，眼前的白云一波一波地涌过去。

我们等了好长时间，公交车才姗姗来迟。天空早就飘着霏霏小雨了，落在我们的脸上，成为慌乱的发丝。

到现在，我都不知道敏学长口里的“她”是谁。公交车上，有一瞬间，我想问清楚，可是我又想起了姐姐，她站在小雨里孤单的样子。

快到学校了，敏学长跟我说，过几天文院的诗歌朗诵会，他是第二位朗诵的人，他希望我来看看。这时我想起来，敏学长的生日快到了，我怎么对他这么不上心了呢？正想着，汽车到站了。我们下了车，就看见晨晨撑着一把伞等在校门口，她看到敏学长，把一份包装精美的礼物送给了他。

晨晨离去后，敏学长看都没看一眼，把礼物给了我：“无论里面是什么，都没有必要告诉我了。”

其实里面是一个手工制作的风铃，还有一封信。我脸红心跳地拆开来，里面没有字，只有一小包杜蕾斯。

书法鉴赏课是在周二晚上。宋先生依旧在讲着《真草千字文》，骨气深稳，神采奕奕。在此之前，他让我们看过《兰亭序》，飘逸浩渺的文字，却没有在我的生命里留下烙痕。也许我是怕《兰亭序》早已不复存在，就像姐姐。再接触这些艺术世界里的魂魄，我怕。

“刘熙载在《艺概》里说过，字体有整齐，有参差；整齐，取正应也；参差，取反应也。我们可以知道，整齐与参差相辅相成，缺一不可，这是智永和尚《真草千字文》里的特点，”宋先生顿了顿，“我们生命不也是这样吗？不可能‘落霞与孤鹜齐飞’，那么就追求‘大漠孤烟直，长河落日圆’吧。”

课程结束后，同学们几乎都走了。我依然坐着，看着宋先生收拾，把字帖码放整齐，慢慢塞进包里，把多媒体关掉，粉笔码好，拍拍身上的粉笔灰，准备走了。

我站了起来。

宋先生注意到我了，脚步停了下来。

“宋先生，这周五，你有空吗？”我知道我明知故问，但是我就是要问。

那淡淡的笑容浮现在宋先生的脸上：“你来吧。”

我果然去了文院的诗歌朗诵会。

诗歌是什么东西？姐姐你能告诉我吗？我微微抬头看天，风没有停止经过，星星也没有停止流转。报告厅在文院楼很偏僻的地方，就像心底深藏的满是悲伤记忆的黑匣子。我从后门进了里面，敏学长正端着一杯水，和几个学生谈笑风生。

那个有胡子的应该是文院的辅导员吧？那个坐在第一排的是个学霸吧？那个角落里的人，不知道和女生说话还会不会脸红了呢？我都听敏学长说过他们。

晨晨也来了。

现在的我已经忘了第一首诗是什么了，只记得敏学长朗读时，我眼角的泪水比十一月的空气还要冰凉。他就那样站在上面，清晰的声音向猝不及防的我传来，卷起了我内心里的潮涨潮落。

他朗诵的是海子的《姐姐》。

姐姐，今夜我在德令哈，夜色笼罩
姐姐，我今夜只有戈壁

姐姐，我是戈壁上的一只骆驼。我在那里等你，却只等来了一场雨。

敏学长的形象越来越模糊。亦慈姐姐在我的心中逐渐复活。很小的时候，姐姐就爱笔墨纸砚这些东西，我的零花钱都去买吃的了，而她全都花在了这些上。我很是不解，她说，如果你不懂的话，就去读读诗歌吧。长大后的我听到了海子的诗，眼泪就涌出来了。姐姐，我终于明白了你所热爱的一切。

后来的朗诵我只听了一点。朗诵会还没有结束，我带着满脸的泪水悄悄走了，不知道敏学长有没有看到我。可我满心想到的就是，我只想你，姐姐，我只想你。

允萱来找我了。她约我到音乐吧见面。

她点了我最爱吃的意面，加足料的肉酱。我本来还想推辞，她又给我点了柠檬芦荟汁。

很长时间不见面了，一时我们找不到话头。饮料上来了，允萱点的蘑菇饭上来了，我的意面上来了，允萱终于顾左右而言他地说出来了："最近过得怎么样？"

我叉了一口意面，裹上满满的肉酱，听到她的话，右手就停止了动作："还行吧。"

她抿了抿嘴唇："他呢？过得怎么样？"

还没有等我开口，她开口了，似乎是对自己说话："我知道，他有很多任女朋友，但是，我知道他是一个好人。”

我忙不及地吃了一口意面，然后猛然点头。

允萱用叉子拨弄一下蘑菇饭，把目光放到窗外。看着她欲言又止忧伤的面庞，我好想拥抱她。就像当年我拥抱你，亦慈姐姐。

“你能帮帮我吗？”允萱突然的一句话，让我措手不及地回到了那时。亦慈姐姐敲打我家的门：“帮帮我，帮帮我！”我要开门，爸爸不准。

他们说，你疯了。

“你帮我打探一下吧。”允萱拨弄了半天，终于舀了一勺饭放进嘴里，“他到底在想什么？跟他在一起半年，我都没有明白。但我知道，他是你老乡，真心把你当作妹妹看待。如果不能从一个角度看事物，那就换一个角度。”

我没有说话，只是用叉子蘸上肉酱在白瓷盘上画画。

“你觉得为难吗？”允萱一把抓住我的手。和亦慈姐姐不一样，热乎乎的。姐姐，为什么你的手那么冰冷呢？

我依然没有说话。白瓷盘上出现了一朵肉做的花。

“如果为难，那就算了。”我听得出允萱的语气里有些愤怒。

“允萱，你看过《真草千字文》吗？”我突然冒出的一句话，让允萱无限意外。

“看过啊，宋老师要求的。怎么啦？”

我猛然叉起一团面，把那朵花涂掉：“没什么，问一下。”

允萱的眼神里闪烁着不解，我回避了她的目光：“你真的那么喜欢敏学长吗？”

允萱点点头。

亦慈姐姐，你也曾经这么笃定地向我点头。你说你会考得上的，叫我也加油。可是现在想想，你点头时的眼神为什么那么悲伤呢？

我们孜孜矻矻，就是为了让命运向我们点头吗？

答应了允萱后，我依然还是那样，独来独往，但和敏学长的互动多了起来，敏学长离开了允萱，追他的女孩更多了，敏学长很是烦恼，但是他对我的态度依旧很好。星期五和敏学长聊完后，我难得地涂上了爽肤水，BB 霜，穿上了唯一的高跟鞋。这是我高中毕业时妈妈给我买的，我一次也没有用过。化妆品或许已经过期了。

艺术楼三二三，艺术楼三二三。一路上我反复和自己说着。

宋先生的门是半掩着的，我轻手轻脚地把门关上，宋先生似乎没有意识到我的到来，凝神静气地写着毛笔字。写得比姐姐漂亮。我远远地望了一眼。

“你来了。”宋先生头也没抬。

“宋先生好。”我怯生生地说着。

宋先生抬起头，带着淡淡的笑意说：“‘先生’是古时对老师的称呼，你为什么要这么叫呢？”

因为姐姐啊，她就这么叫。

“因为，”我不知怎么来了勇气，“因为我们老家那儿的习俗还是这样叫啊。”

宋先生推推他的眼镜，把毛笔搁在了笔搁上：“你老家是在哪儿啊？”

“江苏。兴化。沙沟。”我一字一顿地说，我知道没有多少人知道那个地方。

“那是个好地方，千年古镇啊。”宋先生望着面前的宣纸，等着那个字墨干。

我和宋先生聊了好多关于老家的事，原来他去过。本来去看菜花节的，人太多改道，信车来到了这个千年古镇。他反复说，那是个好地方。

那确实是个好地方。那儿有姐姐。

“我看你对《真草千字文》很有兴趣嘛。”宋先生似有还无的笑容让我紧张的神经放松下来。

“是啊。”说了这句话后，我莫名其妙地沉入悲伤之中，就像那个晚上，我沉入了温热的湖水。

“一般的女孩子，对书法有兴趣，都会觉得《兰亭序》是第一选择。智永和尚是王羲之的第七代传人，他闭关多年临摹古人，终于写出了《真草千字文》，这是他努力的成果啊，你是不是也欣赏这种精神？”宋先生面前的墨迹已干，他小心翼翼地把它放在桌子一边。

突然袭来的悲伤让我说不出话，姐姐，为什么不是《兰亭序》呢？

宋先生看着我，我看着宋先生，良久，我回答说："我比较喜欢禅学，也喜欢永字八法。"

宋先生看出我并没有说实话。但他给了我一个亲切而又意味深长的笑容："是这样啊。我这儿也有关于《真草千字文》研究的书，如果你愿意，可以带回去看看。"

这时的我才注意到这个办公室的构造。朴实的一张大桌子，简单的一个大书橱，没有什么装饰，也没有什么现代设备。

回到宿舍时，我的背包里多了几本书。在我一个人吃饭，听音乐，看这些书的时候，我总是想起宋先生的笑容。

这次的书画社活动，宋先生没有来，社长说他有事。我内心无比失落，但我还是克制住了，拿着一支笔在角落里涂涂画画，旁边多了一个人时，我吓了一跳。是那个胖姑娘晨晨。

"晨晨啊，你有什么事？"我慌忙中准备搁下笔，笔尖一滴墨把一张宣纸给毁了。望着逐渐晕染的墨迹，我的心空落落的。

"小年，"晨晨笑眯眯地把《真草千字文》的临摹本给了我，"我看你喜欢这个，就要拿着字帖多练练。"我有些莫名其妙的欣喜，但还是不明所以。"你是不是认识敏学长啊？"

我老老实实地点头。

晨晨把她的嘴唇趴在我的耳朵上说："那你帮我把他约出来，好不好？"

我算答应她了吗？没有答应吗？那时的我只是太仓皇，而现在的我依然隐隐后悔。我们生而有罪，而孤单的我，只有面对

《真草千字文》的时候，才会留下忏悔的泪水。

书画社社长公布了一个消息，艺术系的教师们想要去春游，我们可以报名当陪伴的志愿者。这种活动我从来都不参加的，可是转身的时候，社长说了一句："我们的辅导老师宋老师也会去的。"

这是我第一次参加集体活动。想起宋先生淡淡的笑容，我就没有了以往对人群的恐惧，只有姐姐还在的时候的那种安心。

回到宿舍，打开电脑，敏学长的头像又闪烁起来。

敏学长的水瓶被偷了，放在热水池边上的，回来的时候，偏偏少了他的一瓶。敏学长没有拿别人的水瓶，所以他今天一天都没有热水。

"去跟舍友要点热水喝喝吧。"我敲打这些字的时候总有些心不在焉。

"没事，我还在自习室，旁边有饮水机。"敏学长发了一个咧嘴笑的表情。

生活什么时候变得这么艰难呢？我们没有生活在大饥荒年代，没有生活在战乱时分，为什么我们生活得如此不幸福？姐姐，如果你还在，多希望你发给我这样一个表情，那样我也会真心地笑起来。

还没有和敏学长聊完，允萱的头像又闪烁起来。

"小年，最近敏吉怎么样了？"允萱点了一键"窗口振动"，电脑为之一振。

于是，两个人对我开始了轮番轰炸。舍友不满地对我说了一声："不要开功放。"我才发现没有把耳机插在电脑上。

舍友很快就出去了，只剩下我一个人对着电脑焦头烂额。

不知道敏学长怎么回事，和我聊了这么久。而允萱也在不断地和我打探他的消息。眼睛累了，稍微一抬头，看见了宋先生给我的一张《真草千字文》，正服服帖帖地订在我对面的墙壁上。骨气深稳，神采奕奕。

亦慈姐姐，尖起圆收，方圆相参，向背结合，牵丝连接，藏露兼有，疏密浑成。这是《真草千字文》，过了这么些年我才认真地看这幅字。

你怪我吗？

聊天快结束的时候，我对敏学长说，这个星期六，在公交车站台等我吧，九点。我没有告诉他晨晨会来。这样做对吗，姐姐？如果允萱知道了会怎么样呢？不，我只有你一个姐姐。

敏学长的头像暗淡下去，允萱的头像依然闪烁。我想起了白瓷盘上的肉酱花。不是我的偏心，我只是一个不懂得拒绝的人。我有脆弱有不堪有七情六欲，我也在茫茫人世间寻找，也在茫茫人世间迷失。我看不见更远的远方，就不要把我当成摆渡人了。

头像暗去，一切都平静下来的时候，我想起了很多人，有宋先生，有敏学长，有你，姐姐。你们都有着淡淡的微笑，没有靠近我，只是离我越来越远，我伸手去抓，却掉进那晚温热却绝望的湖水。

至于晨晨与敏学长见面后的情形，我不得而知，因为从星期五晚上起，我就已经离开这个港口小城市了。

我被安排在小旅馆三楼，和另外一个志愿者一起，她叫玲玉。艺术系的老师们都在二楼休息。宋先生在哪个房间呢？我放下行李箱的时候，只想到这个问题。

旅程里没有安排我们今天的晚餐，本来出去吃饭想喊上玲玉的，她却说她累了，先睡一觉，而且她有零食。

虽说是郊区，其实人还蛮多的，因为小旅馆旁边就是一条小商业街。小商业街有一个广场，灯光很亮，我看见了一大群人在那里围观着什么。好奇心驱使我凑了过去。

艰难地拨开人群，我看见的是一个老者正在挥舞着拖把一样的毛笔，偶尔蘸上桶里的水，在广场地面上龙飞凤舞。

他写的是《兰亭序》。漂亮的小行楷，就像衬衫上的小领带，均匀而沉默地嵌在地上。可惜他写的“之”字，远远不如姐姐。可是姐姐对我说，她不是那么喜欢《兰亭序》的。也许天才总是太遥远。

老者写累了，毛笔上的水珠一颗颗掉下来，砸进悲哀的大地。

突然间，我看见了宋先生。他从人群中走来，和老者耳语一番，老者就把毛笔转交给了他。

宋先生没有立即写字，站了一会儿，他慢慢弯下了腰。

“無海取孤”。他只写了四个字。我知道，他最喜欢的就是这四个字，开合相当，参差有致。这是《真草千字文》里的四个字。

突然间，我好像明白了姐姐。只要努力，每个字都会有欣赏它的人。是这样吗，姐姐？那你为什么要做如此选择呢？

人群里发出了惊叹声。而宋先生握着毛笔，银发与黑发在他的头上显得无限绵长。有那么一瞬间，我都以为他就是智永和尚，穿越千山万水重重时光，来看我了。

我亲爱的宋先生并没有把毛笔交给老者，而是向我走来。

“陆小年，你来写。”宋先生站在我的面前，毛笔也横亘在我和他之间。

多少年来，想起那晚宋先生脸上柔和的光芒，我就想努力去忘记你，亦慈姐姐。谢谢你们不懈的光芒，照亮我孤单的影子。

宋先生怎么知道我也在这儿呢？他为什么要让我在公众面前写字？我没有问他，到现在我也不知道答案，但是朦朦胧胧中明白了一些。

面对宋先生给我的毛笔，我不敢伸手。人群静止了。时间静止了。连上帝都屏住了呼吸。只有宋先生，和不知所措的我。

不知过了多久，宋先生依然温和地看着我。此时的寂静就是大响，是我心中疾驰而过的风声。我站在原地，任凭时间的鸟儿啄食我内心的不安。

“写下你最爱的字吧。”我不敢看宋先生的表情。手在哆哆嗦嗦，脑子里满是亦慈姐姐练字时的模样。横撇竖捺，琴棋书画，油盐酱醋。姐姐的生活就像一件毛衣，罩在我冰冷的躯体上。这么多年我还是舍不得脱下，我亲爱的姐姐。

人群依然还是人群，众人却已经不再是众人。我扫视着这些我一辈子都不可能去了解的人，想起了开学时敏学长给我提箱子，迷茫时允萱为我打气，痛苦时脑海里浮现出的姐姐的笑容。于是，我接过了那支毛笔。

那晚我写了什么？众人反响如何？宋先生肯定我吗？我一直在回避这段记忆，因为它与我这些年的生命历程太格格不入了。但我写的一定是《真草千字文》，它已经是我人生的烙痕了，眼泪滴在上面，钻心的疼痛。

回到宾馆时，玲玉已经张着嘴巴睡着了。时间已晚，困意也在吞噬着我。等到第二天，本来我还在酣睡，玲玉把我叫了起来，我打开手机，发现了一条凌晨五点的新信息。是敏学长的，他说，我错了，对不起每个关心我的人。

我一个机灵，瞌睡全都醒了。于是我立即回了个电话过去，电话却已经关机。

那一天是去峡谷玩的，可是我一直失魂落魄，不单单是因为敏学长的短信，是因为亦慈姐姐的生日快到了。亦慈姐姐，五月二十三日，是吗？我不需要回答，我是想问问自己，够不够坚定地说出你的生日。

离那个令我愧疚一生的日子差三个月。为什么提到你的生日，我就想起那个日子呢？能不能，能不能让记忆慢下来，让你的形象在我余生里慢慢谢幕？

本来我们一行人是集体活动的，我走在宋先生的身旁，却不知道说些什么才好。志愿者们和老师们积极互动着，玲玉也在和夏教授讨论着一本我没看过的书。渐渐地我落后了。突然间，宋先生指着山间的一处老树下面说：“不要大声说话，那里有一只白鹭。”

抬眼望去，一只身形秀美的白鹭在山腰闲庭信步。高昂的头颅，修长的双脚，模模糊糊间我感受到了它微妙而出世的眼神。几只野鸟在树上叽叽喳喳，它却高贵地沉默着。我呆呆地站在原地，望着广袤的天地间一只停驻的白鹭。

宋先生被夏教授叫走了，我并不知道。后来宋先生和我提到过，我并没有怪他，只是无限地感激他让我看见了那只白鹭。

它飞走了。我的姐姐也不见了。

再看看身边，已经没有一个人了。那些野鸟依然不知疲倦地叫着，风吹过山野，阳光落满我起球的毛衣。我在广袤的天地间。

我已经记不得回头的路。山上的台阶苔藓遍布，有几次我差点滑倒。四周都是峭壁，峭壁上都是植物，植物都不愿意出声。那些野鸟停止了聒噪，静得怕人。

亦慈姐姐带我爬过孤山，我们市里的一座小山。那时候我还不愿意爬山，姐姐却说山上有孔雀。于是我就任劳任怨地跟姐姐爬上了山。那座山很矮，在我的记忆里却很高大。山顶上果然有一个小养殖场，但是人家说，他们早就不养孔雀了。那时候的我好难过。姐姐说，我会补偿你的。过了没几天，姐姐就送了我一幅画，上面是一只盛开得无比灿烂的孔雀。

孔雀，姐姐。你决心要像孔雀一样绽放，却成为我记忆里绽放又坠落的烟火。

四周灌满了寂静，让野鸟的沉默更加喧闹。灌木丛似乎沾满了露水，这是一场什么时候的雨呢？没有遇到这场雨，会成为我生命里的遗憾吗？天空不说话，上帝噤了声。我停下脚步，感受着周围升腾的水蒸气。仿佛回到了那个夜晚，姐姐的笑脸，温热的湖水。

睁开眼睛时，一只鸟从我视线里飞了过去。这时我才明白，我的脚下就是深渊。我正站在峭壁的台阶上。风钻进我的发丝，犹如我那单薄苍白的过去，正恣意地飞扬。我不害怕，我没有害怕过，姐姐。

虽说是五月，栏杆的温度还是很凉。我的双手垂在上面。远处似乎有溪水在流，几只山猫垫着脚尖在走，一双不知名的脚上了楼。我的双手垂在上面。没有声音能打扰到我，只有姐姐的声音萦绕在耳畔："小年，我们去放风筝吧。""小年，来听听我的古筝，给我打气。""小年，女孩子还是要买些白裙子穿。"小年。小年。小年。如此轻柔的话语逐个地消失在我的耳朵里。

风拨弄着树梢，犹如当年野草蔓过你的眉尖。姐姐躺在草地上，身边是一本书，还有不懂事的我。大人们都说我是你的跟屁虫，可是我乐意。“亦慈姐姐，你身上青草的味道，真香。”姐姐笑而不语。风把书页一页页地翻过去，你看着天，我看着你。静静的下午，风穿过我的指缝。

峭壁上树梢的一滴雨水落在了我的脸颊上，仿佛是打了我一个耳光。我的双手垂在上面。只要我越过这个栏杆，是否就能看见你了呢，姐姐？

雨水越来越密集，我错过的雨终于不期而至。亦慈姐姐，我记得那天你出现在我的学校门口。大雨倾盆，你浑身也湿哒哒的。“给你。”是那把长柄的黑伞，我不喜欢。“我好不容易带过来的。小年，别淘气。”姐姐的眼睛比雨水还要闪亮，就在那一个瞬间，我接过了雨伞。那把雨伞陪了我很多年，每到大雨的时候，我都会撑起它。那时爸爸妈妈还在工厂里干活，考勤很严，我也没人管，只有姐姐，用无比温柔的声音对我说，你不孤单。是啊，姐姐，现在我一个人站在天地间，只是想你。

我的双手垂在上面。我的右腿犹犹豫豫地悬起来。这个栏杆不高，很容易就能跨过去了。跨过去，松手，自由落体，我的悲伤就能绽放成血色杜鹃。

姐姐的笑脸一遍遍地在我的脑海里回放。我浑身已经湿透了。雨水像墨汁一样晕开了一切。真像姐姐书法课上的起笔落笔。为什么是《真草千字文》呢？雨水顺着我的脸颊、锁骨、手臂欢畅地流着。然而，姐姐的笑脸在慢慢地淡去，另外一个人逐渐从记忆深处走来——是宋先生。他抓笔的姿势，他书写的认真，他淡淡的微笑，那天，我去他的办公室，宋先生正在练字。

我来了，宋先生对面的办公桌上铺着宣纸架着毛笔。宋先生只是简单的一句话：“你也练练吧。”《真草千字文》从来没有如此鲜活地出现在我的宣纸上，仿佛它就是我生命里遗失的那部分。

他们找到我时，我的衣服紧紧贴在身上，我快要窒息了。迷糊间，我感受到的是宋先生在扶着我下山。他身上有好闻的墨水香气。

他们把我送到了最近的一家医院，检查完，医生说只是发烧而已，安排我打点滴。老师们松了一口气。本来是辅导员张老师陪我的，后来宋先生来了。

夜晚的医院跟那个山谷似的，静得怕人，只有结账时发票机“突突突”打印的声音。我和宋先生彼此间保持着透明的沉默。我抬头看着吊瓶里的水一点点地减少，却不知道怎么打破沉默。

“有些事，不要太执着就行了。”宋先生的声音传入我的耳朵，措手不及的我望向他，他的眼神清晰而睿智。

我一时词穷。

宋先生没有等我的答话：“和你接触起来，觉得你是一个太执着于过去的人。你知道吗？你最爱的《真草千字文》的作者，智永和尚，就是放下了一切过去，才能写出这样的作品来。你知道我为什么叫‘止学’吗？那时我家很穷，爸爸妈妈已经花钱让我几个哥哥上学了，没有精力再让我上学。所以我叫止学。可是，即使是名字，相伴一生的名字，你也可以改变它带来的命运。我一直在偷偷学习，学习功课，学习书法。一切都是变化的，只要你不再执着于过去，向前看。”

我望着宋先生，血液正在渐渐地回暖。

“书法讲求继往开来，独一无二。许多人模习别人，悟到了里面的真谛，成就了独一无二的自己。有些人只能囿于过去，成为效颦的东施。人的生命也是这样，过去就是一张字帖，如果你一味重复而非感悟，那你也只能活在过去了。”

宋先生的话悠悠地传了过来，我低着头不说话。医院里空荡荡的，值班的护士也不见踪影。

宋先生在看着窗外。我低头。宋先生在看着窗外。我抬高目光。宋先生在看着窗外。我吻了他。

他没有像我想象中那样一脸惊诧地望着我。他的表情淡淡的，没有愤怒，没有悲喜，没有令人生畏的威严。

我也一脸平淡地望着他。在很远的远方，一朵花落在了水面上，涟漪盎然，但很快也消失不见。

那晚我们再也没有打破沉默。

导游叮嘱我在宾馆休息一天，然而我顽强地坐在了车上，又回绝了几个老师的好意。我准备从包里拿出点面包当早饭，玲玉却出现在我的身边：“嗯，刚出炉的烧饼，来一个吧。”我接过来，烧饼还有暖暖的温度。

我刚要问，玲玉就露出甜甜的笑容：“早上我起得早，就去散了个步，沿着前面这条街往东走，有一家阿婆烧饼。是个老婆婆做的，她说她都七十六了呢。阿婆看上去没有那么老，炉子的炭火也不烫人，天已经亮了，真好。想着你没有早饭吃，就给你带了一个。”烧饼是梅干菜馅的，我大爱的味道。

路上我靠着玲玉的肩膀睡着了，在这之前，我们说了好多话，仿佛彼此已经是多年的老朋友了。只有那段时间，我没有想到你，姐姐。

“小年，小年？”玲玉拍拍我的肩膀，我仰起头看着她。她在笑，牙齿像一排碎银。

回程的时候，敏学长的电话终于开机了，但还是不接电话。车窗外的风景风驰电掣，我的内心忐忑不安。其他志愿者几乎都睡了，我怎么也睡不着，准备发短信给敏学长。这时电话响了，是允萱的。

车内很静，玲玉也睡了，我尽量小声地和允萱谈话。允萱说，敏学长已经几天不来上课了，社团也不参加，打电话也没有人接，允萱急了，就想问问我到底怎么回事。我犹豫着要不要告诉她短信的事，可是电话里允萱像没有了方向感，内心有多挣扎我都听得出来。

手机没有了声响的时候，我们的车路过了一个湖。到底是什么湖，我也不清楚，只记得它很白，比天空还白。无论有多白，到了夜晚，统统都是黑色的。那晚的湖水啊。我眼角渗出了眼泪，突然有一只手拂去了这滴眼泪。我回头，是玲玉。

她没有说一句话，只是看着我。和我一样的黑色眼眸，多像永不相见的长庚与启明星。

湖水远去，我拿出了随身携带的《真草千字文》，无论悲伤或快乐，我都想让它相伴左右。

我看着字帖，就像看着曾经的亦慈姐姐。夕光越来越淡，宋先生的话又一次在耳畔响起。姐姐，姐姐。我们会不会有别离。

要毕业了，也许敏学长去找工作了吧？况且下个月就离开学校了，也许课程不那么重要了吧？我不断地安慰自己。可是我还是站在了他们的宿舍楼下。

我给敏学长发短信了，不知道他有没有看到，或者说，不知道他有没有说服自己。

等了很长时间，五月的风让人温暖又感伤。在我正准备默默走开的时候，手机震动了。是敏学长的短信：我很好。我错了。

回到宿舍，我看见了钉在墙上的《真草千字文》，它不说话，它沉默，它不愿意说出命运的箴言。姐姐说，书法并不仅仅是给人美感的东西。可是，我一直不知道她的下半句是什么，她没有说出来。

姐姐，你给我一个谜面。

我还一直上着“中国书法鉴赏”，我也经常去书画社，只是我再也没有去过宋先生的办公室。宋先生依旧淡淡地笑，有时候他的眼神掠过我的额头，坚定而慈祥。我买了墨水和宣纸，在宿舍里一个人临摹着《真草千字文》。敏学长似乎已经销声匿迹。允萱也渐无消息，后来我才知道，她正在申请出国。

知道了敏学长的消息时，我拼命地打电话给他。他不接，也不回。只是过了三天，我收到了一张明信片，是他在西双版纳寄给我的。他说他会去很多地方。他说过一年他会回校读大五。他说他对不起许多喜欢他的女孩子。他说他对不起晨晨。他说，他不等她了。

很久以后，我在校园里遇见过晨晨，她身边有一个黑黑的男孩子帮她背书包。我想和她打招呼，可是还是默默躲开了。我也听说了那些传言，晨晨去医院住了一个月。她去医院的时候，敏学长就彻底和我失去了联系。有人说晨晨去流产了。有人说只不过是普通的妇科病。那又怎样呢，我遇见晨晨他们的时候，他们脸上都洋溢着幸福的笑。

允萱后来联系了我几次，我们谈天说地，心照不宣，没有人提起敏学长。允萱快要毕业那天，给了我最后的、简短的电话。她去澳大利亚了，不回来了。

六月中旬了，“中国书法鉴赏”结课了。宋先生讲完了最后一个字。我坐在座位上久久不愿离去。宋先生看见了我，脸上依然是淡淡的微笑，他没有说话，只是在黑板上写下了草书的“放下执念”。他走了。我生命里那淡淡的笑容，永远定格了。

记忆里姐姐模糊的笑容也是这样，再也没有出现过。

期末的考试论文一桩桩袭来，我好累。书画社依旧还开着，没有了敏学长，没有了允萱，没有了晨晨。即使他们都是我生命中的过客，但也曾给我一瞬间的温暖。可是，宋先生也不再来了。

星期五下午其实是有考试的，然而我冲进了宋先生的办公室。门没有锁。而门内，书籍全部没有了，书桌上也空空荡荡。保安说，宋先生去美国生活了，他女儿接他去的。

宋先生借我的书还在包里。我把它们一一在书橱里排放整齐。抽屉里还有几张残了的宣纸，几只炸毛的毛笔，剩了一点的墨水。

把宣纸铺放整齐，毛笔沾上墨水，我开始凭着记忆写《真草千字文》。没有任何停顿，就像我的亦慈姐姐。那年，她没有考上中国书画院，难过的样子就像疯了一样。爸爸妈妈不准我和她接触，不仅是认为她疯了，也怕下一年高考的我沾上晦气。一个暑假，整整一个暑假，姐姐用一个暑假写完了《真草千字文》，在最后的角落，写下“给小年”，然后血染红了宣纸。她把写下这些字的毛笔底端削尖，刺向了自己的心窝。

我郁郁寡欢了一年，高考也落榜了。那晚，我走向温热的湖水，可是水快要淹没我头顶的一刹那，我又退缩了。我的姐姐，我做不到。我的姐姐，现在我才意识到，我多么爱这个世界。我的姐姐，从此你的笑容只能出现在我的记忆里。

一张宣纸写完，泪水在上面晕开得比墨水还要快。我拿起了最后一张宣纸。这次不再是《真草千字文》上的字了，而是端正而飞逸的那四个字，宋先生写在黑板上的，那四个字。

玲玉约我六点去图书馆自习的，时间快到了。窗外的夕阳缓缓落下，世界一片温暖开阔。我把写下的字都留在了那儿，只带走了最后一张。

亲爱的雪塔

那天我心情不好，老板又给我加了一项任务。下了公交车，我顶着瑟瑟秋风走向出租房。楼底下，一道神迹般的光芒莅临面前。

破烂的楼房下有隔得整整齐齐的不锈钢壳邮箱。

不锈钢邮箱正在调戏久久不愿离去的夕光。

我呆呆看着橘色反光，看了好久，就像我看着他那棱角分明的脸。手缩在口袋里，突然就触碰到了那一枚钥匙。这是3B房东丢给我的一串钥匙，里面有一枚晶莹的小型钥匙。我试过了，房子里没有一个锁孔是留给它的。

左不过是电光火石般的念头。属于3B房的邮箱打开了。

里面是厚厚一沓信件。

从一楼到三楼的过程，我一直脸红心跳，害怕别人看穿我手里一沓信件不是我的。

3B房的收信人名字叫“雪塔”。

很好听的名字。我打开了最上面的信件。

亲爱的雪塔：

见信如晤。

等不到你的消息了。恐怕这是最后一次给你写信了。当然，你也知道，我这句话说了许多次。可是，你有没有想过，重复多次的事情也会戛然而止吗？每天的牛奶会因为没有续订而不见，每天的报纸会因为放假而消失，每天的爱每天的思念也是如此。

我还是找不到多多。记得你还在的时候，我把多多抱回来，你开心的样子。它也离开我好多年了吧？我以为，它去找你了。

那时你还给我回信，说它没到你那儿。后来你的回信越来越少。

你还是嫌我啰唆吗？就让我对着白纸啰唆吧。想你的时候，我是一尾鱼，吐出的泡泡也是没有结束的省略号。

你说得对。上海才有发展的机会。所以你离开了我。过了这些年，我终于发现，原来你已经离开我了啊。原来你已经离开我了啊。“离开”，真是个残忍的词语。

好了，不和你啰唆了。我觉得，这真的是最后一次啰唆了。可是我找不到分别时说的话。

再见。还有，有了多多的消息，一定要告诉我。

爱你的明

2004 年 9 月 23 日

那天我没有拆开第二封，只是把信封按照日期前后码了一遍。那个叫“雪塔”的女孩也许早搬走了。我的内心有浪花微动，却找不到风的来源。

其实那天我还忙着做老板布置的任务。有了这沓信，我忘记了任务，甚至忘了去买菜，只能简单酱烧豇豆。这是妈妈教我的，她说女孩子出门在外，总要学几道菜“防身”的。想到妈妈在厨房忙活的样子，我的眼睛就渗出了一点点泪。举起手擦拭的时候，我又想起了他。

后来，那信上有了点酱印。总是不小心，总是要人照顾。

任务并没有完成，老板要求我重做。我垂头丧气地离开办公室，里面一阵窃笑。我看着我孤独的影子，就想到了公交车外的他，孤身一人望着我，一遍遍地挥手。再见了。祝你一路顺风。这些话他没有说出口，只是挥手，脸上带着笑容，笑容里带着云翳。

那天我一个人加班到了九点。电脑边的盆栽随着窗外的风而摇曳着。我起身关了窗子。以前上学时，他坐在窗户边，夏天热了，他会大开窗户，有时候还会偷偷从家里带点冰箱里的冰块来，塞在窗棂中，热风变冷了，我的心情也就舒畅许多。冬天的时候，他会带布条来，堵住所有风可以进来的路。

回忆汹涌的同时，电脑屏幕暗淡下来。意识到这点，我又把自己完整地扔进了工作里。

回到家又是十点多了，我还没有吃晚饭。本来准备叫 KFC 外卖的，后来忙着忙着就忘了。可是没顾上吃东西，没顾上热水澡，我拿起了最早的那封信。日期在二〇〇二年十二月。

亲爱的雪塔：

见信如晤。

上次你说想念家乡的米饼了，我特地去了你爱吃的那家，结果才知道他们上个月搬走了。人世间的际遇不都是如此吗？刚来的等不到先走的，然后也成了先走的。你看到这些字的时候肯定又在埋怨我，空谈大道理。你不要怪我，一个人在外面，多知道些道理，总是有用的。

今天我去看望了阿姨，她还是和原来一样，忙进忙出，银发纷飞。她又给我做了一袋青菜饼。她说，以前你在家的时候，不肯跟她学做饭，现在好了，去大城市吃垃圾(不要生气)去了。我也只能傻傻地笑，想起你那时温柔又不肯的模样。

家里的狗粮要到期了。多多到你那儿了吗？

爱你的明

2002 年 12 月 18 日

我把信纸叠好放进了信封里，心里倒是有一些内疚和遗憾。内疚在于，我居然私自拆别人的信，而且到了第二封才意识到；遗憾在于，十年前，雪塔，你为什么不看信箱了呢？

我把信放进书桌的第二个抽屉。关上抽屉时，电话铃响了，是妈妈。

“妈妈，我很好。”无论多累，我都努力让妈妈定心。妈妈还是和我絮叨了半天，我都“好”“好”地答应。电话出现了语言空白，像是妈妈犹豫了半天，她说：“中秋节，你回家一趟。”

可是，中秋有重要的出差，现在我还拖欠两个客户的 PPT 没有做。拿着电话筒的我，不知道如何回答。

“唉。”妈妈叹了一口气。我像是一脚踩空一样，心底晃悠悠的。

我和妈妈解释了一会儿，妈妈不出声。当我唇焦舌燥的时候，妈妈纤细的声音传了过来：“他要结婚了。希望你去一下。”

我不知道后来自己说了什么，怎么结束电话的，我只知道，他要结婚了。

早晨起来，我没有发现我的泪痕。到了公司，王姐问为什么我不洗脸，这时我才意识到自己的形象有多差。

去卫生间洗完脸，我用了 BB 霜。BB 霜是我在网上买的，这牌子有一个“朗”字，是他的名。买回来没有用过几次，却一直放在我的包里，像是护身符。

然后我昂首挺胸去了部门经理室。我要去请假，为了中秋节。或许这是最后的告别了，我要漂漂亮亮地出席。

部门经理瞅了我半天，没出声。后来他忍不住笑了：“难道你请假不说明理由吗？何况这个会议如此重要。”

窘迫如我，一句话说不出来。

不知过了多长时间，温和的部门经理发话了：“其实我也能理解。法定假期加班不应该，何况是中秋节。这样，你给我一个理由。”

我的脑子瞬间被无数的词汇挤爆了，好半天才憋出一句话：“妈妈……团圆。”

后来我的假期被批准了。回到出租房的时候，我心情倒是不坏。吃完凉拌茄子，我打开第三封信。

亲爱的雪塔：

见信如晤。

我已在附近的每个角落贴上寻狗启事了。这次满心希望它能被我找到。找到它后，我要抱着它，告诉它我多么想它。

你知道吗？天气阴寒，我的膝盖又疼了。你离开是对的，离开这个寒酸逼人的地方。膝盖疼的时候，我就一直在等你的回信。老是不来，我的膝盖就老是疼。没完没了。也许你太忙了，也许我的信你没有收到，或者是其他可能呢？我说服了自己的小心眼。

你肯定又怪我说了一大堆废话了吧？可是，除了诗人，每个人都在白纸上写下了无数废话。你知道吗？我心里有一把火在舞蹈，在人情薄凉的冰刃上舞蹈。

唉，本来想再写点，可惜膝盖又疼了。你知道那位专治风湿的老中医去哪儿了吗？

对了，我依然在景程小学教画画。

我等你的回答，即使你说不知道。

爱你的明

2003 年 1 月 19 日

不知道过了几日，再过几天就是中秋节了。每天，洗脸刷牙上班，打卡工作下班，我唯一的乐趣就是回家，坐定，看一封写给雪塔的信。

雪塔的信。雪塔的信。乘车前我一直在念叨。我带了三封。我怕明天赶不上车。

车站人山人海，到处是汗味和甜得过分的玉米味。我挤在忙忙碌碌的人群中间，不知道为什么，我想找到雪塔。

本以为这种念头稍纵即逝，随着缓慢的指针一点点挪动，这种念头就像肿瘤一样在我的身体里扩大。我自愈不了，只有让它相伴左右。

本来五点半的车，晚点了一个多小时。肚子不甘愿地叫屈，我才意识到我还没有吃饭。可是又能怎样呢？我被裹挟在人群里，被面无表情的他们带上了车。还好我是靠窗的位置，光线好，还可以看风景。

亲爱的雪塔：

见信如晤。

你已经很长时间没有和我联系了。但愿你能看到我给你写的信，但愿。

最近不要乱跑知道吗？市里拉开了“非典”的防卫战。本来半个月前，我已经鼓足勇气去找你，可到了车站，就被拉去体检了。其实没什么，只觉得有点屈辱，我也没有走成。

哪儿也不能去，我就在家里看电视。有你的东方卫视，里面的主持人笑得好甜啊，但还是不如你。我想起了你在的时候，我们一起在沙发上看电视。有一回你看见了东方明珠，你说，你早晚都会亲眼去看看。不知道你的愿望都实现了吗？啊，我问得好蠢，你肯定去看过了。那里的江水怎么样？是咸的吗？眼泪流进嘴里，恐怕比海水还要咸吧。

保重自己。一定要保重自己。别到人多的地方了，我听说别的市里已经有“非典”携带者了，还有人成了植物人，甚至有人死去。到处都弥漫着恐慌，每个人都像风中的塑料袋一样，失去凭依。

不聊“非典”了。

过了这么些年，我知道，画画没有带给我快乐，却带给了我的厌倦。很想开一间深夜的食堂，和心爱的人（当然是你）每天在厨房里忙活，没有菜单，没有标价，有人来了就做他们喜欢吃的，付账，让他们自己定夺吧。满是污垢的一元也行，散发芬芳的野花也行，纸边都翻卷的杂志也行。只要你来。

我知道，你还是会笑我幼稚。

好了，就这么多了。注意看周围有没有多多。

还有，没事别出门了，多吃些板蓝根。

爱你的明

2003年6月8日

“非典”那年我们在做什么？我在脑海里搜寻了好久。

那时，我还有他。他坐在我身边，讲着那些不好笑的笑话。我敷衍地笑笑，他讪讪地笑笑，青春的日子就过去了。有一天他理了个板寸，我笑了，他也开心地笑着：“终于看见你真笑了。”

也许婚礼上又能见到他的笑容了，但不再属于我。我紧紧抓住挎包的带子，心有些痛。那儿被人挖了一块肉。

等我清醒过来，我已身处婚庆的饭店。我被安排在二桌，周围是一群陌生人。没想到如此多跟他有交集的人，却和我是平行线。缘分是上帝的鸡毛掸子，扫过我们无知天真的脸庞。

看见他的时候，阳光播撒得均匀而多情。他那棱角分明的侧脸，我看见了。

同时看见的，那双整洁的大手啊，那双曾经握过我的大手啊，正轻轻地把新娘的手牵着。新娘很美，这是女人一生里最美的时刻，而当初的我现在的我，多么希望这样的时刻，属于我和他两个人。

深吸一口气，我强行扭过自己的头，却看见婚宴餐桌上的冷菜小枣。甜甜的凉凉的，很像记忆中他逐渐远去的笑容。

听过他们的答谢词后，周围的人都动起了筷子。我手中的筷子犹豫不决，这是竹子做的吗？或者是黄杨木？

腾腾冒着白气的热菜端上来了，眼前的一切逐渐变得模糊，变得渺小，变得越来越不切实际。

亲爱的雪塔：

见信如晤。

我难以表达我的思念之情。如果诗人等不到风，哲学家等不到太阳，我等不到你，那活着有什么意思呢？难道生命只是一场漫长的等待，等待归期等待死神莅临等待我们的故事消失在故人口中吗？我没有想明白，我笨。

我不想写太多。我要告诉你的是，我要去找你，我要去找你！我这就去，我现在就去，我放下笔就去！

等我。

爱你的明

2003 年 7 月 16 日

我这就去。我的脑海里单曲循环着这四个字。我这就去找你。

我站在了新郎的面前。他朝司仪笑，也朝我笑。

新娘看起来很普通，戴上头饰穿上婚纱还有点居家女人的味道。我用余光审视了一下自己，白T牛仔裤。我还是如此简单。生活到底改变了什么？鱼尾纹又多了一道，法令纹也初现端倪，就连公司里打字的小妹，都开始叫我姐了。生活到底改变了什么？

“你来了。”尴尬的沉默还是他打破的。

我温和地一笑，再也没法找到合适的词形容自己的心情了。

“在上海工作应该很忙吧？实在不好意思叫你回来。还是犹豫了半天，在街上遇到了阿姨，脑子一热就说出来了。”他怔怔地看着我。新娘正在敬酒，司仪正无聊地翻手机，大家热火朝天地吃着，就剩下我和他了。

“本来也想和你聊聊的。QQ被盗了，微信我还不会玩，小城市的人不喜欢玩这个。有你手机号想联系你，才发现你换号了。”我看着他薄薄的嘴唇，出了神。

大厅水晶灯的亮光照在他低垂的睫毛上，无限忧伤。

你知道吗？此刻我多么想上前一步，把你紧紧抱住！

这是雪塔信里的一句话。可是我做不到。

后来我记不清了，我说了什么？我回答了吗？或者只是傻笑？风来了，他到了我身边；人流涌过来，他又被带走了。留我一个人浮沉。

到了回上海的车上，我才意识到没有吃饱。翻着妈妈给我的一袋东西，里面有一瓶矿泉水和一袋面包。面包很松软，但是发酵粉多了点。矿泉水有点凉，但泪水是热的。

窗外的风景像霓虹灯一样闪烁，我歪着头，继续阅读我的雪塔。

亲爱的雪塔：

见信如晤。

我想我等不到你的回信了。我也不想再猜各种可能性。

前几天，我贴在电线杆上的小告示有用了。有一个人打电话，说找到多多了，在流浪狗收养所。我赶过去，结果不是。那么多无家可归的狗，眼巴巴地仰望着我，我好难过。仰望就能把眼泪吞进眼睛里了吗？那我想你的时候，就看星星吧。

那个调皮捣蛋的孩子转学了。他在的时候，我老是头疼，他爱在我的画画课上说话，把画纸折成纸飞机，还把颜料擦到前座同学身上。可是他离开之后，我的课也少了生趣。

“非典”越来越严重了。你们那儿怎么样了？楼上的秦老头感冒了，是我扶着他，把他送进市医院的。这不是勇气的问题。他的儿子失踪很多年了。

和你说了这么多杂事，真希望你也和我分享你的生活。你离开三年了，多多离开有一年了。我真心希望你们都能过得幸福。

不说了。今天画画抓笔姿势不对，右手有点疼。

你也早点休息。

爱你的明

2003年9月20日

我拿信的右手在抖，也许情绪过于激动。车窗外的风景火花一般嘶嘶而过。

车子颠簸一下，我猛然惊醒。多少年了。

后座的两个大叔还在侃大山，吵死了。但是困意袭来，我眯着眼睛，睁开眼睛时，上海到了。

回到出租房，我趴在了床上。天花板看起来有点咸。

沉沉睡去。

第二天，王姐说我又没洗脸。我来到卫生间，自来水的凉意让我打了个冷战。洗完脸，我的手放进包里拿 BB 霜，忽然想起，好像忘在老家了。

这一天过得浑浑噩噩。回到家，举起老旧的淋蓬头，想到了你——雪塔。我要去找你。于是没沾水，裹着浴巾看起了下一封信。

亲爱的雪塔：

见信如晤。

今天中午我炒了韭菜炒蛋，喝了点小酒。我的学生强强的画得了市里的三等奖。我迫不及待地要和你分享我的喜悦。

听说你有手机了。我也不想隐瞒，是阿姨告诉我的，我又去了一趟。阿姨做了萝卜丝饼，听说你以前很爱吃，于是我吃多了。味道真的很好，真希望看见你贪吃的样子。我们这儿还很少有人有手机呢！

我奢望，能不能把号码给我呢？感觉自己很无趣，可是我想你。

想你。想你的眼睛，曾经里面有我的影子。

你肯定也腻味了吧？有个人在你耳边说着那些老掉牙的话。我决定了，这是最后一封信，以后我就再也不写给你了。

今天的韭菜炒蛋盐放多了，不停地喝水。

齁住了。没有你，真不行。

爱你的明

2003 年 10 月 24 日

忽然僵住了。甩甩腿，左脚却像电击一样，一阵麻麻酥酥的感觉通向全身。明天还有一大堆事情要做呢。我这就去找你——雪塔。

第二天我早早醒来，打电话给房东，房东说我的前房客的房约一直到二〇〇四年九月，钱早付清了。我又给有过几面之交的公安朋友打电话。

忐忐忑忑的心情持续了一个白天，快下班的时候，公安朋友告诉我，他上网搜过了，查无此人。

回到出租房，邻居詹老太正坐在楼下逗弄她的猫。我抚摸着猫柔软的脊背，和詹老太攀谈起来。

真有一个叫作雪塔的女孩，住在我的出租屋。詹老太还见过她在楼底下拿信呢。可是过了“非典”那一年，詹老太再也没有见过她。

当我准备回屋子时，詹老太叫住了我。她说，等我找到那个女孩，告诉雪塔，借给她的碗，记得还回来。

这几天，陪伴我的只有写给雪塔的信。一个字一个字地读，一个字一个字地在叹息。故园的雪花落在信纸上了，我亲爱的你，看见了吗?

突然，他在电话中对我说，他要来了。

左不过是一个电话，让人心慌意乱，人仰马亡。

我呆立了好久。恢复正常后，我用平静的语调说：“那个，你来干什么?”

我似乎看见了他尴尬的笑：“我一个远方亲戚要办事，我去一趟。想想上海的熟人就是你，我……我，你有空吗?”

我提前把所有要做的工作都完成了，然后求了王姐，把值班卡丢给她打。

就等他了。

风尘仆仆的他提着一大包东西来了。我自然而然地准备接过去，他停顿了一下：“我自己来。”听到这句话，我就沉默了。这块沉默一直在那儿，直到到了出租房才融化。

“这是你妈做的辣椒酱，托我带过来的。”他的手上有带子勒出的红印子，配着手上满满两罐的辣椒酱，红得很喜庆。

我的手抖了一下，他抓住了我的手，又放开了。

辣椒酱稳稳当当地放在了小厨房的窗台上，我和他也稳稳当当地坐在了餐桌前。不算餐桌，只是我把书桌腾出来了而已。上面有一碗酸菜鱼，以前的他最爱吃了。要是他换口味了，这条鱼怎么办呢?

“生活还习惯吧?”居然是我先开口。

他细细地吮着筷子上的鱼。我干巴巴的语言在他的耳朵里撞来撞去，他放下了筷子："怎么说呢，还好吧。"

我们都默默低下头吃饭。良久，似乎酝酿了很久，他说："本来不想麻烦你的，但还是劳烦了。我办完事就要走了。"

我低着头不说话，饭碗里的米粒和我大眼瞪小眼。

"待多久？"我轻轻细细地说，恍若一根游丝。他似乎没听见，愣愣地看着我。"待多久？"我又说了一遍。

"说不定啊，"他的筷子接过嘴里含着的一根刺，放在了桌子上，"一两天吧。我马上去找宾馆。主要还是把阿姨的东西带给你，顺便看看你。"

我心不在焉地用筷子拨弄着米饭。沉默像一只羔羊，一只待宰的羔羊。

"别走了。"这句话跳出来时，我自己也吓了一跳。

他没吭声。羔羊已经被杀死了。他还是不吭声。

他还是找到了一家小宾馆。晚饭的时候，我把剩下的鱼肉吃了，打开写给雪塔的信。

亲爱的雪塔：

见信如晤。

我发誓这是最后一次给你写信了。这不代表我放弃你了，我的心是一间空房间，自从多年以前，你走了出去。你从左心房出来，却没有到右心房里去。过了这么些年，我终于明白，你走了。

我们学校要校庆了，我准备让孩子们画画他们的学校。

你没有回来，多多也没有回来。今天我又去流浪宠物收养所了，里面的小动物都以为主人来接它们了，翘首以待。看见我的时候它们一定很失望吧？于是我做了一个我自己都没有意料到的决定：如果下次我到了收养所，多多还没有回来，我就会收养一只有眼缘的流浪狗。

还有好多好多要和你分享，可是学校打电话叫我去忙校庆的事了。

觉得孤单的话，看看窗外的月亮吧。我会凝视它。那是我们的目光交汇点。

爱你的明

2004 年 3 月 3 日

把信放在残留着鱼味的书桌上，我回身去了阳台。那儿有月亮。

敲门声响起来的时候，我迷迷糊糊准备开门。突然想到今天是周六，难怪我睡了那么久。可是敲门的人是谁呢？

是他，手里还拿着两个鸡蛋饼。

“没吃早饭吧？路上正巧遇见了，给你买了一个。”他的脸上略带尴尬。

我解围般地笑了一下，接过了他的饼。

你为什么还要来呢？我这就去找你。

吃完鸡蛋饼，洗洗油腻的手，才发觉自己还穿着睡衣，我的脸上也写上了尴尬。我正准备去卫生间换衣服时，他却说话了：“我要走了。”

“去哪？”我下意识就说出来了。好像我是他爱人似的，这让我无地自容。

他却镇定自若：“去青浦办事。刚刚我打电话询问了，很快就好了。现在来和你打招呼，我办完事就带着行李直接回家了，不要送我。”

我一时语噎。

他后来就走了，没回来。

那天我读了好几封信，再打开电脑，一遍遍播放着哀伤的音乐。音乐舒缓悠长，带我回到从前。

那时他的校服上总有阳光的味道，他的发线里总有青草的影子。打篮球的时候，我坐在树下的凳子上等他。风来的时候，我会扎上一束丝巾。有一次，我的丝巾不见了，最后发现被风吹到树上了。

我跳啊蹦啊，就是够不到。就在我没辙的时候，他带来了篮球，朝着丝巾一扔，篮球下来了，丝巾也下来了。

“好脏。”我嘟着嘴说。

“脏什么。”这是你对多多说的第一句话。那时多多不过是路边的一个小脏团，你却把它带回家，给它洗澡给它吃饭。在出租屋与多多一起的日子，你还记得吗？

我还记得他总是爱朝着老师傻笑，老师对着他喊：“你笑什么呢？”他还是在笑。下课了，我问他为什么笑，他说，幻想老师头发翘起来的样子。我说，你好无聊，怎么这样。他看见我有点愠怒，于是跟我解释了一遍又一遍，只是幻想，只是幻想。

难道你回来只是幻想吗？我在阳光下呼唤你，只有风无情地刮过。我在大海边呼唤你，海鸥却成了呼喊声里的逗号，让我的思念无法连贯。你肯定不耐烦了吧？有一天你会明白，生活需要耐心。

“耐心！你根本对我没有耐心！”那是我与他的第一次吵架，他愤怒地把我的课本摔在地上，我把他的笔记本撕了。这成了全班观战的大事件，别的班的人也来了。老师把我们请到了办公室。我低着头不说话，他直直地看着老师。老师吼道：“到底怎么回事！”他昂着头说，没什么。

没什么。只要你过得好，我没什么不愿意的。你走的那天，盆栽里的仙人球还好好的，我一直在照顾它。可是昨天我去看它，它像一颗泄了气的皮球，里面烂了。现在我才反思。一切都有业障一切都有限度一切都有让我们无言的理由。所以，对人对物，只要你过得好，我没什么不愿意的。

只要你过得好，我没什么不愿意的。音乐声慢慢远去，我似乎回到了我出生的地方。那儿有我爱的人，有爱我的人，和那些不能再爱我的人。

回到单位，我把自己扔进了一大堆繁忙的工作里。可是文件交给秘书的时候，举起水杯喝水的时候，手悬在键盘上思考下一个字的时候，我都会想起你，雪塔。我多么想找到你，雪塔。

那天我又要加班，我不想那么晚看到你们的故事。办公室里的人像水里的浮标一样沉入人海，只有我一个人，敲打着寂寞的键盘。隔壁隔间的灯光熄灭了，我打开了那封信。

亲爱的雪塔：

见信如晤。

你说，为什么写下的字就已经存在于纸上，就如同火车呼啸而过，离别不可重来呢？

我还是很想念多多。记得那年多多生病的事吗？大夫说它没有几个月了，然而我们并没有放弃它，每天，你总会把药磨碎，掺杂在它的食物里。起初，多多不肯吃，后来也肯了。你知道为什么吗？我加了点牛肉末在里面，没告诉你。你要是知道的话，肯定怪我浪费。那时我还是学校里的见习生，薪水少得可怜。可是除了你的笑容，还有什么让世界如此春天呢？

多多还是熬过了这么些年。你说每到多多来到我们身边的日子，你都会和我们一起庆祝的。可是现在，你不见了，多多也不见了。

——如果对于一个人的思念就是一颗星星，那么你就是启明，我就是长庚，不再相见，但是永远存在，照亮悲伤的天空。

我还有很多想跟你说。校庆办得很成功，只是朗朗的画被撤下来了。我跟校领导说了，这孩子有天赋，鼓励鼓励他吧。可是他们喜欢白衣整齐的画。

世界与自己，总要有一方退一步。

如果我投降，转身离开，撞见你纯真的笑脸，那给我一个大大的拥抱好不好？

爱你的明

2004年6月24日

合上信封，写字楼旁的路灯灭了一盏。

在那个地方，他也下班了吧？回到家，打开电视机，妻子做家务，他看着新闻，时不时和妻子唠几句。天气刚刚好，我爱过的人也生活得刚刚好。

一个晚上的煎熬，任务完成了。得到上司的首肯后，我几乎瘫在了椅子上。

是王姐叫醒我的，她说最近经理在查岗，不能松懈。我立马振作精神，满血复活。可是疲惫感像一头沉默的大象，横亘在我心间。渐渐地，我好像已脱离了城市，飞起来了，天空之上，写满了两个字：雪塔。

睁开眼睛，经理不在。我打开电脑，打开浏览器，打开弃用已久的人人网。

人人网是个万能的东西，曾经的我一度着迷。可是随着隐私逐渐被抽丝剥茧，人人网变得十分可怕。我这么想着，在查找人中输入了“雪塔”。

零搜索结果。

新鲜事不断跳跃着，我也浏览了一下。好多人都有了自己的家庭，自己的子女，而他，转了一篇网易的新闻。以前，我也爱上网易，可那时的他说网易有些偏激，不要多上。可是呢，现在，我早已丧失了对新闻的兴趣。对于我来说，一次热水澡的治愈效果远甚于一段心灵鸡汤的文字，同样，一个文案没通过的打击远甚于一堆反映社会黑暗的新闻。

我的鼠标停留在了“赞”上面。犹豫了片刻，我移开了。

脑海中雪塔的形象越来越鲜活，也越来越模糊。她是单眼皮还是双眼皮？她有多高？鼻子挺翘吗？双手是否还留着在老家患上的冻疮？

雪塔在向我走来，得得地向我走来。可是我触碰不到她，仿佛我们彼此透明。

一整天我都在等回音。为了找到雪塔，我在人人网上艾特了很多人，让他们帮忙找找。可是回复的大多是凑热闹的。他们都在劝我放弃。可是我要找到你——雪塔。

剩下的信读完了。人人网上有热心的人，和我聊了很久，我告诉了她信的事，她说：雪塔，这个名字好怪啊。

后来，我就用信封的空白处，断断续续地，写下了这篇《雪塔记》。

雪塔记

雪塔刻在我的身上已有四十二年了。

我是一只身上印有牡丹花的瓷碗。

人们只知道这是一种花，也有人说这是白芍药。其实我是白牡丹，还是白牡丹中最神奇的雪塔牡丹。

作为雪塔的碗。我有很多话要说。首先是我的老主人——小詹。小詹还是姑娘时，我从泥浆里被提炼出来，塑形、打磨、上釉，变成了一个盛饭载汤的器皿。后来来了一个年轻的修碗匠，平头的他花了一个下午的时间用錾子在碗上刻下了一朵花，他说这花是牡丹，是雪塔。

小詹带着我过了很多年，世界上认识雪塔是一种花的人越来越少了，老詹也懒得解释。

我后来就到了3B房。3B房的瓷碗都被摔碎了，塑料盆倒扣在地上，书刊杂物到处都是，空气中飞着枕头里的羽毛。我被搁置在《读者》的封皮上。雪塔用我颤颤巍巍地舀一勺饭，就着咸菜和眼泪，一点一点扒拉着。

我陪雪塔写了两个月信。每隔一段时间，她会去楼下取信，拆封，一字一字地读。等读完，她又展开一张信纸，一字一字地写，然后折起来，塞进信封里，下楼。回来时两手空空，眼睛里风吹牛羊，盈盈欣喜。

雪塔后来离开了这里。她打包好所有的行李，在我面前站了很久，还是带上了我。

我随着她住进了锦江小区。这里什么都好，就是没有不锈钢邮箱。我再也没有看到雪塔认真读信的样子了。她上班、下班、吃饭、喝水，没有什么不一样，可是我看不见她眼睛里的风了。后来她用不着我了，每天化好妆出去，酒足饭饱地回来，抱着马桶呕吐。她成了这座城市里最常见的人。

我还是一只碗，永远是一只碗。

那朵叫雪塔的牡丹花就在我心里。

现在，我可不知道自己在什么地方。

一只胳膊的拳击

周二和周一没什么区别。祁茂成掰着手指头。周三和周二也没什么区别。一样一样的。不就是地球上死了些人多了些光屁股吗？祁茂成笑了，美国总统也曾是光屁股。屁股瓣儿光光亮，打着啵儿叫着娘。

那边在叫爹。是祁露露，那个满身流油、满脑肠肥的祁露露。这么瘦小的祁茂成，怎么生出个这么丰硕的女儿？好在祁茂成也不想。祁露露说，断了。祁茂成接过她手里的吉他，松松垮垮地往回走，突然感到无端的恼怒，把吉他面儿拍得啪啪响，还有一个月高考了，你还玩这个？

一个月的短长，蚕豆炒蒜苗，滚油溜猪膘的工夫而已。祁露露回家，换上凉拖，把书包一放，里面花花叉叉的试卷资料，肥皂沫似的流了一地。祁茂成说，怎样？祁露露不说话，半卷着眼皮盖儿、半耷拉着刘海尖儿刷手机，良久，回答一句，爸，楼下的陕西凉面，重辣重酱，不要香菜。祁茂成喉咙咕噜一声，拾掇了几枚硬币，往楼下走。楼道一阵凉风，卷起夏日纷杂。祁茂成吁一口气，原来高考结束，是这么个滋味。

没几天，祁露露闹着要上吉他班。祁茂成打电话给陈萍，陈萍叹气，纵使肥肉万两、鸡犬升天，祁露露也是他们世上的至尊宝。这样，每天上午八点到十一点，家里只剩了祁茂成一人。祁茂成也安心，送走祁露露，去菜场转一圈，买点青菜牛杂、萝卜猪肘，回来煲点汤，煮点可心的菜，像个陌上花开缓缓归的妇人。

不过是曼江市的一个普通人家。陈萍从业于曼江氨纶厂，前些年收入可以，还时常到厂女子篮球队司职中锋。而现在，篮球早不打了，氨纶越来越不值钱了，陈萍就被老板们呼来喝去，一会儿到黑龙江干活，一会儿外派到北京、连云港。作为丈夫，祁茂成却赋闲在家，拿着每月三千的提早退休工资，半身慵懒半身倦怠地躺在家里，最多到菜场跑一圈，祁露露要回家了，炸几个小卷儿，炝几根瓜丝儿，浓油赤酱地做几样菜，小日子里风火盎然，满满的葱香蒜味。陈萍在家时，总是和祁茂成吵架，你个大老爷们儿，在家做康师傅呢，还是面霸？祁茂成望着这个比自己还要高五公分的女子，攥紧拳头说，又不是没饭吃，又不是没钱花，妇道人家懂什么！陈萍垂泪叹气，后来跟紧氨纶厂改革的步伐，组织让她去哪，她就去哪。祁茂成围着围裙，做起了五谷道场。祁露露也不讲究，呼哧完了，巴咂一句，好吃，想想又说，爸，益江路上新开了“香掉牙”烧饼店。祁茂成头也没抬，好好，明天买两个。祁露露呆望一会儿，去房间了。他洗碗，清清脆脆，伴着吉他叮叮咚咚。

赵云飞？祁茂成猜。电话那头传来笑声。还是那样，声浪浑厚如山倒，音调尖锐如抽丝，如狂风卷尘，如钢丝切玉，有着高昂的热闹，也有着庞然的震慑力。猜对了。祁茂成舒一口气，掸掸心头的灰，三十年前，赵云飞单臂就能吊起他，把他甩来甩去，男生起哄，女生偷笑，祁茂成垂着头，任凭头发升腾起伏，衣角一波三折。这样憋了一个青春，到头来，还要被赵云飞羞辱。祁茂成想爆国骂，可是心里悲伤的波涛连绵不绝。三十年，赵云飞还是赵云飞，祁茂成还是祁茂成。他哼唧了几声，满怀悲怆地挂了电话。

祁茂成没有回答赵云飞。同学会这事儿，也只有赵云飞惦记他。班里的那些人，当官的当官，做生意的做生意，剩下的了无声息，只愿得一片覆雪，盖在他们身上，做那春天的沃土，做那飘飞的、无根无系的断纸残鸢。想到这，祁茂成手捻着桌上的面纸，不解兴，把它撕得细碎，又团起来，一并扔进垃圾桶。

门铃声响起，祁茂成以为祁露露回来了，趿拉着拖鞋开门。结果是个二十岁左右的毛头小伙。祁茂成打量他一番，你是谁。小伙也打量他一番，您好！我是……祁茂成要关门，小伙把脚伸了进来：就三分钟。

祁茂成让他进屋，主要是因为，他和祁露露差不多大，怪可怜的。以后万一祁露露落魄成这样了，也希望得到善待。就算造福吧。祁茂成拨拉拨拉门口的拖鞋，择了一双绿皮塑料的，给了小伙。小伙脚伸进去，刚刚好。这双是祁露露的。祁茂成感到惊恐，看着小伙疲惫的强笑，又是一阵悲哀。

小伙走了，茶几上多了 瓶洗发水。小伙叫卫小王，洗发水叫什么飘莹的。祁茂成坐在沙发上端详。发泡剂、硅树脂、聚季铵盐等，没什么奇怪的。也许和飘柔、海飞丝一样，柔顺几个小时，鸡窝还是鸡窝。祁茂成愣神了好久，突然醒悟，祁露露要放学了吧？今天路上要修路，她能按时回来吗？要去接她吗？祁茂成支着自己的脑袋，像放不住似的，上面的头皮屑簌簌地、扑扑地、哗啦啦地掉落，堆积成小丘小山，直到把他淹没，把他满肚子的悲哀淹没，把他这辈子遇到的怀疑、嘲笑、羞辱、窝囊全部淹没。

祁露露迟了。祁茂成也没做菜，桌上摆着昨天买的“香掉牙”，甜的咸的。他们两不相问。祁露露热了牛奶，就着饼吃。祁茂成打开电视，午间新闻到了，两位主持人坐着，眼神明亮而空洞。祁露露扔掉牛奶盒，背着吉他回房间。祁茂成说，有个大学生叫卫小王，上门来推销洗发水，你要努力，不要变成这样子。祁露露哼了一声。祁茂成又发声，吉他学到哪了？祁露露想了想，即兴弹了一曲《欢乐颂》，弹毕，她的手往下一划，几根弦颤起来，水滑顺亮。祁茂成有点呆住了。那个跟着他要糖吃、买卤菜、喝面汤的胖女孩，也把他狠狠地甩了尾。

祁茂成勇敢赴约，不只是赵云飞的撺掇，还有他自己的小心思。有时是白裙子，有时是双马尾。男孩都叫她曼江赫本。她就是曼江三中的女神——蒋玲凤。蒋玲凤小酒窝，大眼睛，一口银河般的牙齿，笑起来铃铃铃，辫子一跃一跃，渴毙了那些眯眼瞧的男生。男生们鞍前马后，蒋玲凤也不甘示弱，参加体操队、升旗班、学生会，一路绿灯，外加七十迈马力。祁茂成喜欢她，憋着喜欢她，像酿一坛陈酒。

是干杯，还是品香？祁茂成看着镜子里的自己。没什么特别的，就是小了一号。祁茂成摸摸下巴，扎人；摸摸肩胛骨，硌人；摸摸脸上丘壑纵横的老皮，真是膈应人。祁茂成不以为意。生活多磨人，这个岁数了，好歹他还像个人。电视机里传来拳击KO的声音，祁茂成抖了一下。他这个矮个子的小男人，也渴望戴上拳击套，戴上头盔，戴上护齿，戴上护裆，和健硕的、庞大的、龇牙咧嘴的假想敌，来一次真正的决斗。没错，他可以打掉敌人八颗牙，他也可以咬掉别人的耳朵，带着一脸鲜血地走上拳王的领奖台。没错，他整整衣衫，抹抹香露，把胸前的鳄鱼标志也抹了一把。左看右看，这不是新一代拳王吗？祁茂成关灯关门，暂别这个住了大半辈子的曼江氨纶小区公寓房。

曼江是附属兰蓉市的县级市，这次同学会，在兰蓉市盛运大酒店举办。牵头者是赵云飞，他说三十年了，谁不来就看不起他。祁茂成被这句话一吓，赶紧做了功课。赵云飞现在是飞悦文化咨询有限公司的老板，来头大着呢，网上都有他和明星的照片。祁茂成头皮一麻，这世道，高俅可以做官，林冲可以上梁山，他们这些不邪不正的小人物啊，只有端酒送茶做人肉包子的份。

要在啤酒肚上鉴别当年的白衬衣，祁茂成有点吃不消。万幸，这些好汉们，总喜欢吹嘘几口：我是小王啊，现在也没混出啥，就当了个主管；哎呀，我是肖胖子呀！现在做生意了，人送外号　　江湖真胖虎；各位好，我是当年学习委员阿辉呀，现在不才，在某机关谋职，这是我的名片……一圈下来，祁茂成晕乎乎的，名片收了不少。那些混得好的，早已坐了一桌，运筹帷幄之中，决胜千里之外。那些混得不好的，也坐了一桌，彼此沉默，奋发地、破釜沉舟地吞掉一桌的菜。剩下高不成低不就的，坐着也不是，站着也不是，相互道一个客气的微笑，端着两根筷子，不知如何下手。正当踌躇之际，赵云飞穿着阿玛尼衬衣出现了，脚一蹬，跃上了大厅的舞台："亲爱的同窗们，一首《朋友》，送给大家。"曲毕，赵云飞又说了老长一段话，什么情谊永不变的。祁茂成头嗡嗡的，手一哆嗦，夹了个甜枣吞了下去。同桌的人看着他，愣愣的。祁茂成更窘迫了，手往裤兜里随便一团，整个人脱了水。这边赵云飞还在高谈阔论，那边就开始哄闹起来。蒋玲凤去敬酒了。随着此起彼伏的“喝一个”“再来一口”，祁茂成按捺不住了。

从卫生间出来，祁茂成和蒋玲凤打了个照面。蒋玲凤醉眼朦胧，两颊飞红，娉袅袅如落花流水，病恹恹若雨打蕉叶。祁茂成一时想扶住她，她却冲他一笑：“茂成，赵云飞在找你呢。”祁茂成惊一分、喜万分，说不出话。蒋玲凤却璀璨地笑了，像一颗流星，划过祁茂成苍白的脸：“去吧。”祁茂成得令，走入餐厅，走入北极往南、南极往北的一个餐厅里。

那晚也没有发生什么，赵云飞拼命地给祁茂成灌酒，祁茂成就着眼泪、鼻涕、酒精，一口干了。大家叫嚷着，比画着，谁也不抬举谁，谁也不侵犯谁，像水里的泥鳅，像五颜六色的泡沫。临末，众人倦了，想走，赵云飞抬起绯红的脸颊：“谁都别走，门口有二维码，扫码进群，有红包！”大伙哗然，纷纷拿出手机。小王是三星，肖胖子是苹果，阿辉拿着索尼到处找信号。祁茂成晕乎乎地摸索步步高，哇地一声把这个三十年一次的夜晚吐了个底朝天。

有了这个微信群，祁茂成可找到乐子了。赵云飞隔三岔五发红包；肖胖子转些《必转！今年是菩萨诞生三百年》《谈生意前必看，保你财源滚滚》之类的文章；阿辉喜欢在群里讨论茶道、玄学的东西，而大家回的都是些“今年碧螺春多少钱”“紫砂壶收藏有没有价值”；小王不同了，话里话外都在挑蒋玲凤出来说话，什么“女神今日去哪了”“三十年了，赵雅芝还是白娘子，蒋玲凤还是曼江赫本”，有同学说肉麻，小王也不停歇；蒋玲凤也不是省油的灯，在群里晒家里的豪宅、桌上的香水、衣柜里满满当当的名包美衣。偶尔，祁茂成也会说几句，都不痛不痒。日子就如一碗水，要端得稳，端得平。

这些日子，祁露露也没闲着。先是和弦，然后弹唱，弄得祁茂成老是视频聊天，看到陈萍，他也不问候一声，只是督促祁露露，快弹，快弹。陈萍在屏幕上更加干瘦了，脸色蜡黄，嘴唇干瘪，身体像随处飘摇的空豆荚。陈萍似乎感冒了，一声和弦，一声咳嗽，没等弹完，她喉咙沙哑地问，吉他班花了多少钱？别管多少钱！祁茂成冲出一句，让祁露露再弹一首《送别》。陈萍枯坐在屏幕后，看着世界上最亲的两个人，眼神淡淡的，仿佛夕阳山外山。等祁茂成抬头，屏幕已经黑了，QQ 上显示着陈萍的留言：我不舒服，挂了。露露弹得很好。

没两天，分数要出来了。伴着焦虑，祁茂成到了楼下，舒活舒活头脑。氨纶小区有块空地，零零散散地晾着几辆自行车、电瓶车。祁茂成找个阴凉点的角落，坐在一辆捷安特上。六月要见底了，阳光还是满当当的。蝉鸣星星点点，像尿频，尿急，尿不尽。偶尔一阵微风，却吹得祁茂成全身燥热。这样的一个午后，恰似钢琴声中杀鸡放血。

卫小王出现时，祁茂成正在气运丹田。气运丹田，丹田分上丹田、中丹田、下丹田，通常说的丹田，其实指下丹田，即脐下至会阴，小腹部分。祁茂成默默念着，希望冲淡心里的焦虑。不知何时，卫小王出现在他面前：叔，你在干什么呢？

卫小王说，一本的分数线是高，成绩好就是要冲。但是，有些时候二本的好专业比一本的差专业更好。二本能上就上，不能上就上专科，三本没啥意思。祁茂成被他说得一愣一愣的，问他是哪里的。卫小王将遮阳帽掉个个儿，脸上一阵阴一阵白，眼睛瘪了下去。随后他又鲤鱼打挺，挑高帽檐：高考失利，学历不好，只能做做推销。日子不咸不淡，没味。生活不仁不义，算了。事业不破不立，起底。卫小王已经把工作辞了，自己开始创业。祁茂成有小惊，没大怪，问他干什么。卫小王从随身包里掏出一摞中药贴，叔，你能帮我卖点吗？

祁茂成帮了这个小伙子，他也不知道为什么。大概人是活的吧。活着就有感情，有牵绊，有不去死的理由。卫小王的一摞中药贴，乖乖地躺在方家的茶几上。飘莹也好，中药贴也好，祁茂成觉得自己在修炼。断除见思惑、尘沙惑、无明惑，佛光自显。祁茂成杀过鸡鸭鹅，吃过牛肚猪肝，也为了一锅酸菜鱼，把黑鱼清江鱼千刀万剐。他知道自己成不了佛。但佛前的灯芯、文殊菩萨的青狮、观世音的金毛吼，哪个不是千年道行在，一朝风云起？想想也通了，牲畜灯芯尚能成家成神，别说他这个善良的中年人了。祁茂成给自己攒了一大堆理由，就是不敢承认，世间多少人的恻隐、怜爱、两肋插刀，是在躲避未来的自己啊。

祁露露出去玩了，还没到家。时间轻跃而去，毫不留情。祁茂成甘心做一只凳子，做一个背影，不说话，也落得干净整齐。

不知祁露露玩到几点。祁茂成起身，砧菜。笃笃笃，他总算心安了。黄瓜切成丝，茶干切成条，猪肉切成丁，涮水，加油，烹火，菜肉一口气倒进去，挑一勺盐，二两糖，撒点八角大料，齐活。入口，清爽劲道喷喷香，厨房都变得酥酥脆脆。祁露露高考前，口舌餍足，肠胃顺畅，离不开这铁铲一根，菜刀两把。有时，祁茂成会呆呆地站在锅前，任火焰舔舐锅底，水汽向上升腾，窗外风景渐渐模糊起来，他问自己，十加二必定是十二吗？时间加空间就是这个世界吗？黑洞加天体，就是无穷无尽、变幻莫测的拆分消失重组吗？

这顿晚饭吃得很沉默。祁露露一口饭一口肉，末了打个嗝。祁茂成看着她，满身流油、满脑肠肥的她，就怕她朝他说一句，再来三碗酒，洒家要上山。祁露露看看茶几，发话了："老爸，这些是什么？"祁茂成说帮卫小王推销的。祁露露"哦"一声说，是平头矮个娃娃脸的那人吧？祁茂成问她怎么知道的。她说，没什么，就是认识呗。祁茂成不说话了。祁露露停顿一会儿，小心地问：爸，你要帮他卖东西？

祁露露脑子里肥肠多，脑回路也多，她很快想到了微信推销。她让祁茂成把中药贴的疗效打在微信里，号召那些同学学雷锋，献爱心。祁茂成不爱说话，群里也没有几个人回他。他很快泄了气。可没过一会儿，群主赵云飞复制粘贴了这段话，艾特了所有人。群里炸开来了，一会儿咨询，一会儿下单，祁茂成稀里糊涂地收到了多个红包，答应他们寄过去。这时，祁茂成才仔细看这些中药贴，一、疥疮，青黛散七十五克，凡士林三百克。功能解毒杀虫，主治疥疮。二、皮肤瘙痒症，蛇床子六十克。功能燥湿止痒，主治皮肤瘙痒症。三、骨髓炎，大黄九十克，雄黄三十克，蒲黄一百五十克，黄连五十克，黄柏一百克。功能清热解毒，主治热毒炽盛型化脓性关节炎。四、枸杞子三十克，干荷叶一百克，生大黄五十克，陈皮五十克，决明子三十克，泽泻、郁李仁各十五克，功能化浊利湿通便，主治肥胖症。祁茂成不懂，就觉得高端，打字还费了不少时间。

该来的总会来。在中药贴卖得差不多时，出分那天也到了。祁露露没有上吉他课，待在家里，半卷着眼皮盖儿、半耷拉着刘海尖儿刷手机，一声不吭。祁茂成熬不住了，打开电视机。电视里两个男人在肉搏，他扒着他的鼻孔，他揪着他的耳朵，不亦乐乎。那个黑人流着褐色的血，白人鼻子眼睛青了一大块。色彩缤纷。祁茂成摸摸自己的眼睛，摸摸自己的鼻子，平滑干净，完整无痛，心里有些庆幸，但很快，他鼻子泛酸了。出生、上学、工作、生娃，他的每一步都是这样平滑干净、完整无痛，跌一跤的权利也没有，更别说跟人斗殴、拳击了。祁茂成放空了，沉下去了，像垂死的老蛙。祁露露突然对着手机笑了起来，咯咯咯，惊起蛙声一片。祁茂成恢复了活力，看着他的女儿，无论分数多少，未来如何，他们还可以对号、拥抱，在这刻薄的世界搀扶而行。

果不其然。祁茂成还指望祁露露来个赤壁之战，大胜八十万大军呢。可惜他高估祁露露了，她不过是船上的稻草人，借几支箭，让那些诸葛亮、周瑜之流飞黄腾达了。祁茂成心里很不是滋味，这边电话响起，不接。瞒一时是一时，俘虏要睡觉，败兵要睡觉，曹操也要睡觉的。电话铃声过了，屋子里死一般的寂静。祁露露背对着祁茂成，肩膀一耸一耸的。祁茂成深吸一口气，说出那句老话，高考不是唯一的出路。电话又响起，是陈萍的。陈萍没说话。祁茂成也不说话。一晌的沉默过后，陈萍反而问祁茂成，你天天闲在家里，不出去做做事吗？家里还能指望你吗？祁茂成恼羞加愤怒，你懂什么！随即挂了电话。祁露露哭出声了。祁茂成朝着天花板看了半刻：陕西凉面，重辣重酱，不要香菜，行不？

是夜，祁露露把自己关进房间。祁茂成有点担心，贴着门缝偷听，不一会儿，房间里传来《电锯惊魂》的恐怖笑声。他的祁露露还是祁露露。祁茂成把自己垂在沙发上，不知该如何形容自己的人生。这时，他的手机响了。他看了一下，一眼惊魂：是蒋玲凤。他把手机搁在那儿，不接。手机不停地响。无奈，他不得不在一个万念俱焚、万籁俱寂的晚上，面对少年时楚楚可人、般般入画的女神。蒋玲凤问他，出不出来喝酒。祁茂成说，啥？蒋玲凤吼起来了，我问你出不出来喝酒？喝酒！

祁茂成确实想来几杯。酒有利于血液循环，有利于暂忘世事，有利于混沌睡去。酒吧里，蒋玲凤半斜在凳子上，手里有色彩缤纷的酒杯。祁茂成喝了几口，醉意朦胧地要走。蒋玲凤飞扑过来，半个身子都挂在了他身上："陪我。"有酒气，也有香气。祁茂成一时没了主意，碰碰她的手，洁白的，冰冷的，还带刺。他想起了陈萍的手。枯的，皱的，有温度。当年，媒人给他俩说亲，陈萍干瘪微黑，祁茂成白净瘦小。陈萍没啥意见，觉得祁茂成本分，过日子嘛。祁茂成也没啥意见，就是陈萍高了他五公分，走在路上怪怪的，后来也想通了，为了下一代嘛。婚后，两人起床、上班、吃饭，最多就是多了个祁露露。祁露露像吹气球一样膨胀起来，陈萍却日益瘦下去。祁茂成不管不顾，今天炒香肠，明天红烧肉，偶尔想想年轻时，还有那么一个曼江赫本。此时，曼江赫本没有管他，灌了自己一整杯酒，边咳嗽，边哭哭啼啼地不知骂什么。祁茂成想安慰她，却想起了陈萍生产时的情景，医生护士忙翻了天，祁露露就是不出来。等这个孩子出生了，祁茂成和陈萍一样，乏尽了气力。现在，这个孩子在家呢，忍受着高考失利的悲伤，忍受着母亲在外的孤独。祁茂成鼻子泛酸，想着用什么借口告辞。蒋玲凤还在喝酒，一杯接一杯。祁茂成狠狠心，表示有事离开。蒋玲凤看了他一眼。“都一样。”她继续半握着酒杯，晃荡晃荡，侧颜像冰雕。

没等祁茂成走出酒吧，酒吧里的歌手嘶吼起来，人们沸腾了，尖叫、骂娘、爆粗口，不绝于耳。有人摔瓶子了，有人呕吐了，有人站在桌子上丑态百出。这个世界多热闹，草长莺飞，柳暗花明，灯红酒绿，人们都在大叫、狂欢，一波接着一波，一浪盖过一浪，把这个瘦小的中年男子排除在宇宙洪荒之外。

去见赵云飞，是不得已的事。祁茂成想不出，自己还认识几个能人了。他让祁露露穿上黑裙子，扑上粉，套双有跟的鞋子，左看右看，又给她编了一根平平整整的辫子，整装出发了。曼江到兰蓉市，公交车两人四元，四十分钟，出租车二十元，二十分钟。祁茂成直接叫了一辆出租车。坐在车里，祁露露却在闹情绪，吉他课要结课了，她要减肥，她要出去兼职赚钱。祁茂成嗯嗯啊啊的，一边想着脚下的水果篮子、蓝色洋河，一边看着车窗外的人影车影。管那赵云飞看不看得上这些东西呢，被他甩来扔去这么多年，想必他自己心里也清楚，他欠祁茂成的。

赵云飞挺客气，让祁茂成复述完了他的来意、苦恼。沉默半晌，他说，国家政策你知道不？祁茂成咬咬牙说，多少钱都行，只要本科。赵云飞皱着眉头想了一会儿，现在大学不让扩招了，也没有办法。这样，我认识一个民办大学的校长，如果你有需要，是可以通融的。祁茂成又喜又惧，出来呢？出来学历呢？赵云飞说，放心，放心。祁露露默默坐在桌子旁边，吃掉了齐家待客的一串葡萄、一碟圣女果。祁茂成踢她一脚，她来气了：谁爱上大学谁上去！祁茂成急了，要打她，赵云飞拉住他：小姑娘，你想干什么呢？祁露露翻起眼白："我是歌手""唱响中国"，马上"超级女声"也出来了，机会多的是。赵云飞笑了，祁茂成死死摁着祁露露的脚，配合着赵云飞一起笑。

填报志愿还没结束，祁露露忙起来了，成天东边跑西边奔。祁茂成问她干什么，祁露露不理他。祁茂成想打她，祁露露一甩手就能把他推开。祁茂成做点猪肘汤、蒜苗猪肉条，她也不吃几口，匆匆忙忙地背着吉他出去了。他也没法子，啜几口猪肘汤，看看微信微博。那些老同学又活跃起来了，谁家上了重点大学，谁家超常发挥，瞧他们嘚瑟样！群主赵云飞不吭声。祁茂成也知道，赵云飞的儿子早就被送出国了，在澳大利亚，花天酒地。祁茂成不管这些。不知谁把祁露露的分数公布了，祁茂成瞬间找到了存在感，同学们纷纷问候他，他心一横说，马上把祁露露送出国，然后屏蔽了这个群，看电视。大个子对决矮胖子，一记左勾拳，一记屁股开花。他想起了邹市明，这个矮个男人，居然成了一代拳击手，还生了两个胖儿子。祁茂成原以为草色纷纷雨飞飞，小个子也有春天。谁知道他的春天里全是杂草，祁露露出生了，祁露露长个子了，祁露露不做功课了，祁露露变成大胖子了。祁茂成烦心事一大堆。邹市明只有一个，祁茂成一抓一大把。

电话响起，是赵云飞的。祁茂成一个机灵，“哗”地起来。

赵云飞坐在一张桌前，轻轻抿着酒。祁茂成坐下，赵云飞给他点了一杯“蓝色迷情”。酒上桌，里面的气泡飞速上升、破灭。赵云飞似乎打开了话匣子：“凤姐请你喝过酒了吧？”祁茂成问凤姐是谁，赵云飞不答。祁茂成反应过来，点头。

赵云飞摇头，苦笑。“我们的‘曼江赫本’，早就变成‘曼江五毛钱’咯。”

祁茂成不解。

“就是谁买杯五毛钱的酒给她，她就和谁上床呗。”赵云飞说得轻描淡写。祁茂成感觉气血冲脑，一时憋红了脸说不出话。赵云飞继续说，三十年了，河东变成河西，鬼也能变成佛，现在她往返于各大酒吧，白天畅饮，夜里宿醉，是人是鬼，谁也分不清。他和这位女神呀，也就十块钱的交情。祁茂成捏着自己的肉，不发一声。赵云飞又说，那个主管小王，前些日子被老婆捉奸了；肖胖子做生意赔了本，出去躲债了；阿辉天天装文雅，出大血买了幅张大千赝品，在家号丧呢。祁茂成张大了嘴巴。赵云飞吃起了桌上的花生，就着小酒说，咱们都是兄弟，那个微信群，给你当群主好不好？

没等祁茂成回音，一个卖啤酒的小伙子走了过来："叔，又见面了。"祁茂成仔细一看，是卫小王。卫小王现在在做小本生意，有时间就到不同酒吧卖啤酒。赵云飞见他们认识，就让卫小王坐下。卫小王看准了赵云飞，递烟敬酒。祁茂成觉得胃里翻江倒海，跑到门口吐了。卫小王跟着他，边拍着他的背边说，露露不错啊，唱得不错，其他的都不错。祁茂成舌头痉挛了，结结巴巴地问，你说什么？

祁露露在各个酒吧卖唱。愤怒中，祁茂成"啪"地打开房门。而祁露露全身贴满了中药贴，躺在床上。一滚一滚的肥肉，一张一张的中药贴，分布均匀，严丝合缝。祁茂成问她做什么，她说减肥，卫小王就是这样帮她治的。祁茂成脸更黑了：你光着身子？祁露露不回答他，把胸前的中药贴捂紧了些。祁茂成抱起两只细胳膊：你光着身子？祁露露不说话，开始哼歌。好像是周杰伦的，混混糊糊。祁茂成想起拳击的基础知识，一旦被打倒，就要爬起来，否则就会永远趴在地上。可他没有力气爬起来了。在悲愤羞惭交错中，祁茂成惨叫一声，扶着头走出房间。背后的祁露露，如一摊蛋液，在生活的煎锅上，发焦起泡。

一天的短长，蚕豆炒蒜苗，滚油溜猪膘的工夫而已。祁茂成退了微信群，垂在沙发上。他打电话给卫小王了，说要把中药贴还给他。卫小王也爽快，说马上来。祁茂成打开电视，调到中央五套。小罗伊·琼斯与埃里克·哈尔丁搏杀，他使用了左勾拳右勾拳，一记漂亮的绝杀！噢！哈尔丁倒下了，没关系，站起来再战！小罗伊已经命中对方很多拳了，时间也所剩无几，哈尔丁是否能绝地逢生？不行，哈尔丁带着满脸的血冲上来，被小罗伊一记打趴！哈尔丁再战，又一记！真是顽强啊。时间到！小罗伊胜！电视里的人们欢呼起来。祁茂成陷入沙发里，刷着微博。拳王阿里去世了。阿里的一生，坚持着自己的信仰，从未放弃。他并非完美，然而充满生命力和责任感。这是一个优秀拳击手的个人魅力。相比之下，电视里的欢呼有些刺耳。祁茂成放下手机，无以名状。

门铃响了，卫小王来了。准确地说，满脸堆笑的卫小王来了。祁茂成把剩下的中药贴扔给他。卫小王又是满眼的笑：叔，剩下的这些，给您女儿吧。很有效的。祁茂成感到了巨大的愤怒，巨浪滔天的愤怒，一排一排，呼啸而来，把海滩上那些生物卷得一干二净、分文不留。卫小王依旧笑着看他。祁茂成想起了赵云飞、蒋玲凤，那些或陌生或熟悉、人模狗样的老同学，他们也在笑，在他心里大笑、痴笑，噗噗作响。又是一阵巨浪，这些人全都做了鱼虾肉糜。卫小王把中药贴毕恭毕敬地递给他，祁茂成站起来了，升起来了，磅礴成海啸，带着熊熊烈风，拍在卫小王的脸上。没错，他用右拳给了他一记。卫小王睁大了眼。祁茂成又举起了另外一只胳膊。他们就这样扭打在一起。他扒着他的鼻孔，他揪着他的耳朵。祁茂成觉得鼻孔流出了液体。他没往下看，只是张开了拳头：这样，可舒服多了。

拍卖天使

关于天使裴佳佳的套餐有三种，荤的、素的，还有心情小炒。小炒里面肉丁、菜蔬、蛋丸都有，任选。当然，客人的设备是要收费的，蜡烛也好，红酒也好，皮鞭的价格也不便宜。裴佳佳不常做纯荤的，纯素的也兴味索然。所幸，嗜肉汉喜欢胸藏肉弹的，食素者喜欢才貌双全的，裴佳佳做不来。于是，当天青椒牛柳，隔天宫保鸡丁，今天世纪酒店吴老板，明天海狮企业赵高管，陪吃陪喝陪情调。等到哪天档期空下来了，闽头就安排她拍拍写真、走走秀场，给以后的小炒里准备一点油盐酱醋。

在裴佳佳灌满三个金钱钵前，星探公司准备了一场大宴。莘城的有钱人多，友善人多，装友善的有钱人也多。特别是到了这个腊九，打工族都走了，有钱人在街上飙车，累了就想聚起来吃一顿，再流点眼屎尿。“爱心天使”慈善晚宴满足了这个群体的内向要求。“爱心天使”们会穿着比基尼，戴上白色鸡毛翅膀，脚蹬高跟鞋，手里端着拍卖品、拍卖牌，虽比不上维密秀，但也有一份粗莽的可爱。那些老板高管挥舞着手，扭动着屁股，他们砸钱砸得乐意。裴佳佳第一次做这活，偏要带上闽头和陆炯，美其名曰司机小开。陆炯寻思，在出租房吃的都是桶面榨菜，慈善晚宴可不同了，鸡汤面疙瘩都嫌寒碜，满桌子的肘子、刺身、河豚。小开就小开吧，总不见得吃两块肉，就被派出去杀人？

裴佳佳杀过一个人。这个人和陆炯一起长大，看着陆炯的母亲轧断了腿，看着陆炯的父亲外出打工，再无音讯；这个人在酒吧结识闽头，跟着他，当他的糖衣头牌，给他放电，也给他的客户们放电；这个人把匕首放在眼睛里，要是哪个黄毛辣子踩了她的脚，她眼睛一圆，黄毛辣子就变甜了。这等出身寒门、麻辣俏丽的女孩儿，被她自个儿活活闷死了，摇身一变，成为莘城的国际名模刘雯。裴佳佳身材颀长，骨骼轻盈，还有一双细柳般的眼睛，双唇轻薄，像是一合上就可以寄出去似的。她捏着腰，托着脸蛋儿，走起路来，顾盼生姿，风盈水长。

陆炯总是说她眼角多了三颗邪痣。闽头说，你懂个屁，一颗是富贵痣，一颗是长寿痣，一颗是风流痣。陆炯说，世间好事都被她占了，干脆漂黑算了，一身福痣。裴佳佳白了他一眼，用指甲在陆炯手上抠了个半月形：天灾坑。划过脑纹，切掉岛纹，杀过太阳丘，横穿火星平原。你没救了。

世界上最没救的是至上的佛。陆炯总是想，白的吊白块，红的苏丹红，透明的福尔马林，废电梯、渣土车、烂尾楼、老煤矿，佛祖不管。他只出现在被害者的呐喊里，施害者的临刑祈祷里。以前陆炯随身携带《金刚经》。后来丢了。

生得一副好皮囊，总不能亏了它。裴佳佳加入星探公司，成了莘城的名模刘雯。小刘雯的出现，让人心怪痒的。于是，野鹜出现了，回雁出现了，鸡鸭鹅都过来了。它们伸出泥爪，非要在裴佳佳身上刻一个掌印。裴佳佳不躲，她的任务，就是把这些掌印变成钱。

慈善晚宴指定“金满堂”酒店，酒店外一排的奥迪宝马奔驰车。陆炯边走着，边借着车壳釉面反光照自己。奥迪的成相比宝马的圆润，奔驰的亮泽度顶好，有磨皮效果。闽头数落陆炯，朝他举起拳头，然后笑了，像鸡排爆浆一样。

陆炯进了酒店，没瞅见裴佳佳。兴许在吃某个咸猪脚呢。陆炯咽了一口口水，心底翻了一瓶醋，加上猪脚咸，他需要一杯酒，鲜辣灌肠。闽头倒不认生，双腿一蜷，在餐椅上稳稳当当。陆炯也着椅坐下了。声音嘈杂。陆炯眼睛紧闭，他似乎看见裴佳佳褪下衣衫，莞尔一笑，然后扶着墙吐出所有的荤荤素素。

乒乒乓乓响起来了。陆炯振作精神，两眼盛满了酒酿汤水。闽头不顾二三，夹起海蜇头就下嘴。陆炯瞄准了酸辣黄瓜，拿起筷子又放下，胃部、肺部、喉咙口都烧起来了，像在他的身体里点燃万丈篝火，却找不到一个通风口。主持人上场，说了一些冠冕堂皇的话，场上掌声一片。服务员过来上菜了，鸡鸭鱼鹅。气氛热闹起来了，什么名人字画，宝石玉器，都在场上流转，老板高管们纷纷举牌，一度举到了八万八千八百八十八的高价。主持人还在煽风点火，说什么所有善款用于建希望小学啦，什么只要人人都献出一份爱啊。老板们听得脑门光亮的。陆炯觉得头晕，想着那些人模狗样的老板，用身下的一块臭肉，糟蹋世间所有的美味。

这时，灯光突然暗了下来。人们按捺住自己，让聒噪与镁光灯一起瞬间爆破。一个个“爱心天使”们，双腿细而直，双眼迷而亮，抖擞着拙劣的羽毛翅膀，站定，右手叉腰，让条葱身材曲线毕露。老板们开嘴笑，小开们配合着老板拍掌。陆炯看下去，看深去，裴佳佳捧着刘雯般的脸蛋儿摇曳过来了，袅袅的，瑟瑟的，可怜人儿似的。自然老板们是一阵喧哗。小开们也躁动起来，空中划过几声口哨。

宴过三巡，闽头半醉，陆炯把他垂在餐椅上。主持人满面红光，眼镜上贼光点点。一声暗黑一声亮，“爱心天使”们都晾在了台上。主持人甩了一个关子，问谁最有爱心。底下的小开们呼喊，最美的最有爱心。这些衣薄清凉的模特，手掌挨着手肘，骨节凑着骨根，仅有的几片布片，遮不住半面残妆。这是莘城腊九时节最火热的时刻：拍卖天使。

裴佳佳领着自己的卖身钱，脚步一撇一捺地走了。她身边是一个矮胖的句号，为了和天使共眠一晚，不惜砸下十五万八千八百八十八的重金。按照分成，裴佳佳四分之一，星探公司占大头，拍卖方也有手续费，闽头、陆炯少不了辛苦费，说的建筑希望小学这一茬，大概就是罩在这个夜晚上空那层脆弱的壳。陆炯不想戳破这层壳。在座的各位，谁都不想。

收场了，闽头还在烂睡，脸上刀疤鲜红。陆炯转着手里的杯子，一时不知如何自处。女服务员走过来，怕他们俩有势力，只是扫扫地，收拾收拾盘子，她们穿着低领白衬衫加蓝西装，弯下腰时，有两撇自然浑圆的弧。陆炯把剩下的酒倒进杯里，晃一会儿，嗅一会儿，权当自己是游离原子核之外的电子。女服务员猫腰，对着陆炯的耳朵，拿捏万分地说，酒店要打烊了。陆炯眼睛瞪圆，又瘫软下来，对着女服务员的脖子哈热气：走，咱们上楼去睡觉。女服务员也瞪圆了眼睛，双唇快融化了一样。陆炯又往前凑，想把热气敷在她的脖子上：跟我走。女服务员往后一缩，环见四周无人，他俩衣着不甚光鲜，想必是那些混吃等死的“小牙子”。于是她扬起右手，利斧碎竹的一声。陆炯站起，把手里的酒全都扑向了女服务员的胸怀：这酒贵着呢！你们不是有钱就睡觉吗！

裴佳佳是父亲领回来的。陆炯一直记得。那年冬雪，平原一片白色的荒芜。他父亲敲门，缺了半条腿的母亲开门。裴佳佳躲在父亲身后，一柳上弦月似的。陆母伸手，深入星云，摘下这轮月：哪家的小姑娘？

陆母很热情，把怀里的汤婆子都给她了。裴佳佳羞懦地不说话。陆炯的父亲陆中贵说，这是庙里和尚引过来的。接近年关，陆中贵去庙里求签，不上不下，中签。他给了点香火钱，住持欲言又止。陆中贵以为少了，又加了十块钱：不能多了，家里指望灌香肠呢。住持双手合十，那句“善哉”出口，倒有些婆娑摇曳。住持颤颤巍巍地走了，陆中贵也斜斜亭亭地跟上。在寺庙后面的屋子里，是满眼露水蒹葭的裴佳佳。住持从净水瓶里抽出柳叶，洒了两滴水，水珠洇在地上，汇溶成一个黑色的小圆片。住持说，菩提本无叶，万物本无念，左手与右手，他人非衣裘。陆中贵听得出那么一点点，立在那儿如江中扁舟。裴佳佳向他走了几步，抬着头，眼里万水千山。住持将柳叶归还，双手合十：爱别离，怨憎会，莫失莫怨，春水西归，莫嗔莫悔，全无是类。陆中贵也双手合十，意起难对。

从小，陆炯有一碗白米饭，裴佳佳不会少一口。陆母少了半条腿，就在家里做箩筐织布的生意。家里存货多了，陆炯就和裴佳佳一起捧着，到街上卖。镇上的人们可怜他们，生意倒也不温不火，勉强维生。陆中贵一直在外打工，每隔一段时间，陆母会领到一笔钱，存起来。陆母告诉陆炯，那是给他娶媳妇用的。喜被喜宴喜蛋，什么都要钱。陆炯扎着箩筐，不说话。陆母又转向裴佳佳：佳佳，你喜欢什么样的喜镯子呀？陆母认定裴佳佳做媳妇，这是那晚她开门，一瞬间决定、一辈子执行的事。

闽头把陆炯喊起，满嘴的血腥味。陆炯正正精神，才发现他们被关在笼子里。周围是闽头吐的一圈血痰，意思让其他困兽不要靠近。闽头胳膊挂红，配着深紫色的血痂，浓淡相宜。陆炯不吭声。他也记起来了，昨晚是他寻衅滋事，醉酒的闽头二话不说，打倒了冲来的酒店领事。那瓶好酒也上头，后来陆炯记不真切了，只记得哇啦哇啦的，双手一圈冰凉。

许是闽头威力强大，同一笼子的流氓恶棍没找麻烦。陆炯也乖，坐在那儿，不偏不倚，不蔓不枝，像打坐。不知过了多久，开笼子的响声也锃亮锋锐。警察指着他们两个。陆炯接旨，畏首畏尾地出来了。闽头挨个回瞪那些流氓恶棍，排排荡荡、一身不阿地走出来，顺便还把门关上。接他们的是裴佳佳，浓妆艳香的裴佳佳。裴佳佳没说一句话，领着他们出派出所。阳光照过来，陆炯浑身酥痒。裴佳佳蹬着尖跟鞋，脚踝处骨头凸凸凹凹。闽头捉着衣角，走得急火生风。一路无语。陆炯耐不住了，说裴佳佳的妆容不好看，裴佳佳的脚被鞋子磨红了。裴佳佳不理他。他继续说，新月眉挑得太高，嫦娥眉太平，还是秋波眉比较好，淡淡的，有眉峰，有眉尖。如果裴佳佳高兴的话，可以尝试水弯眉、黛玉眉，就是不能一字眉，太丑。陆炯还在分析虎眉清眉短促秀眉的区别时，裴佳佳停了下来，把脸凑近陆炯的眼睛，然后“哗啦”撕下一对修修整整的柳叶眉，露出光洁平滑的眉骨：这是昨天客人弄的。他偏要用剃须刀剃掉她身上所有的毛。裴佳佳不肯，他扬言要收回善款。陆炯看着裴佳佳的脸，缺少了一对眉毛，五官就像没有了罩子，随时要倒下来。陆炯感到身体里升起一股油烟，焦灼他的心，黏住他的胃，愣是要把他焖熟煮熟。陆炯咽下这般乌烟瘴气，蜷缩在右心房不敢出来。裴佳佳还在他的左心房叫嚷，想用她艳红镶钻的长指甲，把他的心一点点撕碎。

裴佳佳还是一对柳叶眉。闽头帮贴的。当时，裴佳佳上通神下通鬼，从出生前说到现在，嘴里东西南北风。陆炯稳住自己，咬定青山。闽头吐了一口血痰，扫了一眼裴佳佳。眉贴淡淡然飘到地上，裴佳佳捡起来，缄默，红指甲像春秋的残盔，尖头鞋像三国的沉戟。闽头按着裴佳佳的眉骨，抹平了眉贴。裴佳佳不说话，陆炯不吭声。闽头说，下次换个颜色，深咖栗色猫黄，你挑吧。

陆母曾说过眉毛会影响运势。裴佳佳剃了眉毛，闽头和陆炯的收入大不如前。莘城刮起了一阵“网红风”，双眼皮宽如河岸，下巴尖如利刃，胸前的两团肉，是无数人践踏的胜利峰。裴佳佳的小炒不受欢迎了，星探公司安排她去做肉圆。裴佳佳的胸不大，屁股也缺肉，一脸单薄的样子，虽有国际范，但莘城男人的品味究竟不高。裴佳佳陪了几个月，收入不多，却染上了炎症。星探公司让她食素。那些附庸风雅的男人坐着、躺着，或卧着，让裴佳佳念书、弹琴、跳舞。有些时候是酒桌助兴，有些时候是闲来无事，更有甚者，一个阳痿的老男人，把她唤到家里，让她帮按摩。裴佳佳听话，敲背捶背。老男人突然眼睛放光，把她的手按到了裤裆里：你摸，你摸。裴佳佳抽出手，又伸进去。后来，老男人给了她一沓钱。她揣着钱去了城中庙，抽出一张，捐在佛前。寺庙里人挺多。她磕了三个头，后面的人催促她。她又抽出一张，颤巍巍塞进功德箱。

裴佳佳决定实施"透明厨房，健康料理"。闽头有意见。他说你念过书吗？你去过几个地方？裴佳佳说，你是不是怕我跑了？陆炯在这儿呢，我会跑吗？闽头冷笑一声，自古婊子无情。你是不是被操得不爽了？裴佳佳抿着嘴，胸脯一起一伏。闽头凑上前，摸了一把她的胸：有什么难处，你就和哥哥说呀。陆炯迈出右脚，又缩回去：裴佳佳就是陪人去旅游，吃点喝点就回来了。闽头凑上陆炯的耳朵，一字一顿地说，你忘了，还有陪睡。

星探公司允了裴佳佳的计划。每年都有年轻貌美的姑娘涌进来，裴佳佳不流行了，有点剩余价值，就榨一点。况且，星探公司也一直在探索，如何将过气商品再包装。网络发达了，诞生了"陪游"这个项目，那些丧失新鲜感的女孩，被冠上新代词，跑到其他城市还是俏娘子。公司派人给裴佳佳做了链接，什么"小刘雯"，什么"二代嫩模"呀，附上裴佳佳艺术照，她又光洁顺亮、丝滑如新了。

裴佳佳的第一站是桃花岛。邀请她的人是一家汽车机械公司的项目经理，他也没说什么，就说桃花岛地处海域，风景秀丽，没有人烟，一个人去难免有些寂寞。裴佳佳接了这一单，也没说什么。陆炯对裴佳佳说，在路上被闷死了，焚尸撒入大海；在轮渡上惹了人家，被推入大海；在去海岛小镇的山路上，一个刹车不稳，撞死了；在夜深的小宾馆里，被捅死了，埋在未开发的深井里……裴佳佳说，闭嘴闭嘴。闽头说，陆炯，我打赌，这辈子肯定是你先死。

陆炯自己都没想到，他会戴着墨镜口罩，和裴佳佳同坐一辆车。桃花岛离普陀山很近，坐了轮渡南下就行了。裴佳佳抱着化妆盒，描了一阵子眉毛，缩着胳膊睡了。陆炯靠着车窗，用耳机听歌。手机里的歌是裴佳佳下的，一堆韩语日语歌，什么Bigbang，什么《可爱颂》，什么仓木麻衣啊，听来有些吵闹。可陆炯想听。听着听着，他就想起自己的母亲。当他还小的时候，母亲四肢健全、面盘清亮，坐在河边洗头，唱着《清平调》，水珠断线似的往下掉，她一甩头，扬起透明的水帘。后来母亲轧断了腿，不去码头了，躲在家里。家里有一个螺钿盒，五色缤纷的，锁着。陆炯瞧见过里面的东西，是一朵绢花。母亲告诉他，那是宫花，她外婆留给她母亲，她母亲留给她的，她藏着，就是为了给儿媳妇。陆炯问宫花是什么，母亲说，宫花是外婆的一生。

裴佳佳没能发现陆炯。陆炯拖着空行李箱，不紧不慢地跟着。裴佳佳到了轮渡站。那里有很多人，大多是跟团旅客。陆炯缩在一面“驴哥哥旅游团”旗帜下，看着裴佳佳排队、买票、等待上船。这天天气好，天空蓝丝丝、白朵朵的，阳光照在身上，滑溜溜的。裴佳佳走出了候船区，陆炯也走出了轮渡站。轮渡站前有许多的士，选一辆，打表，交一笔钱，就到普陀山了。那里有许多人，也有许多佛像。人们或走或站或跪，佛祖却千年不动。

敬完佛祖，陆炯来到山脚的海滩。海是浑黄的，一卷一卷。

沙滩上有许多小石子，硌脚。游客不多，沙滩和土地的接壤处，有几个中年妇女在贩卖贝壳。陆炯买了一对鹦鹉螺。螺纹是棕色的，底纹是粉红色的。陆炯坐在沙滩上，把玩了一阵。海风刮起岸边的棚子，发出震天的响声。顺着棚子看过去，陆炯看见了一辆停泊已久的海上摩托。陆炯走过去，发现棚子里有人。陆炯交了二十元钱，坐在摩托上，驾驶员坐在他身后。呲啦一声，陆炯觉得自己飞起来了，衣角尖叫着，板寸往后方拼命地斜下去，海风往他张着的嘴巴、鼻孔里猛灌巨大的咸。飞着飞着，陆炯的眼睛里也渗出了咸。他从口袋里掏出鹦鹉螺，双手一抛，让它们魂归魂，土归土。在海上划了两圈，陆炯下地，脚还是抖的。一个趔趄，好歹站住了。普陀山变得斜了，佛祖也侧过头。陆炯咧着嘴笑，再往前后左右看去。海的深处，隐隐约约有一座岛，岛的深处，隐隐约约走着裴佳佳，婀娜的，娉婷的，双手柔俏得像莲花。

离开舟山时，陆炯没有回头。佛祖常说，回头是岸，但人们回头，看到的往往是岸的破碎，念的幻灭。真正要游到那缥缈的、纤弱的彼岸，需要多大的勇气和体力啊。陆炯不敢问自己，也没法问自己。手机里的歌曲还在吵闹，是电影《你的名字》的主题曲《前前世世》，聒噪中，他依旧想起自己的母亲。母亲断腿后，有好一阵子，家里是不开灶的。所幸，陆家与一户姓释的人家共用一个院子。每当陆炯饿了，他都会去院子里敲脸盆。脸盆是搪瓷的，带“喜”字，被母亲用来种花了。花也没种活，长了一簇杂草。释家奶奶会盛点饭盛点菜，放在陆炯带来的碗里。陆炯吃，裴佳佳吃，后来母亲也吃。杂烧、白灼、酱卤尝遍后，母亲把以前的裤子一条腿剪碎，穿起来，在断腿处扎了一朵花。陆炯和裴佳佳又能吃到母亲的饭菜了。母亲断腿处，有时是牡丹，有时像玫瑰，就算母亲心情再差时，都是一枚规规整整的蝴蝶结。

裴佳佳在陆炯前面回到了出租屋。陆炯进门，裴佳佳坐在床上抽泣。闽头似乎心不在焉。陆炯问裴佳佳怎么了，她却一个劲摇头。陆炯又问闽头。闽头眉头一皱：被人糟蹋了呗，常有的事。陆炯站在那儿一语不发。闽头又追加几句：骗子。把人糟蹋了，又偷钱走人。

那晚裴佳佳买了很多酒，陆炯陪她喝。有二锅头，有冰锐，有洋河，五颜六色，杂七杂八。闽头啜了几口橙色的冰锐，定定地看着他们。裴佳佳说了很多，什么辗转各个福利院啊，什么被校长侵害啊，什么那些人家都不要她啊。陆炯边灌着二锅头，边应和着裴佳佳，什么父亲出门不归啊，什么孤母在家难以照顾啊，什么他也有理想也有追求啊。两个人抱着酒瓶，边号丧边狂饮。冰锐碎了，二锅头潽了，陆炯开始给裴佳佳唱歌。“为你我受冷风吹”“让我将你心儿摘下”“红尘做伴共享青春年华”……闽头小口抿着洋河：你们知道我为什么叫“闽头”吗？

闽头真名叫什么，他自己也记不清楚了。和那些混混不一样，他出生在一个相对幸福的家庭，父母都是工人。但他父亲拈花惹草，见到女人都去摸一把。母亲受不了，不愿和他同房。有一次，他父亲打了母亲后，闽头离家出走了。他给自己起了许多诨名，“钻里斗”“窜天猴”，最后叫了“闽头”。顾名思义，他想做闽南地区的头头。后来他还是个小混混，走了许多地方，遇见许多人，打了许多人，也离开了许多人。人来人往，只有“闽头”这个名字常在。

陆炯听了，举起二锅头：干杯，为我们的闽头哥！裴佳佳也举起了酒瓶。闽头舔舔嘴唇：你们觉得我会走吗？陆炯问：走？去哪里？闽头笑了：到哪里都要走。不说了，干一口。

三人一起干了一口。闽头伸出一只手，掂量着陆炯的下巴：不错，耳朵边有巨鳌骨，颧骨是龙翎骨，加上还有辅犀骨，将来肯定是将相之才。陆炯睁圆眼睛：真的？裴佳佳扑哧笑了：你别把他吓了。闽头也笑了：以前打过一个瞎子，算命的。陆炯也笑了，拿起二锅头碰闽头的洋河：闽头哥，咱走一个。闽头似乎没听见，用指甲在陆炯脸上划来划去：皮肤不错，有潜力。陆炯羞赧地笑了：闽头哥，我性别男，爱好女。闽头把手里的酒瓶晃一晃：什么男男女女的，都是人，不值钱的人。陆炯指着自己：那我呢？值多少钱？闽头用洋河使劲撞了一下陆炯的二锅头，清脆一声：你们和他们不一样，是好人。

陆炯没法明白，闽头为什么要走，一声不响地就走了，只留给他们一地的空酒瓶。那晚，他们一醉方休，等醒来，钞票、存折、嫖客们送的手镯、项链、坠子，都不见了。出租屋里没什么好东西，被套、枕头、碗碟他也带不走，陆炯皮夹里的硬币都被掏走了。闵头唯一留给他们的，是压在洋河酒瓶下面的两张红钞，一张便签，上面写着：回途路费。走吧。

裴佳佳用这仅剩的两百块去报了名。这是一场国际比赛，评选“最美丽的人体”，冠军有一百万奖金，还可以去美国好莱坞发展，亚军季军也回报颇丰。裴佳佳挤破了头，终于获得了海选资格。她还跑到星探公司的经理室，和他们谈条件，只要他们愿意包装她，她以后所有的经济收入她自己只拿一成。经理勉为其难地答应了，和她签了合同。随后，她胡乱炒了几个小炒，糊点钱，让陆炯和她能活下去。陆炯对此一直持不赞成意见，他一直对裴佳佳说，回去吧，咱们开一家包子店，每天早上，就和雪白滚烫的包子打交道。裴佳佳一咬牙：我不要吃包子，我要吃比萨，我要出人头地，我不能就这样一辈子被欺压、被侮辱、被否定。过了今天，我还有明天，我还有后天，我还有无数无数天……陆炯顺着裴佳佳的鬓发：如果这样，你会开心吗？裴佳佳定了好久，微微摇头，又使劲点头。陆炯碰了碰裴佳佳的头发，又缩回手：那我做你的小二子，可以吗？

裴佳佳从星探公司那里讨来了两万元。这两万元不在裴佳佳手里，而在一家整形医院的账面上。裴佳佳自己也知道，刘雯虽好，但这么多国家，只有那么一个。而在偌大的中国，脸型不是锥子脸，眼睛不是双眼皮，胸脯不是 C 杯以上，很难出挑的。看看那些网红，莫不如是。这是一条悲哀的必经之路。裴佳佳从公司走出来，阳光落在她身上，如一张光芒四射的画皮似的。

“我美吗？”没等拆线，裴佳佳一个劲地问陆炯。陆炯咽着口水说：“看这轮廓，铁定的美人胚子。”裴佳佳笑了，然后“嘶嘶”地叫起来：疼！疼！拆线医生粗暴地打了她一下：别动！裴佳佳又不动了，用双手向陆炯比画，意思是让他把镜子拿过来。

陆炯得令，拿来了桌上的塑料雕花圆镜。圆镜很轻，看上去有点廉价。陆炯不管了，让目光随着纱布，一圈一圈，一圈一圈。

陆炯深吸了一口气。裴佳佳的双眼皮，变成了翻眼皮；削脸手术没做好，嘴巴都歪了；也许是药物过敏，她的脸上起满了红疹子。陆炯连忙把塑料镜子扔出窗外。裴佳佳问他怎么了，他说镜子太烫，扔了。裴佳佳瞪着她，眼睛活像翻车鱼。陆炯把医生拉出房门，锁住，低声问他怎么回事。医生说，他只是个拆线的。陆炯又冲出去找主任，主任按捺住他，说整形手术本来就有风险，承担不起就不要整啊。陆炯一个促身，把主任台上的东西都推倒在地：你说！不是韩国派来的专家吗！主任把地上一沓整容账单捡起来，吹吹：专家也是从实习生走来的，不让实习生练手，怎么能变成专家呢？陆炯跳到了凳子上，举起自己的右脚——身后传来裴佳佳的惨叫。

离“最美丽的人体”大赛，只剩下微薄的三天。裴佳佳二十天没怎么吃东西了。瘦下来的裴佳佳，苍老、恐怖。陆炯整天坐在屋子里，看住她。裴佳佳张着歪嘴，口水流下来，眼睛已不能完全闭合，睡觉也像睁着眼睛。陆炯翻箱倒柜，给她找东西玩。在柜子后面的角落，他找到了曾经的《金刚经》。

陆炯把书给裴佳佳，起身去烧方便面。裴佳佳紧紧攥住他的手：你念，你念给我听。陆炯只好也坐在床上，抱着枕头：“大慈悲心是；平等心是；无为心是；无染着心是；空观心是；恭敬心是；卑下心是；无杂乱心是；无见取心是；无上菩提心是。当知如是等心，即是陀罗尼相貌，汝当依此而修行之。”裴佳佳安静下来了，让他继续念：“我若向刀山，刀山自摧折；我若向火汤，火汤自枯竭；我若向地狱，地狱自消灭；我若向饿鬼，饿鬼自饱满；我若向修罗，恶心自调伏；我若向畜生，自得大智慧。”裴佳佳低敛着睫毛，双肩一抖一抖的：“陆炯，等我们赢了大赛，我们就拿钱走。”陆炯问：“去哪里呢？”裴佳佳哭出声来了：“我们去找你爸爸，我们去找陆中贵，我们要找到他，让他把我还回庙里去。”

“最美丽的人体”开赛前夜，陆炯想了很久，说他知道用什么参赛了。裴佳佳问是什么。陆炯不说话，盯着她的眼角看。裴佳佳转过脸，笑道：“陆炯，我美吗？我真的美吗？”陆炯脸上浮现微笑：“美，非常美。”裴佳佳长叹一声：“我知道我不美”。陆炯说：“你真的很美。眼角有三颗美人痣，满满当当的美人痣。”裴佳佳像是兴奋得很。不知过了多久，裴佳佳哭了。陆炯不问原因，像打坐。裴佳佳嚷起来了：“佛认为众生都是美的。而人不是佛。人不是佛啊！”

比赛等候室里，裴佳佳穿上露肩赫本风小黑裙，抹了粉底液，喷了香水，端坐在镜子面前。她那俏丽的双眼皮，变成了愚蠢的翻眼皮；削脸手术刀偏了，嘴巴都歪到一边；她的脸上还挂满了红疹子。裴佳佳却微笑着。她光着一双脚，手里是那双尖跟鞋。台上报到了“裴佳佳”的名字。裴佳佳举起了尖跟鞋，照着镜子，把眼角的三颗痣划出了一道血红的线。台上主持人催促了。血落在地上。裴佳佳仍然微笑着，看着这帧由点到线的美。她要上场了。

图书在版编目（CIP）数据
一只胳膊的拳击/庞羽著. —南京：译林出版社，2018.9
ISBN 978-7-5447-7439-0

Ⅰ.①一… Ⅱ.①庞… Ⅲ.①短篇小说－小说集－中国－当代 Ⅳ.①I247.7

中国版本图书馆CIP数据核字（2018）第144163号

一只胳膊的拳击　庞　羽／著

特约编辑　袁　楠
责任编辑　周　璇
装帧设计　@broussaille私制
校　　对　孙玉兰
责任印制　颜　亮

出版发行　译林出版社
地　　址　南京市湖南路1号A楼
邮　　箱　yilin@yilin.com
网　　址　www.yilin.com
市场热线　025-86633278
排　　版　南京展望文化发展有限公司
印　　刷　苏州市越洋印刷有限公司
开　　本　850毫米×1168毫米　1/32
印　　张　9.375
插　　页　4
版　　次　2018年9月第1版　2018年9月第1次印刷
书　　号　ISBN 978-7-5447-7439-0
定　　价　39.00元